btb
Aus Freude am Lesen

btb

Buch

Der irakische Jude Ramzi lebt 1945 als Jugendlicher in Bagdad. Er glaubt an das friedliche Zusammenleben von Arabern und Juden. Er ist gegen erneute Ghettoisierung der Juden in einem Staat Israel und stellt sich damit gegen seinen älteren Bruder, der sich aktiv im zionistischen Untergrund engagiert. Ramzi selbst wird Mitglied der Irakischen Kommunistischen Partei und muß deshalb 1948 aus dem Irak fliehen. Was wird aus seiner Jugendliebe Sucham, die den Mann ihrer Tante heiraten soll, obwohl sie Ramzi liebt? »Eine Handvoll Nebel« gibt Einblick in das (Zusammen-)Leben der Menschen verschiedener Kulturkreise und Religionen in Bagdad nach Ende des Zweiten Weltkriegs und zum Zeitpunkt der Gründung Israels. Der Roman verdankt seine Authentizität nicht zuletzt den klaren autobiographischen Zügen.

»Ein Gesellschaftsroman, dessen Figuren – Juden und Araber, Muslime und Christen – authentische Züge tragen und nicht nur die Exotik eines fremden Ortes, sondern ein echtes Lebensgefühl vermitteln.« *Jakob Hessing, Frankfurter Allgemeine Zeitung*

Autor

Sami Michael wurde 1926 in Bagdad geboren. 1948 floh er in den Iran, weil er als Mitglied der verbotenen Kommunistischen Partei in Lebensgefahr schwebte. Nach einem Jahr im Untergrund wanderte er 1949 nach Israel aus. Heute lebt der Schriftsteller und Übersetzer aus dem Arabischen in Haifa.

Von Sami Michael bei btb bereits erschienen:

»Viktoria« (72187).

Sami Michael

Eine Handvoll Nebel

Roman

Aus dem Hebräischen
von Hanns Schumacher

btb

Die Originalausgabe erschien 1979 bei Am Oved,
Tel Aviv

Umwelthinweis:
Alle bedruckten Materialien dieses Taschenbuches
sind chlorfrei und umweltschonend.

btb Taschenbücher erscheinen im Goldmann Verlag,
einem Unternehmen der Verlagsgruppe Bertelsmann.

1. Auflage
Genehmigte Taschenbuchausgabe Dezember 1997

Umschlaggestaltung: Design Team München
Umschlagmotiv: William Wyld
Satz: IBV Satz- und Datentechnik GmbH, Berlin
RK · Herstellung: Augustin Wiesbeck
Made in Germany
ISBN 3-442-72072-9

EINS

Im Keller standen mehrere Bänke, Ramzi aber lag in der Holzwiege seiner Kindheit. Die Dunkelheit lichtete sich. Ramzi konzentrierte sich auf das Fiepen einer Maus, um sich von den Stimmen seiner Familie abzulenken. Sein Bruder Akram versuchte, in den Keller hinabzusteigen, doch die Mutter hinderte ihn daran.

»Wo versteckt sich dieses Schwarzgesicht?«

»Laß ihn in Ruhe, er ist müde. Er war die ganze Nacht unterwegs.«

»Er lügt!« schrie Akram. »So früh kommt der Zug nicht. Ich will ihn sehen.«

»Hier sind die Beeren und die *Pitta*«, sagte Sfirones die Vierte.

»Vielleicht ist er ja mit dem Taxi gekommen«, sagte die Mutter. Ramzi wollte sich die Ohren zuhalten, doch er war so müde, daß seine Hände an den Seitenwänden der Wiege herabsanken und die Stimmen, die in den Keller sickerten, bis in seinen Kopf dringen konnten. Auf der anderen Straßenseite klopfte ein Bettler an Suchams Gartentor und bat um etwas zu essen. »Natürlich, er ist mit dem Taxi gekommen«, sagte Akram verstimmt. »Er wurde verfolgt und hatte Angst, mit dem Zug zu fahren. Wer weiß, vielleicht ist sogar der Taxifahrer von der Geheimpolizei. In diesem Haus können wir jedenfalls nicht mehr leben.«

»Deine Hände sind auch nicht sauber«, schaltete sich der Vater ein.

Akram drehte sich zu ihm um und sagte kalt: »Ich helfe unseren Leuten, aber er dient Fremden.«

Als der Vater lachte, sah man, daß sein Mund voller Beeren war, die Sfirones die Vierte hereingebracht hatte. Akram war beleidigt. »Heute dient er ihnen, und morgen, wenn er hängt, tanzen sie.«

»Tza, tza!« Seine Mutter spuckte schnell aus, um den bösen Blick abzuwenden.

»Komm schon, Baruch«, rief der Vater dem ältesten Sohn zu. »Laß uns zur Arbeit gehen.«

Ramzi, der zusammengekrümmt in der Wiege lag, waren die Beine eingeschlafen. Er schwang sie über den Rand und stellte sie auf den Boden, als gehörten sie gar nicht zu ihm.

Als der Vater und der älteste Bruder das Haus verlassen hatten, sagte Akram: »Ich gehe jetzt runter und wecke ihn.«

Wieder postierte sich seine Mutter vor der Kellertür. Sie fuhr ihn an: »Laß ihn in Ruhe! Ich dulde nicht, daß du hier alles durcheinanderbringst.«

»Warte nur, bis ich ihn zu fassen kriege«, schnaubte Akram und ging hinaus.

Ramzi schloß die Augen, wußte aber, daß an Einschlafen nicht mehr zu denken war. Seine Jugend lastete auf ihm wie eine schwere Hand. Vor drei Wochen hatte man ihn zu einem geheimen Treffen zitiert. In einem Boot auf dem Tigris war ihm mitgeteilt worden, er sei für eine wichtige Mission in Kurdistan auserwählt. Das ist das Ende meiner Jugend, hatte er gedacht, der Schlüssel zur Welt der Erwachsenen. Doch die Mission hatte sich als völliger Fehlschlag erwiesen. Grob, aber liebevoll, mit einem spöttischen Lachen in den Augen, war ihm der Kurde übers Haar gefahren. Er dachte gar nicht daran, sich der Autorität des Bagdader Untergrunds zu unterstellen.

Die Maus hatte aufgehört zu fiepen, dafür war jetzt aus einer Ecke ein Kratzen zu hören. Nackte Füße schlichen die Kellertreppe hinunter. Ramzi nahm an, seine Mutter habe Sfirones die Vierte geschickt, um nachzuschauen, ob er noch schlief.

Seit er sich erinnern konnte, hatte seine Mutter alle Hausmädchen Sfirones genannt. Sie kamen als junge Mädchen zu ihnen, und wenn sie erwachsen waren, verheiratete seine Mutter sie. Sobald eine Sfirones das Haus verlassen hatte, schaute sie sich nach einer Nachfolgerin um, an die sie diesen klangvollen Namen weitergeben konnte. Sie hielt ein wachsames Auge auf ihre Söhne, um sie vor einer zu leidenschaftlichen Sfirones zu bewahren, wie jener, die Ramzi beim Blindekuhspielen die Augen verbunden und seinen tastenden Händen ihre nackten Brüste präsentiert hatte. Gelegentlich mußte sie aber auch eine zu unschuldige Sfirones vor ihren Söhnen schützen.

Ramzi fuhr hoch. Er mußte kurz eingeschlafen sein. Neben seiner Wiege standen ein Teller mit Beeren und ein Glas Wasser. Ohne den Kopf heben zu müssen, wußte er, daß die dunklen Augen seiner Mutter auf ihm ruhten. Ihre Anwesenheit im Keller, der sein Zufluchtsort geworden war, verursachte ihm Unbehagen.

»Fastest du oder trauerst du?«

»Laß mich in Ruhe.«

»Sie haben den armen George geschnappt«, sagte sie bekümmert. Dann hellte sich ihr Gesicht auf, und sie fuhr fröhlich fort: »Was für ein Glück für Sucham! Scha'aschoua nimmt sie. Alles ist geklärt, sie feiern heute abend ihr *al-Hinnah.*«

Verärgert stellte Ramzi den Krug ab, ohne getrunken zu haben. Die Trauer seiner Mutter war so falsch wie ihre Freude. Der mißbilligende Unterton in ihrer Stimme war nicht zu überhören. Als sei es seine Schuld, daß die Geheimpolizei George verhaftet hatte und daß Sucham jetzt heiratete.

»Das nennst du Glück?«

»Scha'aschoua badet in Gold. Was kann ein Mädchen wie Sucham sich mehr wünschen?«

»Dein sauberer Kaufmann ist ein alter Furzer.«

»Um so mehr Grund hat er, sie wie eine Königin zu behandeln. Mögen alle Töchter Israels soviel Glück haben.«

»Er ist mit Suchams Tante verheiratet, Mutter.«

»Du spielst Verstecken mit dem Todesengel, läufst mit Gojim herum und vergißt, wer du bist. Er ist mit Suchams Tante verheiratet, Mutter.« Gereizt imitierte sie seine rauhe Stimme. »Na und? Statt eines Tyrannen, der sie herumscheucht, hat sie jetzt eine Tante, die sich um sie kümmert. Außerdem«, sagte sie und fuchtelte mit einem Finger vor seinem Gesicht, »Chatoun hat sie selbst ausgesucht.«

Ramzi spürte, daß ihm schlecht wurde. Er nahm das Glas Wasser und trank. Er wünschte, sie würde gehen und ihn in Ruhe lassen.

Doch sie setzte sich auf eine Bank und fuhr mit weicherer Stimme fort: »Sucham wird ein gutes Leben haben. All die Bücher, die sie liest, hätten sie nicht davor bewahrt, arm zu bleiben. Als ihre Tante Chatoun gemerkt hat, daß ihr Mann entschlossen war, eine weitere Frau zu nehmen – verstehst du, mein Sohn, sie mag unfruchtbar sein, aber sie ist clever –, hat sie gesagt: Da kommt nur Sucham in Frage. So fällt Scha'aschouas Geld wenigstens nicht in die Hände von Fremden.«

»Woher willst du wissen, daß nicht er der Unfruchtbare ist?« fragte Ramzi, um sie zu ärgern.

»Haha!« rief sie und lehnte sich mit vertraulicher Miene vor. »Es heißt – Gott möge die schwatzhaften Zungen bestrafen – daß er als junger Mann, als er noch im Haus seines Vaters lebte, eines der Mädchen in Schwierigkeiten gebracht hat, wenn du weißt, was ich meine.«

»Wie meinst du das?« fragte er unschuldig.

»Er hat sie geschwängert, du Dummkopf!«

»Vielleicht war es ja auch sein Vater.«

Najya sprang auf die Füße und schlug schwungvoll den Saum ihres Rocks zurück. »Sollte die Erde deine Worte hören, so möge sie sie ihm verschweigen! Fängst du jetzt an, die Namen der Toten mit Schmutz zu bewerfen? Der Mann war reich wie Krösus und so fromm, daß er von seinem Haus geradewegs in die Synagoge ging, von dort zur Arbeit und abends auf kürzestem Wege wieder zurück.«

»Das sind genau die Typen, vor denen man sich in acht nehmen muß.«

»Dein Herz ist ohne Gottesfurcht, Schwarzgesicht.«

»Von wem hast du das mit George erfahren?«

»Von seiner Mutter!« sagte sie grimmig. »Was für ein Spektakel! Sie kam die Straße hinaufgestürmt wie ein Regiment Soldaten und stand dann schreiend am Zaun.«

»Was wollte sie?«

»Sie hat gesagt, daß du es warst, der ihren Ernährer an die Mörder verraten hat.«

»Ich soll ihn verraten haben...«

»Sie schwor bei Jesus Christus, daß sie sich an dir für ihren Sohn rächen würde. Das Glas Wasser, das ich ihr gab, schleuderte sie in die Bäume und schrie, das Wasser sei Georges vergossenes Blut. Ihr flüstert miteinander und denkt, die Welt wäre taub.«

Eine Ameise krabbelte auf den Teller, lief ein Stück den Tellerrand entlang und näherte sich dann den Beeren. Ramzi streckte einen Finger aus, um sie zu zerquetschen. Eine mörderische Lust kribbelte ihm in den Fingerspitzen. Er betrachtete seine Mutter und sah eine plumpe Kreatur, die ihm einen giftigen Hexentrank auftischte. Und auf der anderen Straßenseite lebte noch eine kleine Ameise, die sich für Geld verheiratete.

»Ich möchte schlafen«, sagte er. »Weck mich um zehn.«

»Warum schon so früh? Hast du hungrige Mäuler zu stopfen?«

»Um zehn, Mutter.«

Gegen Mittag erwachte er mit einem bitteren Geschmack im Mund. Seine Beine, die über die Wiege hinausragten, taten weh. Der Schlaf war alles andere als erholsam gewesen. Er hatte schlechte Laune. George. Nie hatte er ihn schreien hören. Er kannte sein Lachen und konnte sich sogar an den Geruch seines Schweißes erinnern. Aber er hatte ihn nie schreien hören. Eine boshafte Frage kam ihm in den Sinn. Jeder Mensch hat seine eigene Stimme, sein eigenes Lachen. Kann man jemanden auch an seinen Schmerzensschreien erkennen? Mittlerweile war George bestimmt müde, hatte keine Kraft mehr zu schreien. Sicher schluchzte er wie ein kleines Kind, das sich müde geschrien hatte.

Georges Körper schaukelte mit den sanften Bewegungen der Wiege, und er vergaß seinen Schmerz. Nein, es war nicht George. Es war Ramzi selbst, der sich wie ein Kind wiegte.

Tova von gegenüber kam vorbei und bettete ihre kleine Tochter Sucham zu ihm. Er haßte den Klang von Tovas rauher, ausdrucksloser Stimme, mit der sie seiner Mutter mitteilte, daß sie Sucham neben den schlafenden Ramzi in die Wiege gelegt habe.

Sucham schien das zu gefallen. »Sag, daß es dir gefällt«, bat die Stimme eines heranwachsenden Mädchens durch den Mund des Babys.

Er streckte einen Arm aus. Sucham legte den Kopf auf seinen Arm und lächelte. Sie wußte immer, wie sie eine Situation zu ihrem Besten wenden konnte.

»Du mußt zugeben, daß ›Der Große Gatsby‹ wirklich ein großartiger Roman ist«, sagte sie.

»Das unbedeutende Werk eines Saufboldes«, sagte Ramzi.

»Du magst mich nicht«, sagte sie ohne Bitterkeit. »Du spielst nur Theater.«

Er wollte erwidern, daß er schüchtern sei, aber das nahm ihm ja doch niemand ab.

»Du hast die ganze Zeit nur Theater gespielt.«

Er bewegte seinen Arm unter ihrem Kopf. Weil sie das Gefühl hatte, er wolle sie trösten, stand sie auf und ging.

Ramzi erwachte, und ihm fiel ein, daß er um zehn am Fluß sein mußte, um über die fehlgeschlagene Mission in Kurdistan zu berichten. Es blieben ihm noch ein paar Stunden. Ich werde zu Sucham gehen, sagte er zu sich. Während der vergangenen zwei Jahre hatte er mehr und mehr Zeit mit ihr verbracht.

Vielleicht wußte Sucham, daß er sie zu nichts anderem brauchte, als um Zeit totzuschlagen. Sie mußte es wissen, dachte er. Sie ist nicht dumm. Warum hatte er sie eigentlich nicht angeworben? Mit seiner Hilfe hatten sie fast alle Jungen in seiner Straße und fast alle seine Klassenkameraden angeworben. Der einzige, der nicht auf sein Konto ging, war Edward. Ihn schien niemand angeworben zu haben. Offenbar hatte er einfach seine Position als Chef der Straßenbande gegen die eines Anführers im revolutionären Untergrund vertauscht.

Akram hatte einmal provozierend gesagt: »Du hast Angst vor dieser Teufelin. Warte nur, eines Tages werde ich sie anwerben.«

Die Wahrheit war, daß Ramzi so wenig daran dachte, Sucham anzuwerben, wie ihm der Gedanke gekommen wäre, seine Mutter anzuwerben. Sucham war seine Kindheit. Aber dieser Gedanke befriedigte ihn nicht.

Eines Tages fragte sie ihn: »Bin ich eigentlich nicht gut genug für deinen Heiligen Auftrag?«

»Red keinen Unsinn.«

»Dann willst du mich vielleicht beschützen?«

»Wovor?«

»Weich mir nicht aus. Wenn du mich beschützt, dann heißt das, daß du deine Genossen verrätst.«

Das stimmte. Daß er Sucham nicht anwarb, bedeutete in gewisser Weise, daß er die Revolution verriet. Er beschloß, sie nicht mehr wiederzusehen. Er ging ihr sogar aus dem Weg, wenn sie zu ihnen ins Haus kam, und ignorierte Akrams gelegentliche Flirtversuche. Zu jener Zeit wagte sich der kommunistische Untergrund zum ersten Mal auf die Straße. Pferde und Panzerwagen rasten durch die Stadt, Kugeln flogen durch die Luft, Männer starben zu jung. Sucham und Ramzis Mutter trösteten sich gegenseitig. Eines Tages kam Akram früher als sonst aus der Schule nach Hause. Er war leichenblaß und zog sich in mürrisches Schweigen zurück. Najyas Angst verstärkte sich, als sie ihn auf die Veranda gehen und die Straße beobachten sah. Plötzlich schrie sie: »Ramzi?«

Akram sah in Suchams ängstliche Augen und versuchte zu lächeln. »Wie kommst du denn darauf?«

Als der Vater nach Hause kam, nahm Akram ihn mit in den Garten. Mit grauen Gesichtern kehrten die beiden zurück. Die Mutter schrie erneut: »Ramzi?«

Der Vater brach zusammen, wortlos hockte er sich auf den Boden. Najya hielt das für ein Zeichen dafür, daß er die Trauerzeit offiziell eröffnete, und legte zum ersten Mal in ihrem Leben gewaltsam Hand an ihren Ehemann, indem sie ihn bei den Rockaufschlägen packte und auf seine zittrigen Beine zwang.

»Sag mir, was los ist«, wollte sie wissen.

»Die Leute haben Akram erzählt, Ramzi sei tot. Gefallen, von Kugeln durchsiebt.«

»Wo? Wann?« Sie weigerte sich, es zu glauben. »Hock nicht auf dem Boden herum!« fiel sie über ihren Mann her.

Er ließ sich auf einen Stuhl fallen und sah zu Sucham herüber, die wie versteinert dastand. »Dein Bräutigam ist tot.«

Am Abend tauchte Ramzi mit dreckigen, blutdurchtränkten Kleidern und einem Streifschuß an der Schulter wieder auf. Ohne ein Wort zu sagen, ging der Vater aufs Dach und trug Sfirones der Vierten auf, ihm eine Scheibe Melone und ein Glas Arrak zu bringen. Die Mutter rannte nach oben. Weinend starrte sie ihn an. »Da haben sie also unrecht gehabt!«

»Genug, Umm-Baruch«, sagte Sucham.

Später, als alle auf dem Dach schliefen, nahm Ramzi sich einen Stuhl und setzte sich auf die Wiese. Er zündete eine Lampe an und versuchte zu lesen, doch er war zu müde. Weil ihn die Mücken belagerten, löschte er die Lampe. Über den mit weißen Blechen gedeckten Dächern schaukelten Palmblätter im Wind. Plötzlich tauchte Sucham aus der Dunkelheit auf. Sie trug ein grünes Kleid, dunkel wie das Gras und die Nacht. Still stand sie vor ihm. Er hatte nicht die Kraft, ihr zu sagen, daß die Nachbarn sie beobachten könnten. Immer noch wortlos, setzte sie sich auf die Wiese, umfaßte ihre Knie und stützte das Kinn darauf.

Ramzi war noch aufgewühlt von den Ereignissen des Tages. Er spürte, wie seine alte Leidenschaft für Sucham aufflammte, wie in den Tagen der Pubertät, als sie noch unbefangen miteinander umgegangen waren.

Er versuchte, sich an Suzanne, Georges Schwester, zu erinnern, doch ihr Bild löste sich vor seinen Augen auf. Zurück blieb Sucham, die ihren Kopf schüttelte, so daß die Perlen an ihren Ohren blinkten. Es dauerte eine Weile, bis er bemerkte, daß sie vor Angst zitterte, Angst vor ihm, vor den Nachbarn, vor ihren Eltern und vor sich selbst. Er lachte kurz auf.

»Du bist merkwürdig«, sagte sie, und ihre Stimme klang verletzt.

Er wollte ihr sagen, daß sie alle merkwürdig seien, wie kranke Männer, die ans Bett gefesselt waren und die Köpfe voll wilder Gedanken hatten. Er und sie und ihre Eltern und Großeltern lebten seit Jahrhunderten wie ans Bett gefesselt. Fast hatten sie das Laufen verlernt. Jetzt wollten sie auf ihren verkrüppelten Beinen losziehen, wollten Träume des zwanzigsten Jahrhunderts mit mittelalterlichen Traditionen vermengen. Sie saßen in der Falle. Akram wollte mit geschlossenen Augen in den neuen Fluß springen, der Erez Israel hieß. Aber sie würden auf seine Beine schauen, würden wissen, wer er war, und ihn auslachen. Und er, Ramzi, hatte einen Ochsenkarren mit einem Motor ausgerüstet, der mit seiner Kraft den Karren in Stücke reißen würde. Er wollte Sucham seine Gedanken anvertrauen, wollte mit ihr über das sprechen, was ihn bedrückte. Aber ihm fehlten die Worte.

Sie stand in ihrem grünen Kleid vor ihm. »Ich gehe mit dir«, sagte sie.

»Mit mir?« murmelte er.

»Mit euch allen.«

»Geh weg, Sucham, geh!«

Die Zärtlichkeit in seiner Stimme überraschte sie. Sie merkte nicht, daß er den Tränen nahe war. Sie verstand nicht, daß er immer noch ein Junge war. Sie dachte nicht daran, daß er noch vor wenigen Stunden Menschen hatte sterben sehen.

»Vertraust du mir nicht?«

»Geh weg«, wiederholte er und wollte doch, daß sie blieb. Sie drehte sich um und ging.

ZWEI

Als Ramzi aus dem Keller kam, blieb er einen Augenblick vor dem Spiegel stehen. Das Gesicht, das ihm entgegenblickte, ließ ihn noch düsterer werden. Seine Haare waren verfilzt, die Augen blutunterlaufen. Auf seinem Gesicht sprossen Bartstoppeln, die eine Woche alt waren; er fühlte sich schmutzig. Aber für die Aufgaben, die vor ihm lagen, brauchte er kein sauberes Gesicht. Ein glutheißer Wind blies durch das Fenster, auf der Straße ließ die Hitze den Asphalt schmelzen.

»Du hast keinen Bissen gegessen«, hob die Mutter an, dann schwieg sie unvermittelt. Ihr kam ein Verdacht. Sie hatte schon öfter bemerkt, daß er vor einem gefährlichen Auftrag nie etwas zu sich nahm, verscheuchte den Gedanken aber schnell wieder. Sie mochte nicht glauben, daß er sich am Tag seiner Rückkehr aus Kurdistan sofort zu einem neuen, gefährlichen Auftrag aufmachte. Ihr Blick fiel auf die beiden Bücher, die er aus dem Regal genommen hatte.

»Die willst du ihr bringen?« lachte sie höhnisch. »Das ganze Haus ist in Aufruhr, die Vorbereitungen für das Fest sind in vollem Gange, und du bringst ihr Bücher. Ja, begreifst du denn nicht, sie bereiten sie für die *Henna*-Zeremonie vor. Ich habe die *Haffafah* mit eigenen Augen das Haus betreten sehen. Sucham ist jetzt eine Frau, sie braucht keine Bücher mehr. Schau dich doch mal an, schau dich an! Wie ein Derwisch siehst du aus.«

Wäre die Pleite in Kurdistan nicht gewesen, wäre er nicht die ganze Nacht hindurch wie ein Verrückter von Kirkuk nach Bagdad zurückgefahren, hätte er ein bißchen geschlafen, statt sich wie ein Idiot in die Wiege zu legen – vielleicht hätte er dann auf den Rat seiner Mutter gehört. Er wußte, daß das, was er vorhatte, Unsinn war. Die blendende Sonne auf dem Asphalt verursachte ihm schwarzweiße Wirbel im Kopf.

»Sie werden dich aus dem Haus jagen«, sagte seine Mutter, und Mitleid lag in ihrer Stimme. »Ihre Tante Chatoun läßt sie nicht aus den Augen. Meinst du, mir tut das nicht weh? Ich hätte sie auf die Braue geküßt und in meinem Haus aufgenommen, aber du mußt ja Gott herausfordern und versuchen, Dinge zu verändern, die er in einer uns fremden Welt geschaffen hat.« Nach einer verlegenen Pause fügte sie hinzu: »Übrigens, damit du's weißt, Scha'aschoua ist verschlagen wie eine Maus. Er tut so, als interessiere ihn die ganze Geschichte nicht, doch im Stillen wirft er Chatoun vor, daß sie ihm auftische, was andere übrig gelassen haben. Er sagt, du hättest deine Hände schon auf Sucham gelegt und das Mädchen ruiniert.«

»Hat Sucham das mitbekommen?«

»Nicht von ihm persönlich. Seine Schwester geht ein und aus und verbreitet diesen Schmutz. Sucham weint, aber selbst ihre Eltern sind sich ihrer inzwischen nicht mehr so sicher. Nur Chatoun hat Vertrauen zu ihr. Sie haben bereits entschieden, daß das Bettuch morgen nacht nach der *al-Dachlah*-Zeremonie geprüft werden soll. Und da willst du rübergehen, mit einem Gesicht wie ein Beduine und gotteslästerlichen Büchern unter dem Arm. Sie werden dir einen Nachttopf über den Kopf stülpen.«

»Anschließend werde ich Georges Mutter besuchen.«

»Sie ist im Moment völlig verwirrt. Sie wird sofort die Polizei rufen, wenn sie dich sieht. Du bist wirklich wahnsinnig...«

Die Tür zu Suchams Haus stand weit offen. Aus den Fenstern drang Lachen, im Garten breitete sich der Duft des Hochzeitsmahles aus. Die Bücher brannten in Ramzis Händen. Er hatte Angst, Suchams Tante Chatoun zu begegnen. Mit seiner Beherrschung wäre es dann vorbei, das wußte er. Ein kleines Mädchen in einem weißen Kleid lächelte ihn wissend an. »Du bist bestimmt ein Bettler, heute kommen alle Armen und wollen etwas zu essen.«

»Wo ist Sucham?«

»In diesem Zimmer. Die *Haffafah* ist drin und hat die Tür geschlossen. Sie will nicht gestört werden. Was macht sie mit ihr?«

»Keine Ahnung.«

»Willst du etwas zu essen?«

»Nein.«

Er öffnete die Tür. Wäre er recht bei Verstand gewesen, er hätte sie sofort wieder geschlossen und sich aus dem Staub gemacht. Statt dessen blieb er töricht lächelnd in der Tür stehen. Dann erlosch sein Lächeln, und er wurde bleich. Er hörte das Sirren eines auf dem Boden stehenden Ventilators, dann das Stöhnen aus Suchams Kehle.

Sie lag auf einem Tuch, das man über eine Binsenmatte gelegt hatte, und fluchte in einem Ton, den er noch nie von ihr gehört hatte. »Du Hündin! Möge Gott deine Hand verdorren lassen! Genug! Der Engel des Todes soll dich holen!«

Eine dickliche Frau beugte sich über die Scham des Mädchens. Die Fäden, die sie um ihre mageren Finger gewickelt hatte, zogen gnadenlos ein krauses Haar nach dem anderen heraus. Mit besänftigender Stimme murmelte sie dazu: »Du weißt nicht, wie Männer sind, mein Augapfel. Sie berühren alles mit ihren Händen, ihren Lippen, ihren Zähnen, und sie wollen, daß alles weich und zart ist.«

»Meinst du, ich lasse zu, daß er mich mit seinen Händen berührt?«

Die *Haffafah* lachte und sagte: »Wart's nur ab, Licht meiner Augen, wart's nur ab. Nicht nur mit seinen Händen – und du wirst dich danach verzehren. Dein Gatte ist ein reicher Mann, und die Küsse der Reichen schmecken süß wie Honig. Warte nur, mein Mädchen, dein Körper wird ihm folgen, wie das Seil dem Eimer folgt. Auch das hier!« Und sie tätschelte mit maliziösem Vergnügen die Schamlippen des Mädchens.

In der Schärfe ihres Schmerzes oder der Tiefe ihrer Scham setzte Sucham sich auf. Ihre Augen trafen Ramzis. Später konnte Ramzi sich nicht mehr erinnern, ob sie genau in diesem Moment angefangen hatte zu schreien oder erst, als er die Bücher fallen ließ und floh. Suchams Mutter, ihre Tante Chatoun und eine weitere Frau, die er nicht kannte, versperrten ihm den Weg. Hinter ihnen tauchte der Kopf von Suchams Vater auf, wie der eines Schwimmers in einem Fluß. Die fremde Frau zeigte auf Ramzi und schrie entsetzt: »Was will dieser Moslem hier?«

»Er ist kein Moslem«, sagte Suchams Vater. Es war nicht zu übersehen, daß er betrunken war.

»Lüg nicht. Er ist ein Moslem.«

»Laß mich deine Hand küssen«, sagte der Vater mit übertriebener Zuneigung. »Er ist ein wildes Tier.«

»Scher dich weg«, schimpfte seine Frau. »Du bist betrunken.«

»Ramzi«, jammerte der Vater, »heute zerstören sie Sucham.«
»Ich habe dich gefragt, wer dieser Moslem ist«, beharrte die fremde Frau hartnäckig.

»Mein Vetter«, gab Chatoun zur Antwort, und Ramzi dämmerte, daß dies wohl Scha'aschouas Schwester war. »Er ist der Sohn unserer Nachbarn.«

»Der ist das also…«, hob ihre Schwägerin an, fand aber nicht die rechten Worte, um ihrem Argwohn Ausdruck zu verleihen.

»Heute zerstören sie meine Tochter«, wiederholte der Betrunkene.

Chatoun geriet in Rage. »Na komm, mach schon, sag, was du auf dem Herzen hast. Laß uns den ganzen Schmutz hören!«

»Ramzi!« Sucham tauchte in der Tür auf, die *Haffafah* dicht hinter sich. Sie trug ein ziemlich durchsichtiges Kleid, ihre gezupften Augenbrauen glichen roten Narben. »Ramzi, seit wann bist du wieder hier?«

»Seit heute morgen«, sagte er, ohne sie anzuschauen.

»Still«, rief Chatoun. »Geh in dein Zimmer.«

»Ich lasse mir von keinem sagen, was ich zu tun habe.«

»Du bist kein Kind mehr«, sagte ihre Tante, ihr Ton war jetzt freundlicher.

»Nimm deinen stinkenden alten Mann und verschwinde!« schrie Sucham. »Alle! Verschwindet alle!«

»Mein Bruder – ein stinkender alter Mann?« Die Schwägerin keuchte vor Wut. »O nein! Sie verkaufen ihm eine Hure und wagen es, ihn obendrein zu beschimpfen.«

Sucham stieß die *Haffafah* grob zur Seite und brach in Tränen aus. »Geht weg und erstickt an eurem Geld!«

Die *Haffafah* schüttelte den Kopf: »Wenn dieses Mädchen eine jüdische Braut ist, dann bin ich verrückt.«

»Ich gehe auf der Stelle zu meinem Bruder«, drohte die Schwägerin. »Er muß die Hochzeit absagen und sich diesen Abschaum vom Hals schaffen.«

»Halt den Mund!« schrie Chatoun gereizt.

»Heute zerstören sie Sucham«, schluchzte ihr Vater.

Ramzi entfloh in die brüllende Hitze. Während der Wochen in Kurdistan hatte er den glühenden Chamsin Bagdads vergessen. Seine Füße brannten in den Schuhen, die Straße kam ihm vor wie ein Fluß aus kochendem Asphalt. Der heiße Wind biß ihm in die Augen, er hatte das Gefühl, daß seine Ohren brannten. Es war noch gar nicht so lange her, da hatte ihm der Chamsin nichts anhaben können. Zur heißesten Zeit des Tages war er aufs Dach geschlichen und hatte dort die Zigaretten geraucht, die er seinem Vater gestohlen hatte.

An einem Kiosk beim Ghazi-Park bestieg Ramzi den Bus. Brennendheißer Wind blies durch das Fenster. Die Hitze des Sitzes stach durch seine Kleider. Im al-Abakhaneh-Viertel stieg er aus und überquerte die al-Raschid-Straße. Die engen Gäßchen boten genügend Schatten. Aus einer Kalebasse, die er auf dem Rücken trug, ließ ein Mann Wasser auf die Straße tropfen. Kühle strömte aus den Hauseingängen. Eine *Nargileh* verbreitete Tabaksduft, aus einem leeren Teehaus strömte der Geruch von Teesud. Ein Mann führte gemächlich einen Esel die Gasse hinunter und rief: »Vorsicht, gib auf deine Kleider acht!«

Ramzi drückte sich gegen eine Wand. Vom Rücken des Esels baumelten rechts und links zwei Körbe mit menschlichen Exkrementen herab. Eine stinkende schwarze Spur markierte seinen Weg.

Aus dem Teehaus tauchte ein Mann mit rasiertem Schädel auf und schrie: »*Jallah!* Mach, daß du wegkommst! Ausgerechnet jetzt muß der Kerl die Latrinen leeren.«

»Mein lieber Vetter, der Himmel schickt uns die Arbeit, sie ist mir zu jeder Tageszeit willkommen...«

»Du erstickst uns. Beim nächsten Mal gehst du gefälligst durch eine andere Gasse.«

Der Latrinenreiniger war offenbar der Ansicht, daß ihm der Teehausbesitzer etwas schulde. »Ein Glas Wasser für einen Durstigen?«

»Mach, daß du verschwindest, du Aussätziger!« schrie der Teehausbesitzer. »Im Namen Allahs! Fehlt nur noch, daß du in meinem Teehaus sitzen und deinen Esel an meiner Tür festbinden willst. Pack dich endlich, ich warne dich!« Erst als der Esel und sein Meister um die Ecke gebogen waren, beruhigte er sich wieder. »Isa, wo steckst du? Hat dich der Schlaf Allahs befallen? Komm sofort heraus und mach die Straße sauber.«

Plötzlich entdeckte er Ramzi, der die Aufschläge seiner Hosenbeine ausklopfte, als wolle er den Gestank abschütteln. Ein breites Lächeln ging über sein Gesicht. »Isa, komm sofort heraus und spritz die Straße ab. Gestatten Sie, mein Herr, daß ich Ihnen einen Vorschlag unterbreite – nichts belebt die Sinne besser als ein starker Tee.«

Die Einladung kam genau im rechten Augenblick. Ramzi zögerte kurz, weil er nicht zu eilfertig wirken wollte.

»Kommen Sie.« Der Mann streckte einladend einen Arm aus. »Treten Sie ein, mein Herr. Hier drinnen wehen die Winde des Paradieses aus den Luftschächten.«

Ramzi wollte so nah wie möglich am Eingang sitzen. »Hier vorn gefällt es mir genauso gut.«

»Ihr Wunsch ist mir Befehl«, murmelte der Mann, warf Ramzi aber einen argwöhnischen Blick zu. »Sind Sie auf der Durchreise? Ich kann mich nicht erinnern, Sie hier schon einmal gesehen zu haben, mein Herr.«

Ramzi lächelte den Mann freundlich an, um ihn in seiner Neugier zu ermutigen. Georges Haus stand am Ende der Gasse, allerdings hatte Ramzi bisher immer die Gasse rechts davon benutzt.

Plötzlich dämmerte es dem Mann. »Ah, Sie sind einer von denen.«

›Einer von denen‹, das hieß: einer von der Geheimpolizei. Ramzi nickte und zwinkerte dem Mann zu.

Enttäuschung machte sich auf dem Gesicht des Mannes breit, verschwand aber sofort wieder. »*Tafaddal,* Ahalan wa-Sahalan! Ich lade Sie zu einem Tee ein. Isa, wohin hast du dich davongemacht?«

»Warum die Eile?« fragte Ramzi freundlich.

»Man erzählt sich, er sei verhaftet worden, der Christ«, sagte der Mann.

»Wenn es notwendig ist, jemanden zu verhaften, dann tun wir es.«

»Bitte, hier ist Ihr Tee. Möge er Ihnen gut bekommen. Ist er süß genug? Ich habe Isa aufgetragen, den Tee aus meiner eigenen Kanne zu nehmen. Nichts macht den Kopf klarer als ein guter, starker Tee.«

Der Mann war wirklich ein Geschenk des Himmels. »Noch eine Tasse, bitte«, sagte Ramzi.

Der Teehausbesitzer schwieg einen Augenblick und starrte unverhüllt auf Ramzis Bauch, als wolle er dessen Fassungsvermögen abschätzen. »Dieser Christ ist ein richtiger Hurensohn«, sagte er, ohne seine Bewunderung zu verbergen. »Sie hätten nur den Berg gotteslästerlicher Bücher sehen sollen, die er in seinem Haus aufbewahrte. Drei Esel hätten nicht ausgereicht, um den Stapel abzutransportieren, den sie mit dem Polizeiwagen weggeschafft haben. Gott von *al-Ka'aba!* Ein gelber Skorpion wie er kriecht dir in die Armbeuge, und du bemerkst ihn erst, wenn du den Schmerz seines Stiches fühlst. Sagen Sie, geehrter Herr, was geschieht mit all diesen Büchern? Mein Gott, sie sind doch noch Kinder. Die Welt steht kopf.«

Ramzi trank seinen Tee aus, schob die Tasse an den Rand des Tisches und starrte den Mann wütend an. »Die Welt ist so, wie sie sein muß. Der ganze Ärger, den eure Kinder verursachen, ist so sinnlos, als wenn sie in den Tigris pinkeln würden, ob sie's tun oder nicht, macht überhaupt keinen Unterschied.«

Der Teehausbesitzer stimmte seinem Gast eifrig zu, doch in seinen Augen blitzte Trotz auf. Vielleicht hätte er es dabei bewenden lassen, hätte Ramzi nicht mit den Fingernägeln an die leere Tasse geklopft. »Isa«, sagte er mit einem verärgerten Seufzer, »unser Herr hier wünscht noch eine Tasse Tee.« Der trotzige Glanz verschwand aus seinen Augen. »Bleiben wir bei der Wahrheit. Der Prophet, gelobt sei er, liebt die Wahrheit.«

»Wir sagen immer die Wahrheit«, erklärte Ramzi.

»Die reine Wahrheit ist zum Beispiel, daß diese Hand eine

Hand ist und kein Fuß, daß draußen die Sonne scheint und nicht der Mond und daß es kein Ruhmesblatt für euch ist, daß ihr George erwischt habt!«

»Nein?«

Der Teehausbesitzer ließ sich nicht einschüchtern. »Nein, mein Herr, nein! Schließlich hat er euch vorher alle zum Narren gehalten! Die ganze Nachbarschaft redet von nichts anderem. Ein freier Mann geht aus eigenem, freiem Willen während der Besuchszeit ins Gefängnis und schickt seinen Freund in den Schoß seiner Familie zurück. Meinen Sie, die Leute wären dumm? In diesem Teehaus werden viele Fragen gestellt. Was hatte der Christ im Gefängnis vor? Vielleicht hat er seinen Plan bereits in die Tat umgesetzt. Vielleicht hat er seinen Freund auf eine wichtige Mission geschickt.« Der Bauch des Teehausbesitzers erzitterte unter seiner *Daschdaschah* in einem plötzlichen Lachanfall. »Wäre seine Mutter zu Hause geblieben und hätte den Mund gehalten, ihr hättet in aller Ruhe weitergeschlafen!«

»Unsinn! Die Mutter arbeitet nicht für uns.«

»Habe ich das vielleicht gesagt? Sie hat Wind davon bekommen, daß ihr Sohn eine Nacht im Gefängnis verbringen würde, und da hat sie den Verstand verloren. Sie ist losgerannt und hat die Polizei alarmiert. So ist das gewesen!«

»Und Sie sitzen hier, schwatzhaft wie ein altes Weib, und posaunen Polizeigeheimnisse in die Welt hinaus.«

Der Teehausbesitzer steckte seinen Kopf durch die Türöffnung in die gleißende Sonne hinaus. »Allah, hörst Du mich? Jetzt bin ich es auf einmal, der Polizeigeheimnisse preisgibt!« Er wandte sich wieder Ramzi zu. »Ihre Polizisten, mein Herr, saßen hier und schwätzten. Sie hatten den Auftrag, das Haus des Christen zu beobachten, sie sollten aufpassen, wer hineinging und wer herauskam. Meinen Sie, die hätten es für nötig gehalten, auch nur in die Richtung des Hauses zu schauen? Die nicht! Sie flegelten sich in dieses Teehaus, als seien sie hier zu Hause und scheuchten Isa von der Küche zu den Tischen und wieder zurück. Tee, Kaffee, *Nargilehs,* kostenlos natürlich, umsonst, für nichts!«

Ramzi stand auf. »Sie sollten lernen, den Mund zu halten.«

Der Mann senkte demütig seinen Kopf. »Jawohl, mein Herr. Möge Allah Ihrem Vater gnädig sein.«

Ramzi klopfte an die Tür. Das Echo in dein langen Korridor hinter der Tür machte ihm plötzlich angst. Wer würde die Tür öffnen – die Mutter oder Suzanne? Keiner von ihnen wagte er gegenüberzutreten. Einen Augenblick später standen sie beide in der Tür und starrten ihn überrascht an. Die Hoffnung in den Augen von Georges Mutter verwandelte sich in feindselige Enttäuschung. Ramzi wagte nicht, Suzanne direkt ins Gesicht zu blicken. Die Sonne brannte ihm auf die Schultern, die kühle Dämmerung im Rücken der beiden Frauen war verlockend und furchteinflößend zugleich.

Zögernd begrüßte er Georges Mutter: »Guten Morgen!«

»Guten Morgen!« gab sie zornig zurück. »Dir ist anzusehen, daß du bis jetzt geschlafen hast. Es ist weder Morgen, noch kann ich etwas Gutes entdecken. Mein George schmachtet im Gefängnis, und du wälzt dich mit Wohlbehagen in einem weichen Bett.«

Suzanne hob eine Hand, als wollte sie ihre Mutter zum Schweigen bringen. Ramzi nahm dies als Einladung, drückte sich an den Frauen vorbei und schloß die schwere Tür hinter sich. Die Frauen folgten ihm den Korridor hinunter zu dem weit ausladenden *Jujube*-Baum, der im Hinterhof stand. Zum Schutz gegen die gleißende Sonne schloß Ramzi die Augen und ließ sich auf die Bank im Schatten des Baumes fallen. Er suchte Suzannes Blick. Dann senkte er den Kopf und murmelte: »Umm-George, ich bin erst heute früh zurückgekommen …«

»Ich weiß«, unterbrach sie ihn. »Du hast in den Bergen Ferien gemacht, wie der Sohn eines reichen Mannes. Und meinen George hast du ins Grab geschickt.«

Er hatte jetzt sogar Angst, sich zu bewegen und sich den Schweiß von der Stirn zu wischen. Aus dem Augenwinkel sah er, daß Suzanne ihm mit einem erwartungsvollen Blick einen grünbestickten Strohwedel anbot. Ihre braunen Augen funkelten wie eh und je, sie zeigten keinerlei Haß. Sofort verflogen seine Bedenken. Er lehnte sich auf dem Kissen zurück und begann voller Vertrauen zu sprechen. »Hör zu, Umm-George, dein Sohn kommt bald zurück.«

Suzanne war gegangen und hatte ihn mit dem Zorn der Mutter allein gelassen.

»Glaubst du wirklich, was du da sagst?« fragte die alte Frau zweifelnd. »Was denkst du, wer du bist? Ein verwöhntes jüdisches Balg ...«

Ramzi senkte den Blick. Wieder spürte er, wie er ganz klein wurde, als ihm der Kurde mit der Hand übers Haar fuhr.

»Bitte.« Suzanne stand vor ihm und hielt ihm auf einem Tablett ein Glas Wasser und ein paar geschälte Gurken hin. Sie war bereits eine Frau, aber in vielem noch wie ein Kind. Er trank und sah, daß sie sich freute. »Ich danke dir, Suzanne.«

Ihre Stimme zitterte. »George hat dich beneidet, weil du nach Kurdistan gegangen bist.« Dann setzte sie sich zu ihm auf die Bank und sagte: »Mutter macht sich große Sorgen.«

»Ich mache mir Sorgen!« schrie ihre Mutter. »Was spielt das schon für eine Rolle? Aber was wird aus George? Was meint ihr, wie er sich fühlt, eingesperrt in dieser Gluthitze, mit Hunderten von Kriminellen?«

»Nicht alle sind Kriminelle«, sagte Ramzi.

»Ich habe sie mit eigenen Augen gesehen. Ich war dort, und ich sage dir, ich zittere, wenn ich daran denke, daß mein Lämmchen unter all diesen Monstern sitzt.«

»Unsere Genossen werden ihn beschützen.«

»Das ist Gottes Rache, Jesus bestraft ihn!« Unvermittelt ergriff sie seine Hand und zerrte ihn über den Hof Sie riß eine Tür auf und sagte: »Komm schon, das mußt du dir ansehen.«

Er stand vor einem stinkenden Klo, das sich in nichts von vielen anderen in Bagdad unterschied. Aus irgendeinem Grund wandte er sich um und sah Suzanne an. Sie saß immer noch auf der Bank.

»Schau dir den Nagel in der Wand an«, zischte die Mutter und zwang ihn, seinen Kopf zur Klotür hineinzustecken.

Er wandte sich um und ging zurück auf den Hof. Hinter ihm schrie die Mutter: »Behandelt man so das Neue Testament? Nagelt man die Heilige Schrift an die Wand und wischt sich Tag für Tag mit den Seiten den Hintern ab? Du hast die Seele meines Sohnes zerstört, Ramzi. Würdest du so etwas auch mit deiner Thora machen? Würdest du es wagen?« Sie bekreuzigte sich. »Ist das die Art, mit der ein Jude wie du meinen Sohn vom rechten Weg abbringt?«

»Umm-George!« rief Ramzi. »Ich weiß nicht viel über euren Gott, und ich will auch gar nicht mehr wissen. Unser Gott ist ein alter Mann, mit dem man streiten, bei dem man sich beklagen, gegen den man protestieren kann. Wir haben es nicht nötig, mit ihm auf dem Klo idiotische Kämpfe auszufechten.«

»Suzanne«, rief Georges Mutter und schlug verzweifelt die Hände zusammen. »Verstehst du, was dieses Kind meint?«

»Ramzi hat versucht, dir zu erklären, daß George ein kleiner Narr ist.«

Die Mutter schüttelte den Kopf und sagte: »Er ist noch ein Kind.« Und dann fiel es ihr plötzlich wieder ein: »Und er sitzt zusammen mit einem Haufen von Ungeheuern hinter Gittern.«

»George wird morgen aus dem Gefängnis entlassen.«

»Wer wird ihn entlassen? Ich bin mit Suzanne zur Polizei gegangen, ich habe ihnen unser Haus und unsere armseligen Ersparnisse angeboten. Sie haben Suzanne mit lüsternen Blicken gemustert und kein Wort gesagt. Von Mördern lassen sie sich bestechen, ja, selbst jüdische Zionisten werden für Geld freigelassen! Aber Kommunisten? Warum hast du George nicht überredet, lieber Zionist zu werden? Ich habe Suzanne am Arm gepackt, und wir sind um unser Leben gerannt. Die Schreie der Gefolterten gellten uns in den Ohren.«

Ramzi wandte sich an Suzanne. »Du hättest da nicht hingehen sollen.«

»Er ist mein Bruder«, sagte sie.

DREI

Tova war, niemand hätte es vermutet, jünger als ihre Schwester Chatoun. Sie besaß nichts von der Eleganz Chatouns, die ihren Mann Scha'aschoua auf seinen Reisen begleitete und die Welt kennenlernte. Chatoun war gepflegt und sprach wie eine gebildete Frau. Selbst ihre Haut war reiner und schöner als die Tovas.

»Ich weiß nicht«, sagte Tova zu ihrer Schwester, »irgendwie habe ich das Gefühl, daß ständig jemand hinter mir steht und dafür sorgt, daß mir alles aus den Händen rutscht...«

»Du bist einfach müde.«

»Nein, das ist es nicht. Ich habe das Gefühl, als liege eine große schwarze Wolke über der Welt.«

»Also, wirklich«, schimpfte Chatoun. »Der Vater betrunken, die Mutter dabei, den Verstand zu verlieren, und die Braut geisteskrank.«

»Mein Herz bricht, aber ich schweige. Sucham, das goldene Vögelchen, das du mir entreißt, geisteskrank?«

»Goldenes Vögelchen?« Die damenhafte Chatoun hob die Stimme. »Ein Dreckstück ist sie. Oder hast du schon einmal von einer Braut gehört, die der *Haffafah* in den Leib tritt?«

»Sie ist erst siebzehn.«

»In ihrem Alter sollte ein Mädchen schon Mutter sein. Ich sage dir, sie ist geisteskrank. Armer Scha'aschoua.«

»Ich schweige, doch mir bricht das Herz«, sagte Tova schäumend vor Wut. »Dein Gatte, meine liebe Schwester, ist in dem Alter, in dem die Zähne faulen, die Bäuche wabbelig werden, die Därme üble Winde von sich geben und die Kehlen rauh sind von Katarrh – das ist es, was meine arme Sucham auf ihrem ehelichen Lager zu ertragen haben wird.«

Chatoun liebte Sucham, und sie wagte es nicht, ihrer Schwester vorzuhalten, daß das Mädchen verwöhnt war. Sie hatte ja selbst dazu beigetragen, Sucham zu verzärteln, seit sie ein Baby gewesen war.

»Sonst wäre sie am Ende in die Hände irgendeines Ramzi gefallen«, meinte sie nur. »Und die sterben ganz gewiß eines Tages mit den Kugeln eines Mörders im Leib.«

»Schwester«, schimpfte Tova, »was redest du da?«

»Ein Jude, der die Behörden herausfordert. Scha'aschoua hat gute Beziehungen, er weiß Bescheid. Sie werden Ramzi eines Tages schnappen, und dann machen sie ihn fertig.«

»Ramzi ist für mich wie mein eigener Sohn.«

»Deine Tochter redet mehr als genug über ihn. Ramzi hier, Ramzi da.« Plötzlich bebten ihre Brüste vor unterdrücktem Lachen. »Scha'aschoua ist ein Teufel, da gibt es keinen Zweifel. Vor ungefähr zwei Jahren verbrachte Sucham eine Nacht in unserem Haus. Als ich morgens die Augen öffnete, was glaubst du, habe ich da gesehen? Sucham, wie sie in ihrem Bett liegt und in den höchsten Tönen von Ramzi schwärmt. Ramzi, der Armeelager infiltriert, schlaue Bücher liest und in einem Boot über den Fluß flüchtet. Scha'aschoua hat alles mitangehört und keinen Ton dazu gesagt. Aber warten wir ab, wie weit seine Geduld jetzt noch reicht, wenn Sucham Ramzis Loblied singt.«

»Chatoun, genug jetzt!« rief Tova. »Seine Mutter kommt.«

Augenblicklich nahm Chatouns Gesicht einen damenhaften Ausdruck an. »Ich habe mir geschworen, Suchams Hochzeit mit Freude im Herzen zu feiern«, sagte Najya, als sie auf ihren hochhackigen Schuhen näher kam.

»Vielen Dank«, sagte Chatoun kalt.

Najya ignorierte sie. »Aber, Umm-Sucham, mein Herz blutet, wenn ich an meinen mit Blindheit geschlagenen Sohn denke.«

»Dein mit Blindheit geschlagener Sohn«, unterbrach Chatoun sie, »hätte um ein Haar alles ruiniert.«

Ein Hoffnungsfunke glomm in Najyas Augen. »Hat er um ihre Hand angehalten?«

»Ist dein Sohn vielleicht für die Ehe geschaffen?« fragte Chatoun zurück. »Er müßte im Gefängnis sitzen.«

»Da wird er schließlich auch enden.«

»Ihr alten Krähen!« schrie Sucham, die hereingekommen war. In ihrem Hochzeitskleid stand sie da, mit tränenverschmiertem Make-up. »Ihr seht aus wie Klageweiber auf einer Beerdigung.« Ihre Mutter eilte zu ihr, aber sie floh die Stufen hinauf aufs Dach.

»Sie stürzt sich hinunter«, jammerte Tova.

Während Sucham auf den Garten hinunterschaute, der für ihre Hochzeitsfeier vorbereitet war, wünschte sie sich nichts sehnlicher, als daß die Zeremonie bald vorbei wäre. Noch mitten im stürmischsten Gefühl allerdings achtete sie, während sie sich aufs Bett setzte und zu Ramzis Haus hinübersah, darauf, daß ihr Hochzeitskleid nicht knitterte. Ramzi, dieser Bastard! Immer hatte er sie wie ein Kind behandelt, er hielt es für seine Pflicht, sie zu beschützen. Seit dem Tag, da sie im Winter in den Teich gefallen war und er sie herausgezogen hatte, benahm er sich, als sei er für sie verantwortlich. Irgendwie kam ihr Ramzi immer noch wie ein kleiner Junge vor, der Teiche suchte, aus denen er Menschen retten konnte. Manchmal hatte sie den Wunsch, sich ihm anzuschließen. Menschen wie er waren nicht auf der Jagd nach einer Mitgift.

Sie wischte sich mit der Faust die Tränen ab. War er nur ein Kind, oder war er einfach ein Bastard? Vielleicht hatte er sie ja nie wirklich gewollt. Der dunkelhäutige Ramzi, der die Sprache der Moslems fließend beherrschte, war in die gefährliche Festung der Faschisten am al-Karak-Ufer geschickt worden. Eines Tages hatten sie ihn verwundet nach Hause gebracht. Dr. Joury wollte partout nicht glauben, daß die Wunden von einem Verkehrsunfall stammten.

»Warum tust du so etwas?« hatte sie wissen wollen.

»Ich bin Jude.«

»Dann werde lieber Zionist, das ist weniger gefährlich.«

»Mein Bruder Akram und seine Freunde sagen, die Welt sei durch und durch verdorben. Wahrscheinlich haben sie sogar recht. Sie wollen alle Juden auf einem kleinen Stück Land sammeln und die Welt an ihrer Verdorbenheit verrecken lassen. Sie träumen davon, einen sauberen Palast inmitten eines stinkenden Sumpfes zu bauen. Was sie aber bauen, ist ein gefährlicher Käfig, kein Palast.«

»Zumindest bauen sie ihn für sich selbst. Ich sag dir eins – sie sind keine Spinner. Weißt du, wieviel Geld sie von Scha'aschoua bekommen?« Er konnte diesen Namen nicht ertragen. Sofort vergaß er seine Wunden und schrie: »Laß mich in Ruhe! Geh doch hin zu diesem Dieb.«

»Ich gehe, wenn ich es will«, schrie sie zurück.

»Geh nur, geh, die Leute reden sowieso schon...«

»Was reden sie?«

»Schon gut.«

»Ich will es wissen!«

»Schau –jetzt weinst du«, sagte er vorwurfsvoll.

Wutentbrannt stürmte sie aus dem Haus, vielleicht, weil sie wußte, daß ein Körnchen Wahrheit in dem lag, was er gesagt hatte. Seit sie ein Baby gewesen war, galt sie als Sonnenschein im Haus ihrer Tante. Das nicht mehr ganz junge Ehepaar hatte vor Vergnügen über ihre Streiche gekreischt. Chatoun hatte sie mit Süßigkeiten vollgestopft, und Scha'aschoua hatte sie in die Luft geworfen, bis sie für solche Spiele zu schwer und er zu kurzatmig geworden war.

Einmal, ungefähr zwei Wochen vor dem Pessachfest, war er von einer Reise nach Erez Israel zurückgekommen und hatte ihr erzählt, daß es dort den lustigen Brauch gäbe, sich an Purim zu verkleiden und Maskenbälle bis spät in die Nacht hinein zu feiern. Ihre Tante war nicht zu Hause.

Sucham sah ein Jungenkostüm auf seinem Arm und fragte: »Was ist das?«

»Es ist für dich.«

»Das soll ich anziehen, einen Matrosenanzug?«

»In Erez Israel tun das viele Mädchen.«

»Nein.«

Er verließ das Zimmer, und als er zurückkam, brach sie in Gelächter aus. Er trug eins von Chatouns Kleidern und schwankte wie ein Betrunkener auf hochhackigen Schuhen. Seine haarigen Beine steckten in Seidenstrümpfen, und er imitierte Chatouns heisere Stimme: »Und jetzt, Licht meiner Augen, ziehen wir dir den Matrosenanzug an.«

Er ergriff sie, während sie noch lachte, entkleidete ihren sich windenden Körper und lachte mit ihr. Er wußte immer, wann er aufhören mußte. Entdeckte er Angst in ihren Augen, hörte er mit seinen Späßen auf. Dieses Mal jedoch bemerkte er ihre Angst erst, als sie nackt auf dem Teppich stand. Sie riß ihr Kleid an sich und flüsterte: »Nein.«

Sofort wandte er seine Augen ab und sagte mit enttäuschter Stimme: »Das war dumm von mir. Bagdad ist Bagdad. Wir werden den Anzug einem Wohltätigkeitsverein stiften.«

Aber obwohl sie sich schämte, spürte sie Bedauern. Der Matrosenanzug war so schön. Das war es aber nicht allein. Scha'aschoua weckte in ihr das Gefühl, daß sie sich nie an die Gebräuche fremder Länder gewöhnen würde.

Chatoun kletterte die Stufen zum Dach hinauf und fuhr sie an: »Steh auf. Schluß mit dieser idiotischen Komödie.«

Sucham erkannte, daß es zu spät war, sich aufzulehnen. »Jetzt weiß ich endlich, warum du mich ausgewählt hast. Du hast eine zweite Frau gesucht, die sich dir unterwerfen soll. Aber warte nur, ich werde euch beide zum Wahnsinn treiben.«

»Und in der Zwischenzeit lacht sich die ganze Nachbarschaft krank. Eine feine Braut! Merk dir eins, Scha'aschoua ist kein Narr. Er wird deine Kapriolen alles andere als lustig finden.«

»Ich werde schon mit ihm fertig.«

»Steh endlich auf. Die *Henna*-Zeremonie beginnt gleich, er wartet unten auf dich.«

»Dein Gatte?«

»Dein Gatte«, antwortete ihre Tante.

Eine lange, dicke Kerze steckte in einem Glas voll goldener Weizenähren. Ihr fahles Licht flackerte unter den elektrischen Lampen, die überall im Garten verteilt waren. Chatoun schob Sucham zwischen den wehklagenden Frauen hindurch. Neben der Kerze standen zwei mit Seidentüchern drapierte Sessel. In einem saß Scha'aschoua. Ein amüsiertes Lächeln umspielte seine Lippen unter dem Schnauzbart. Seit ihrer überstürzten Verlobung hatte Sucham versucht, ihn mit Ramzis Augen zu sehen – als den Lüstling, der durch den Schwarzmarkt fett und aufgedunsen geworden war, den degenerierten Sprößling einer wohlhabenden Familie, den ungeschlachten Ignoranten, der alles nur in Geld ausdrücken konnte. Aber sie schaffte es nicht. Das Bild, das Scha'aschoua bot, paßte nicht in den Rahmen, den sie vorbereitet hatte. Er war in einem unaufdringlich eleganten Anzug zur Zeremonie erschienen. Sein Lächeln bewies, daß er sich über die Riten, die die Frauen vor ihm zelebrierten, lustig machte.

Ohne ihn eines Blickes zu würdigen, nahm Sucham auf dem freien Sessel Platz. Ein paar Augenblicke lang lastete sein Schweigen auf ihr. Als sie ihn schließlich ansah, bemerkte sie ein verschwörerisches Lächeln auf seinem Gesicht. »Du amüsierst dich, wie man sieht«, zischte sie ihn an und bereute sofort, daß sie die erste war, die gesprochen hatte.

»Ich finde es abstoßend«, sagte er ruhig. »Die ganze Angelegenheit ist vulgär und sinnlos.«

Er klingt wie Ramzi, dachte sie. Er nahm ihr die harschen Worte, die sie sich zurechtgelegt hatte, aus dem Mund.

»Trotzdem bist du gekommen«, sagte sie.

»Deine Tante hat darauf bestanden. Ich bin überrascht, eine aufgeklärte Frau wie sie...«

Ramzi ist ein Idiot, sagte sie zu sich selbst, und ihre Wut richtete sich eher gegen den Jungen als gegen den Mann mittleren Alters an ihrer Seite. Die Nachbarsfrauen kamen, um ihr zu gratulieren. Verlegen wandten sie sich dann an den Bräutigam.

Ramzis Mutter sagte mit einem gezwungenen Lächeln auf den Lippen: »Mein Sohn ist ein Narr.«

»Er wird schon zur Vernunft kommen«, tröstete er sie in sorgsam gewähltem, humorvollem Ton.

Von ihren Gefühlen überwältigt, legte sie eine Hand auf den Kopf des Mädchens. In ihren Augen glänzten Tränen. »All diese Jahre habe ich meine Arme geöffnet, und sie fand ein Nest in ihnen, aber mein Sohn hat sich wie ein Narr benommen.«

»Er wird eine Frau nach seinem Herzen finden«, sagte Scha'aschoua mit gequälter Stimme.

»Wo? Im Gefängnis?«

»Er wird schon zur Vernunft kommen, Umm-Baruch. Schick ihn zu mir, und ich werde einen König aus ihm machen. Es liegt ganz bei ihm.«

Sucham sah ihn erstaunt an.

»Ich meine es ernst«, sagte er mit einem Blick auf die flackernde Kerze. »Ich brauche jemanden wie Ramzi.«

»Du meinst es gut«, sagte Ramzis Mutter, »aber es ist zu spät. Ich wünsche euch beiden viel Glück.« Damit trat sie zurück und wurde von der Menge verschluckt.

»Eine wunderbare Frau«, flüsterte Scha'aschoua in Suchams Ohr.

Sie war bleich. In ihrem Schoß zerdrückte sie den Stoff ihres weißen Kleides. Einen Augenblick lang dachte Scha'aschoua, sie würde aufspringen und weglaufen. »Die Zeremonie hat dich ermüdet«, sagte er. »Wir können sie beenden, wenn du willst. Siehst du meinen Bediensteten dort? Er wartet nur auf ein Zeichen von mir, dann schaltet er den elektrischen Strom ab. Stell dir das Durcheinander vor!«

Er war sich zu sicher, daß sie gegen jeden Vorschlag von seiner Seite Widerstand leisten würde. Was, wenn sie sagen würde: Na los, mach doch? Sie wußte, daß er dazu fähig war. Sein Geld und sein Ruf hatten ihn hemmungslos gemacht.

»Du schwitzt schrecklich«, sagte sie gehässig.

»Ich bin müde.«

»Schon? Das muß dein Alter sein.«

»Nein, das ist es nicht. Ich habe zwei Nächte hintereinander nicht geschlafen.«

»Warst du krank?«

»Ich habe studiert.«

»André Gide?« fragte sie spöttisch.

»Vatsyayana.«

»Wer ist denn das?«

»Ich werde es dir eines Tages sagen.«

Während der vergangenen zehn Tage hatte er wieder und wieder das Kamasutra des indischen Schriftstellers gelesen. Als er das Liebeshandbuch zum ersten Mal in der Hand hielt, war er verblüfft. Bis dahin hatte er gedacht, die Finessen der Liebe seien eine europäische Erfindung, Frucht einer Zivilisation, die Frauen mehr und mehr als dem Manne ebenbürtig ansah. Wie die meisten Männer, so war auch er von Kindheit an dazu erzogen worden, die Überlegenheit der Männer zu bewundern. Und dann kam Vatsyayana und brachte seine Überzeugungen ins Wanken. »Während der ersten drei Tage der Ehe sollen das Mädchen und ihr Gatte aller Liebesfreuden entsagen und ihre Speisen ungewürzt zu sich nehmen ...« Erst nach der zehnten Nacht durfte der Mann sich dem Mädchen nähern, bescheiden, mit zärtlichen Worten. Der Mann mußte die Zuneigung des Mädchens gewinnen, damit sie ihm vertraute, und er mußte jeden sexuellen Kontakt vermeiden. Denn Frauen waren zarte Wesen und wandten sich vom Sex ab, wenn man sich ihnen zu grob näherte. Der Mann mußte das Mädchen so umwerben, wie sie es mochte.

Scha'aschoua erkannte, daß ihm diese indische Weisheit sehr zustatten kam und es ihm nur so gelingen konnte, Sucham zu erobern. Er wollte sich zunächst an Vatsyayanas Rat halten. Als ein reifer Mann mit großer Erfahrung würde er Sucham erregen und sich heimlich bei Chatoun erleichtern. Er würde das Feuer in den Lenden des Mädchens schüren, bis sich ihr Körper nach ihm verzehrte. Das Dumme war nur, daß ein solches Programm viele Tage in Anspruch nehmen konnte. In der Zwischenzeit würden die Leute anfangen, sich das Maul zu zerreißen. Daß er ein gebrochenes Schilfrohr sei, daß er den Versuch unternehme, am Ende seiner Tage noch einmal ein Rennpferd zu reiten, würden sie sagen. Daß er das Mädchen nur geheiratet habe, damit sie ihm das Bett wärme. Aber es gab noch einen anderen Weg. Eine Synthese aus europäischer Methode und indischer Weisheit: eine Hochzeitsreise war die ideale Lösung. Es war Sommer. Er würde mit Sucham in die Schweizer Alpen fahren. Dort, fern von schadenfrohen Augen, würde er die richtige Atmosphäre finden, die Ruhe und Gelassenheit, die er brauchte, um das Feuer zu entfachen.

Aber der Mut verließ ihn sofort wieder. Scha'aschoua sagte sich, daß sein Plan nach Flucht aussah. Jeder würde denken, er habe das Mädchen mitgenommen, um seine Schande zu verbergen. Er habe mindere Ware erstanden, Fleisch, das andere vor ihm betatscht hatten, habe den vollen Preis für einen

Krug bezahlt, der bereits einen Sprung hatte. Ramzi habe sie berührt, wieder und wieder, und nun habe Scha'aschoua sie wegbringen müssen zu den fernen, schneebedeckten Bergen, um die Schande mit seinem hart verdienten Geld abzuwaschen. Mit seiner Braut habe er sich zugleich Hörner eingehandelt.

Er mußte mit Ramzi reden. Nicht, um ihn über die Vergangenheit zu befragen. Der Junge sah unschuldig genug aus, und Scha'aschoua war eigentlich sicher, daß er seine Hände nicht auf Sucham gelegt hatte. Wenn sie über ihn sprach, klang es so körperlos wie ferner Nebel. Nein, er wollte ihm eine ganz andere Frage stellen, eine, die ihm auf den Nägeln brannte: Wie schaffte Ramzi es, die öffentliche Meinung zu ignorieren, wie brachte er es fertig, verbreitete Vorurteile über Bord zu werfen und heilige Kühe zu schlachten? In seinen schlaflosen Nächten war Scha'aschoua klargeworden, daß so etwas schwerer war, als Kugeln zu trotzen.

Man reichte ihnen den *Henna*-Krug.

Sucham rümpfte die Nase und sagte: »Es stinkt.«

»Du brauchst doch nur deinen kleinen Finger hineinzutauchen.«

Sie fuhr mit beiden Händen in den Krug. »Jetzt habe ich rote Hände wie ein Beduine.«

»Wo ist er?«

»Wer?« fragte sie, obwohl sie wußte, wen er meinte.

»Dein Schwarzgesicht.«

»Er ist heute aus Kurdistan zurückgekommen.«

»Das habe ich gehört.«

VIER

Der *Jujube*-Baum warf seinen Schatten über die Veranda und schirmte sie ein wenig gegen die glutheiße Sonne ab, trotzdem war die Hitze erstickend. »Umm-George«, sagte Ramzi, »es wird alles in Ordnung kommen.«

»Gehst du weg?«

»Ja.«

»Wenn sie dich heute nacht schnappen, wer kümmert sich dann um George?«

An diese Möglichkeit hatte er noch gar nicht gedacht. Es gab keine Garantie dafür, daß er morgen immer noch frei über sein Schicksal entscheiden konnte.

Er versuchte, den Gedanken wegzulachen. »Ich gebe mir Mühe, nicht geschnappt zu werden.«

»Mutter«, sagte Suzanne, »ich gehe den Onkel besuchen, um zu sehen, wie es meinen Schwestern geht. Ramzi begleitet mich bis al-Raschid.«

»Warum ausgerechnet Ramzi?« fragte die Mutter kopfschüttelnd. »Ist er weniger verdächtig oder gefährlich als die Männer auf der Straße?«

Ramzi neigte den Kopf, wie ein Mann, der einen Makel eingestand. Doch Suzanne war von ihrer Absicht nicht abzubringen, und so traten sie zusammen auf die Straße hinaus. Sie ging wie eine Christin gekleidet, ohne *Abaya,* ihre nackten Arme waren sonnengebräunt.

Ramzis Müdigkeit war inzwischen einer panischen Angst gewichen. Er beschleunigte seine Schritte. Solange sie noch in der Gasse waren, wagte Suzanne nicht, darüber zu lachen.

»Renn doch nicht so«, keuchte sie.

»Tut mir leid«, sagte er. Sie ging so dicht neben ihm, daß er die Wärme ihres Körpers spürte.

Er kämpfte gegen die Leere in seinem Kopf. »Ist es eigentlich gefährlich, hier zu leben?«

»Es geht. Bellende Hunde beißen bekanntlich nicht.«

In ihren braunen Augen spiegelte sich die Melancholie der armseligen Gäßchen, in denen sie zu Hause war. »Eigentlich ist es mein Verlobter, Abed al-Ahad, vor dem meine Mutter Angst hat. Die Männer hier sind schrecklich eifersüchtig.«

Ramzis Rücken versteifte sich. Suzanne war cleverer als er. Sie achtete den Unterschied zwischen Liebe und Ehe.

»George hat mir erzählt, daß du seit deiner Kindheit versprochen bist«, sagte sie.

»Die Hochzeit findet heute abend statt.«

Ihre Finger schlossen sich um seinen Arm. Normalerweise hätte kein Bagdader Mädchen gewagt, einen Mann auf offener Straße so heftig zu berühren.

»Du heiratest heute abend?« Sie versuchte zu lächeln.

»Ich?« Ramzi kniff die Augen zusammen.

»Das hast du doch gerade gesagt.«

Er hätte ihr gern geantwortet, daß Sucham ihren eigenen Abed al-Ahad heiratete, zog es aber vor, den Mund zu halten. Nach einer Weile sagte er: »Hier ist al-Raschid.«

Er trat vom Bürgersteig und bahnte sich gegen den Verkehrsstrom seinen Weg zwischen den Autos und Karren hindurch. Das Hupen und Fluchen der Autofahrer begleitete ihn. Eine Peitsche knallte über seinem Kopf. Schnell sprang er auf den gegenüberliegenden Gehweg.

Abgelenkt von den Lampen auf der Brücke und dem Geruch, der vom Fluß heraufstieg, vergaß er sich und seine Umgebung. Es dauerte ein paar Augenblicke, bis er merkte, daß die Gestalt mit der achtlos über den Arm geworfenen Jacke, die auf dem gegenüberliegenden Bürgersteig an den Häuserwänden entlanghastete und den Passanten argwöhnische Blicke zuwarf, niemand anderes war als George. Er konnte es kaum fassen. In einer Aufwallung von Glücksgefühl wollte er über die Straße rennen und Georges kurzen, kräftigen Körper umarmen. Aber dieser Impuls war schnell verflogen. Die Arbeit im Untergrund hatte ihn gelehrt, Gefühle zu unterdrücken. Er blieb stehen, wo er war, und ließ seinen Blick über die geschäftige Straße wandern. Man konnte nie wissen, ob George nicht vielleicht beschattet wurde. Auf der anderen Straßenseite eilte George weiter, dicht an den Häuserwänden entlang. Ein junger Zeitungsverkäufer näherte sich ihm. George schrak zurück.

Ramzi überquerte erneut die Straße und ging auf George zu. Einen Augenblick lang blieb er stehen und kramte in seinen Taschen. Zigaretten, Streichhölzer, ein Taschentuch, Münzen und seine Schlüssel. Keine Papiere, keine Dokumente. Er wollte nur an George vorbeigehen, um zu sehen, wie er reagierte. Doch dann lächelte er ihn einfach an. George erkannte ihn und geriet in Panik. Verzweifelt sah er sich um, als suchte er eine Möglichkeit, seinem Freund zu entkommen. Augenblicklich erstarrte Ramzis Gesicht zur Maske. Ohne stehenzubleiben ging er weiter und fragte sich, wer von ihnen dabei war, in eine Falle zu laufen. Er holte den Zeitungsjungen ein und kaufte ihm etwas ab. Dann folgte er George, wobei er alle Sicherheitsüberlegungen in den Wind schlug. Er mußte fast rennen, um ihn einzuholen. Aber schließlich schlug er ihm freundschaftlich mit der Zeitung auf die Schulter.

»Laß mich in Ruhe! Geh mir aus den Augen!«

Ramzi war wie vom Donner gerührt. Endlich brachte er heraus: »George?«

»Ich kenne dich nicht, und du kennst mich nicht. Geh weg!«

»Was habe ich dir getan?«

»Das weißt du nicht?«

Tränen standen in Georges Augen.

»*Du* hast mir nichts getan. Bist du jetzt zufrieden? Ich will dich nie wieder sehen. Nie wieder. Hast du verstanden? Und jetzt geh!«

Ramzi verlor die Geduld. »O nein, mein Freund, so leicht kommst du mir nicht davon.«

George blieb stehen. Einen Moment lang vergaß er seine Ängste. Eine Spur Trotz lag in seiner Stimme, als er sagte: »Willst du mich vielleicht festhalten? Ich bin ein freier Mann ... Ich bin frei, hörst du?«

»Frei von wem, du Esel?«

»Von dir, von euch allen, von der ganzen Scheiße.«

»Warum haben sie dich laufenlassen?«

»Das geht dich nichts an.«

»O doch, mein Lieber, das geht mich sehr wohl etwas an.«

»Ich bin dir nichts schuldig.«

»Idiot«, sagte Ramzi, schüttelte den Kopf und schwieg.

George legte seine Jacke über den anderen Arm. Ramzi konnte Georges Brust durch das Hemd sehen. »Sie haben dich geschlagen«, sagte er. »George, sie haben dich gefoltert.«

»Was geht dich das an?«

»Komm, laß uns hier in dieses Eiscafé gehen, bitte!« flehte Ramzi und schob George durch die Tür. George hatte jeden Widerstand aufgegeben. Plötzlich machte er einen gebrochenen, fast unterwürfigen Eindruck.

Neben einem kleinen Tisch in einer ruhigen Ecke surrte ein Ventilator. Ramzi bestellte zwei Gläser kaltes Wasser für George.

»Hast du geredet?« fragte er.

George hob die Hand und starrte Ramzi feindselig an.

»Wen hast du verraten?«

»Edward.«

Edward war vor etlichen Wochen in den Untergrund gegangen. Er war enttarnt worden und hatte daher untertauchen müssen. Daß George über ihn geredet hatte, war also unerheblich.

»Wen noch?«

»Was macht das für einen Unterschied?«

»Du Schwein.«

George zuckte nicht einmal mit den Augenlidern. In den vergangenen vierundzwanzig Stunden hatte er schlimmere Schimpfwörter gehört. »Abed al-Asis«, sagte er.

»Und sie haben dich nicht ausgelacht?«

»Warum hätten sie lachen sollen? Sie haben ihn innerhalb einer Stunde verhaftet. Er hat alle möglichen Lügen erfunden, aber sie haben ihm nicht geglaubt.«

»Ist er immer noch dort?«

»Weiß ich nicht.«

»Was noch?«

»Ich habe ein Schriftstück unterschrieben. Ich habe bereut, verstehst du? Von jetzt an habe ich mit euch nichts mehr zu tun.«

Ramzi stocherte in seinem Eis herum und dachte nach.

Sein Schweigen machte George mißtrauisch. »Ich hätte das alles nicht noch einmal durchgestanden, verstehst du? Es waren nicht die Tritte und die Schläge, es war die Angst. Ich wußte, daß ich mir in die Hosen machen würde, und habe auch gar nicht erst den Versuch gemacht, dagegen anzukämpfen. Ich habe sogar gelächelt. Ich habe sie angelächelt und gehofft, sie würden mich für übergeschnappt halten und gehen lassen. Hast du eine Ahnung, was für Gefühle diese Art von Angst verursacht? Wie solltest du? Du mit deinen Leibwächtern, deinem reichen Vater und deiner normalen Mutter. Ich habe mich noch nie so elternlos gefühlt wie dort.«

»Und deine Genossen?« fragte Ramzi.

»Genossen bedeuten in einer solchen Lage nichts. Alles, was dir einfällt, ist, daß du keinen Vater hast und daß du deinen Gott schon aufgegeben hast. Es ist die Angst, ganz allein zu sein, eine Angst, die ich nie wieder haben will.«

»George«, flüsterte Ramzi, »du haßt mich.«

»Stimmt«, flüsterte George zurück. Er starrte auf eine Fliege, die einen leeren Eisbecher umkreiste.

»Du wirst mir wahrscheinlich nicht glauben, daß . . .«

»Scheißegal, was ich glaube«, unterbrach George. »Wenn sie dich gestellt haben, gibt es nichts mehr, nur noch Angst.«

»George, deine Schwester hat mir geglaubt.«

»Na, wenn schon. Für sie ist es nur ein Spiel. Ihr hat schließlich keiner die Haut heruntergerissen.«

»Wie auch immer, du hast es nicht getan«, sagte Ramzi.

»Ich habe was nicht getan?«

»Mich verraten. Du hättest mich verraten können, aber du hast es nicht getan.«

»Woher willst du das wissen?«

»Hast du?«

»Laß mich in Ruhe«, sagte George und stand auf. »Ich habe dir gesagt, daß ich dich nicht wiedersehen will.«

»Es ist wichtig: Hast du mich verraten oder nicht?«

Zum ersten Mal sah George Ramzi direkt ins Gesicht. »Weißt du jetzt, was Angst ist?«

Ramzi nahm seine Zeitung und verließ das Eiscafé.

Als er auf die Brücke trat, nahm er keinerlei Notiz von den Lichtern, die auf der Wasseroberfläche zitterten. Er schaute auf die Uhr und sah, daß noch vier Stunden blieben, bis Edward kommen würde, um ihn zu dem Treffen mitzunehmen. Edward und er waren in derselben Straße aufgewachsen. Selbst in den Reihen der Revolutionäre hatte Edward sein aristokratisches Gehabe nicht abgelegt. Sein Vater war Bankkaufmann, und Edward schämte sich seiner Abstammung, machte aber nicht den Versuch, sie zu leugnen. Er war auf seinen Schneider genauso stolz wie auf das geschliffene Englisch, das er sprach. Keiner wagte es, ihn zurechtzuweisen. Selbst diejenigen, die sich auf ihre Armut und ihren Mangel an Bildung etwas einbildeten, fürchteten sich vor seiner scharfen Zunge und seinem überlegenen Lächeln.

Fair play war nie seine Stärke gewesen. Ein Spiel ohne Betrügerei reizte ihn nicht. Ramzi, der immer leichte Beute für seine Tricks gewesen war, im Klassenzimmer genauso wie auf den Dattelplantagen in der Nachbarschaft, hatte das nicht vergessen.

Ramzi sehnte sich danach, Sucham zu sehen, um mit ihr über George zu sprechen. Irgend etwas stimmte an der ganzen Angelegenheit nicht. Mit ihr konnte er reden. Er fragte sie immer um Rat, wenn er etwas nicht verstand. Sie konnte zuhören und nickte mit dem Kopf, bis schließlich alles seine Richtigkeit hatte. In ihrer Gegenwart nahm die Zeit wieder ihre natürliche Dimension an, verschwanden die Hast und die Erregung, die seinen Verstand in Aufruhr versetzten. Sucham hatte keinen Bruder, der eifersüchtig über sie gewacht hätte. Ihre Mutter und ihr Vater vertrauten ihm. Sie lächelten sogar, wenn Sucham und er das Haus verließen, um allein zu sein. Sorglos durchstreiften sie die riesigen Parks oder saßen auf grünen Bänken unter grünen Bäumen. Sie berührten sich selten, und wenn, dann nicht absichtlich. Mitunter legte sie einen Finger auf sein Knie, um dem, was sie sagte, Nachdruck zu verleihen. Als sie sich das letzte Mal gesehen hatten, war ihr eine Mücke ins Auge geflogen. Er hatte eine Hand unter ihr Kinn gelegt und ihr das Insekt mit einem Zipfel seines Taschentuches aus dem Augenwinkel gefischt. Ihre Augen hatten angefangen zu tränen. Er erinnerte sich aus Kindheitstagen daran, wie man ein tränendes Auge behandelt, legte ihr sein Taschentuch übers Gesicht und blies fest auf ihr Auge.

Plötzlich zog sie das Taschentuch vom Gesicht, sah ihn mit

einem geröteten, tränenden und einem trockenen Auge an und fragte: »Liebst du diese Christin wirklich?«

»Suzanne?«

Eine Träne löste sich aus ihrem geröteten Auge. Er nahm das Taschentuch und wischte ihre Wange bis zum Mundwinkel ab. Er dachte, sie würde lachen.

Dann sagte sie: »Du wirst der erste Jude von ganz Bagdad sein, der eine Christin heiratet.«

»Ich hab dir doch gesagt, daß sie verlobt ist.«

Jetzt lachte sie wirklich. Ein wütendes, gnadenloses Lachen. Dann sagte sie: »Immer rennst du hinter Sachen her, die unerreichbar sind, verliebst dich in ein Mädchen, das du nicht heiraten kannst, was für eine Zeitverschwendung...«

»Du redest wie meine Großmutter.«

Sie schüttelte sein Taschentuch aus und sagte: »Puste noch einmal.«

Ramzi überquerte die Brücke und bog in eine stinkende, ungepflasterte Gasse voller Pfützen ein. Über allem lag ein stechender Geruch von Urin, menschlichen Exkrementen, saurem Schweiß und verfaultem Fisch. Kleine Kinder verrichteten ihre Notdurft direkt neben den Haustüren, dann kletterten sie auf die Dächer, um schlafen zu gehen.

Bei einem dunklen Alkoven blieb er stehen, kaufte ein paar Leberspießchen und zwei *Pittas* und wickelte sie in Zeitungspapier. Abu-Jassems Teehaus war leer. Ein barfüßiger Kellner in einem verschlissenen Kittel breitete den Tabak, den er aus Zigarettenstummeln geklaubt hatte, auf einem Stück Stoff aus, um ihn für *Nargilehs* vorzubereiten. Abu-Jassem lauschte schmachtenden Liedern aus dem Radio. Im Mundwinkel hing ihm die *Nargileh,* seine Beine hatte er hochgelegt.

»Guten Abend«, sagte Ramzi zögernd.

»Guten Abend«, brummte Abu-Jassem, nahm die *Nargileh* aus dem Mund und sah Ramzi ohne große Begeisterung an.

»Ist er im Stall?«

Abu-Jassem ließ seine Augen über den krummen Rücken des alten Kellners und das von Sonne und Regen rissig gewordene Holz der verblichenen Bänke wandern. »Er ist im Stall«, sagte er schließlich mürrisch. »Warum läßt du ihn nicht in Ruhe? Die Hundesöhne haben ihn zu Brei geschlagen, sie scheren sich einen Dreck darum, ob er stirbt oder nicht. Beim Gott der El-Kaaba, ich würde...« Er hob den Arm, dann verlor er mit einem Mal das Interesse an dem Jungen, der vor ihm stand, und an dem anderen Jungen, der im Stall war, schob sich die *Nargileh* zwischen die Zähne und wandte sich wieder dem Radio zu.

Die Gasse endete abrupt in den ausgedörrten Feldern, die im kalten Mondlicht wie gefroren wirkten. Vor ihm erhob sich die Lehmwand des Stalls, ein stechender Geruch stieg ihm in die Nase. Aus dem Stall klang das Scheppern eines Eimers herüber. Ein Pferd stampfte mit den Hufen, dann herrschte wieder Stille. Ramzi drückte gegen die Blechtür, sie ließ sich mühelos öffnen.

Abed al-Asis streichelte einem durstig trinkenden Pferd den Hals. »Trink, Licht meiner Augen. Es ist nicht deine Schuld, daß die Menschen eine arme Kreatur zusammengeschlagen haben, die dazu geboren ist, geschlagen zu werden. Trink.«

Ramzi lächelte und sagte: »Guten Abend, Abed al-Asis.«

Abed al-Asis machte keinen Versuch, seine Freude zu verbergen. »Was bringt dich aus der klaren Bergluft hierher? Man sagt, daß dort Quellen aus den Felsen hervorbrechen. Ich liege hier, ersticke fast in Gestank und Hitze und träume von diesen Quellen. Es gibt sie doch, oder? Und Birnbäume, die mit ihrem Schatten das Wasser kühlen, und Steine, die wie fiebrige Augen glänzen. Ist es wahr, daß die Äpfel dort rot sind wie die Wangen der Mädchen? Zerstör nur meine Träume nicht. Ich liege hier und träume von Birnen und Wasser. Aber heute kann ich nicht einmal zu meinem Bett hochklettern.«

»Ich habe davon gehört«, sagte Ramzi.

»Aber du hast es nicht gesehen, du hast es nicht gespürt, auf deinem eigenen Fleisch.«

Ramzi wurde verlegen. Schärfer als es seine Absicht war, sagte er: »Und ich dachte, du bist immun gegen Schmerzen.«

»Wegen der Tritte, die mein Vater mir versetzt hat? Weil der Stallbesitzer keinen Deut besser ist? Weil...« Seine Augenbrauen zogen sich zusammen, und seine Nasenflügel zitterten. Er preßte die Arme an den Körper und ballte die Hände zu Fäusten, um mit aller Gewalt ein Husten zu unterdrücken. Als ihm das gelungen war, sagte er stolz und ohne Ironie: »Ramzi, Schläge machen dich genausowenig immun gegen Schläge, wie dich Hunger gegen Hunger immun macht.«

Ramzi fiel das Bündel ein, das er in Zeitungspapier gewickelt bei sich trug. Er bot es ihm an und sagte: »Hier, für dich.«

»Du hast mir nicht richtig zugehört, mein Freund. Ich kann keine Flugblätter mehr verteilen, morgen nicht und übermorgen auch nicht. Ich sitze hier und denke darüber nach, daß ich gern aufs Dach gehen würde. Farhiyah war hier und hat mein Bett gemacht und die Lampe angezündet, aber sie zu bitten, daß sie mich aufs Dach hinaufträgt, habe ich nicht über mich gebracht.«

»Ich hab's nicht geschafft, Rettich aufzutreiben. Ich weiß, wie gern du Rettich ißt, konnte aber keinen finden. Nur ein paar Leberspießchen.«

Abed al-Asis stieß sich von der Mauer ab und stolperte breitbeinig und mit schmerzverzerrtem Gesicht auf Ramzi zu. Ramzi konnte deutlich sehen, daß ihm selbst die leichte Berührung des Baumwollkittels Schmerzen bereitete. Seine Nase war zerschmettert, angestrengt atmete er durch den Mund. Ramzi sah, daß ihm zwei Zähne fehlten. Abed al-Asis öffnete das Bündel und erstickte fast an dem Geruch, der ihm entströmte. Seine Hände zitterten so, daß ihm ein paar Leberspießchen auf den Boden fielen. Er preßte die Zeitung gegen die Brust und schaute enttäuscht auf die Leberspießchen, die in das mit Pferdeurin getränkte Stroh gefallen waren. Ramzi wußte, daß Abed al-Asis auf die Knie gefallen wäre und die heruntergefallenen Spießchen aus dem Stroh geklaubt hätte, wenn er allein gewesen wäre.

Die Hitze und der Gestank waren unerträglich. Ramzi war schweißgebadet. »Laß uns aufs Dach gehen«, schlug er vor.

»Ja, sicher«, sagte Abed al-Asis und stakste zur Treppe hinüber. Er schaute hinauf und kämpfte gegen einen Schwindelanfall.

»Komm, ich helf dir«, sagte Ramzi und schob seinem Freund eine Hand unter die Achsel.

Abed al-Asis, der an Schwindsucht litt, stieß ihn zurück. »Nein, nimm du das Essen und geh schon hinauf. Ich komme nach, keine Sorge.«

Das Rascheln des Kittels verriet Ramzi, daß sich Abed al-Asis auf allen vieren die Treppe hinaufquälte.

Auf dem Dach trank Ramzi einen Schluck Wasser aus dem Krug, den Farhiyah dort hingestellt hatte. Abed al-Asis kaute das Essen langsam und bedächtig.

»Wie war das möglich?« fragte Ramzi.

»Mein Freund, ihre rechte Hand weiß nicht, was die linke tut. Als ich ihnen gesagt habe, daß ich jeden Monat einen und einen halben Dinar von der Geheimpolizei erhalte, haben sie sich fast kaputtgelacht. George hingegen haben sie wie einen Effendi behandelt. Sie haben ihn auf frischer Tat ertappt und trotzdem nur ein bißchen gekitzelt. Was sie ihm erspart haben, haben sie mir überreichlich zukommen lassen. Wenn einer wie ich in ihre Hände fällt, verlieren sie jede Hemmung.«

»Und sie haben dir nicht geglaubt, daß du ein Polizeispitzel bist?«

»Das sag ich doch. Ich habe ihnen gesagt, daß ich meinen Lohn von Hani bekomme, aber sie haben gelacht und mich geschlagen. Nachmittags sind sie dann aber zu Hani gegangen und haben ihn gefragt. Als er sah, wie sie mich in der Mangel hatten, bekam der Hund plötzlich kalte Füße. Da mich jemand verpfiffen hatte, stimmte ja vielleicht etwas nicht mit mir. Statt ihn zu fragen, fielen sie wieder über mich her. Erst als ich Hani und sie alle verflucht und gedroht habe, jeden Kontakt mit der Geheimpolizei abzubrechen, haben sie diesen Idioten noch mal befragt. »Du lächelst«, sagte er plötzlich vorwurfsvoll, aber in seiner Stimme lag kein Zorn. Er blies auf die Lampe und wartete, bis sich der Kerosingestank in der Nachtluft verflüchtigt hatte. »Wenn es nicht so weh täte, würde ich mitlachen.«

»Du bist nicht wütend auf mich?« Ramzi war überrascht.

Abed al-Asis schaute zum Mond hoch und seufzte vor Zufriedenheit über seinen vollen Bauch. »Bist du sicher, daß dahinter nichts mehr ist?«

Ramzi schaute ebenfalls in den Himmel und schwieg. Wenn er in al-Karach war, tat er alles, um solche Diskussionen zu vermeiden.

»Es ist also alles leer?« fragte der Schwindsüchtige. »Dann sitzen wir hier in der Falle. Und selbst wenn das ganze Leben nichts anderes ist als Dreck aus dem Schoß deiner Mutter, hat es keinen Zweck, sich mit vagen Hoffnungen zu belügen. Wenn es keinen Gott gibt, warum sollte ich dann wütend auf jemanden sein? Inzwischen sehe ich die Dinge anders. Früher allerdings war ich wütend auf dich.«

»Wütend?«

»Ja, weil du ein Jude bist und es gewagt hast, in unser Territorium einzubrechen. Ich war der einzige in der ganzen Nachbarschaft, der an Gott glaubte. Und da kommt dieser jüdische Junge und erzählt allen im Teehaus, Gott sei eine Erfindung der Menschen. Als das mit meiner Schwindsucht anfing, wurde mein Glaube an Gott noch stärker.«

»Es wäre einfacher gewesen, mich zu verraten.«

»Diese Schweine hätten Gott nicht gerächt. Für eine Handvoll Datteln hätten sie ihre Seelen verkauft. Die ganze Katastrophe wurde mir erst bewußt, als ich kapierte, daß die Klinge die Haut deines Herzens berührt hatte, als wir unsere Messerstecherei hatten. Entweder ist dieser Gott nichts wert, sagte ich mir, oder er existiert ganz einfach nicht. Das war hart, Ramzi, noch härter als die Geschichte mit Farhiyah.«

Zum zweiten Mal erwähnte er seine Frau. Als Abed al-Asis noch als Fahrer für die städtische Busgesellschaft arbeitete, redeten die Leute schon darüber, daß Farhiyah die Männer um den Verstand brachte. Ihre mit Khol geschminkten Augen, ihre Grübchen und ihre blitzenden Zähne lachten den Frauen ins Gesicht. Barfuß schlenderte sie die ungepflasterte Straße entlang. Die winzigen Glocken an ihren Fußkettchen klingelten und schreckten selbst alte Männer aus ihrer Ruhe auf. Als Abed al-Asis von der Busgesellschaft gefeuert wurde und mehr und mehr Zeit im Teehaus oder auf seiner Matratze verbrachte, hörte Farhiyah auf einfach so herumzuschlendern. Jetzt stolzierte sie auf und ab. Die Glöckchen an ihren Fußkettchen brachten nun auch die jungen Männer um den Verstand. Dem wachsamen Auge Massuds, des Stallbesitzers, entging das nicht. Er bot dem Kranken und seiner hungrigen Frau mit den gierigen Augen eine Unterkunft über dem Stall an. Abed al-Asis sollte dafür nach den Pferden sehen. Das paßte den Stammgästen des Teehauses nicht, zumal sich ihr Argwohn bestätigte, als das Klingeln von Farhiyahs Glöckchen aufhörte.

Im Mondlicht kamen Ramzi Abed al-Asis' Augen wie zwei schwarze Löcher vor. Er stand auf und streckte sich. »Ich gehe.«

»Warum die Eile?«

»Ich habe eine Verabredung.«

Abed al-Asis klaubte die Krümel aus dem Zeitungspapier in seine Handfläche, rollte sie mit zwei Fingern zu einer Kugel und schob sie sich in den Mund. »Dieser George überrascht mich. Er hat dich nicht verraten, obwohl er vor Angst halb tot war.«

Ramzi lachte bitter. »Vielleicht wartet er auf eine bessere Gelegenheit. Auf Wiedersehen.«

»Vergiß beim nächsten Mal den Rettich nicht.«

FÜNF

Im Kasino ließ sich Ramzi in einen Segeltuchsessel fallen und starrte in den Himmel, der tiefblau über der Stadt lag. Er verfluchte Edward. Das Treffen war also doch nicht für zehn Uhr angesetzt worden. Könnte er doch nur mit Sucham reden! Aber warum, zum Teufel, sollte er eigentlich mit ihr reden? Er hätte sie anspucken können! Gemessen an dem, was sie getan hatte, war Georges Verrat ein Witz. George war in Angst und Schrecken versetzt, geschlagen und gedemütigt worden. Für seine Freiheit hatte er Genossen verraten, die ohnehin schon aufgeflogen waren. Sucham aber hatte sich selbst verkauft. Wofür? Ob sie den Kaufmann vielleicht liebte? Niemals! Wie konnte das Liebe sein? Sklavenhandel, das schon eher. Und in diesem Falle waren Sklave und Händler ein und dieselbe Person. Ekelhaft!

Er fühlte sich fiebrig. Sein Arm schlief langsam ein. Woran glaubst du eigentlich, Ramzi? An ein Bett und eine Decke, die du dir über den Kopf ziehen kannst. Steh auf und geh nach Hause, wie George. Warte nicht ab, bis man dich foltert und demütigt. Wenn Sucham es fertigbringt, ihre Seele für eine Handvoll Dinare wegzuwerfen, warum sollst du dann noch hier herumsitzen? Dieser Mann in Kurdistan ist weise. Er sagte dir, du seist noch ein Kind. Steh auf, Kind, geh zu Bett.

»Ich will aber nicht!« schrie er wütend dem Schatten entgegen, der über seinen Tisch fiel.

»Genau das soll ich dir sagen.«

»Ww-was?« Ramzi hob überrascht die Augen. »Entschuldigung, was hast du gesagt?« Das Aufwachen war quälend. »Ich dachte... Was hast du gesagt?«

»Verlaß sofort das Kasino, geh am Fluß entlang. Sie warten auf dich, neben dem Rohr an der dritten Pumpe, von hier aus gesehen. Ein grünes Boot mit weißen Kissen.«

Ramzi verließ das Kasino und wanderte am Ufer des Tigris entlang. Auf dem Wasser zwischen den Vergnügungsbooten spiegelte sich der Mond. Ramzis Gesicht war schweißgebadet, Schlamm bedeckte seine Schuhe. Einer von Edwards Tricks, dachte er. Seine Verrücktheiten haben Methode. Er genießt solche Arrangements – er elegant gekleidet und nach teurem Rasierwasser duftend, du erschöpft und dreckig.

An der dritten Pumpe hockten ein Hund und ein schwarzer Mechaniker, beide nur Haut und Knochen. Der Hund kläffte wütend. Der Mechaniker erhob sich mühsam von einer Matte und fragte freundlich: »Haben Sie etwas verloren? Suchen Sie Ihr Boot?«

»Ich warte auf jemanden.«

»Hier?« Er war überrascht.

»Wenn Sie nichts dagegen haben.«

»Ich? Das Land ist öffentliches Eigentum, und der Fluß gehört Allah. Still!« schrie er den Hund an. Dann schaute er zum Mond hinauf und lächelte. »Ah, ich verstehe, ein Stelldichein.«

Ein Boot näherte sich dem Ufer. Die Kissen schimmerten weiß, die Farbe des Kahns war nicht genau zu erkennen. Der Hund fing wieder an zu kläffen. »Wo ist denn das Mädchen?« fragte der Mechaniker enttäuscht.

Vom Boot her kam ein Räuspern. Ramzi trat ans Wasser. »Ich war in Balquis«, sagte er wie verabredet.

Der Bug des Bootes grub sich in den Schlamm. »Wer ist denn diese Krähe hinter dir?« wollte Edward wissen.

»Der Pumpenmechaniker.«

»Steig ein«, befahl Edward.

Der Mann an den Rudern beantwortete Ramzis Gruß wie ein Taubstummer mit einem Grunzen. Ganz im Gegensatz zu Edward, der angespannt auf seinem Sitz kauerte, lag der Führer lächelnd auf den schneeweißen Kissen.

Das Boot stieß ab, und Ramzi setzte sich hinter den Mann an den Rudern. Er fühlte sich unwohl, verlegen, wie immer in Gesellschaft von Leuten, die ihre Überlegenheit perfekt ausspielten. Die Polizei war dem Führer dicht auf den Fersen, doch er stellte lächelnd eine Nonchalance zur Schau, die der Biographie eines russischen Revolutionärs der Jahrhundertwende entlehnt zu sein schien. Der Ruderer war weder taub noch stumm, und das *Keffiya,* das seinen Kopf bedeckte, gehörte zu seiner Verkleidung. Ramzi kannte ihn. Früher war er Rechtsdozent gewesen. Er stand in dem Ruf, ein leidenschaftlicher Redner zu sein. Ramzi kam sich vor wie ein Kind, mit dem man sich einen Spaß erlaubt. Mit väterlicher Geste hob der Führer einen Arm und forderte ihn auf, neben ihm Platz zu nehmen.

»Wie war die Reise?« wollte er wissen.

»Ein Reinfall.«

Der Führer lächelte geduldig. Er holte eine Zigarette heraus, und Edward beeilte sich, ihm Feuer zu geben. Mit leicht tadelndem Unterton in der Stimme sagte er: »Du darfst nicht verzweifeln. Revolutionen werden nicht an einem Tag gemacht. Wie hat er reagiert?«

»Er hat sich höflich geweigert«, sagte Ramzi knapp.

Dem Führer mißfiel die Antwort. Er zog es vor, daß ihm seine Untergebenen ausführlich Bericht erstatteten, ohne abzuschweifen, während er hinter seinem Vorhang von Zigarettenrauch nachdenklich zuhörte. Jetzt blies auch noch eine leichte Brise den Rauch weg, und so saß er da, ungeschützt, einem müden, übellaunigen Jungen gegenüber.

Da Ramzi keine Anstalten machte fortzufahren, sagte der Führer wütend: »Wir sind nicht hier, um uns Rätsel anzuhören.«

Ramzi konnte nicht umhin, die beiden Führer – den in Kurdistan und den, neben dem er jetzt saß – miteinander zu vergleichen. Sie waren fast gleichaltrig. Statur und Stimme wiesen erstaunliche Ähnlichkeiten auf. Aber der Mann aus den Bergen Kurdistans hatte es nicht nötig, so ein affektiertes Gehabe an den Tag zu legen, wie der Mann auf dem Tigris. Er war die reife Frucht vieler Generationen, die Personifizierung harter Anstrengungen eines Volkes, das wußte, was vor ihm lag, und er hatte es nicht nötig, in einem Lehrbuch für Revolutionäre nachzuschlagen. Der Mann neben ihm hingegen war nichts als das Produkt einer Ideologie, jemand, der den jederzeit zur Aktion Bereiten nur spielte. Die beiden Männer verachteten sich. Ramzi wählte seine Worte sorgsam: »Er ist zu einer brüderlichen Allianz bereit und ergreift froh jede Hand, die man ihm reicht. Sein Volk sei gezwungen, das hat er mehrfach wiederholt: gezwungen, revolutionär zu sein, weil sie Kurden sind.«

»Blinde Nationalisten«, stieß der Führer hervor.

Ramzi sagte nichts.

Der Führer war überrascht. »Stimmst du mir nicht zu?«

»Ich habe um die Erlaubnis gebeten, mich mit kurdischen Kommunisten zu treffen«, sagte Ramzi. »Sie wurde mir erteilt. Sie vertraten die gleiche Ansicht: eine Allianz, kein Zusammenschluß.«

»Rechtsabweichler«, sagte der Führer mit Nachdruck.

Ramzi zeigte keinerlei Regung.

Edward lachte und meinte: »Sie haben ihn bekehrt, unseren Genossen Ramzi.«

»Genosse!« sagte der Führer abfällig. »Ramzi ist naiv. Ja, ja, naiv. Vielleicht haben wir noch nicht gelernt, seine wahren Talente zu erkennen. Schaut euch nur an, wie es in al-

Karach aussieht. Die Dinge stehen schlecht dort. Fast in jeder Zelle ein Polizeispitzel. Unser Ramzi ist zu vertrauensselig. Wir werden etwas Neues ausprobieren. Was meinst du dazu, Genosse Edward, wollen wir Ramzi eine neue Aufgabe übertragen?«

Edward setzte sein Erwachsenenlächeln auf. »Und welche?«

»Vielleicht sollten wir ihn in die Redaktion der Parteizeitung aufnehmen.«

Das Lächeln auf Edwards Lippen gefror. Er traute seinen Ohren nicht. »Ramzi?« rief er aus. Der Führer liebte es, ab und zu einen Scherz zu machen, aber das ging zu weit.

Ramzi war erregt. »Wann?« wollte er wissen.

Der Führer brach in derart brüllendes Gelächter aus, daß selbst der Rechtsdozent, der vorgab, taub und stumm zu sein, die Ruder einen Moment lang sinken ließ und seine Ohren spitzte. »Hört euch das an!« rief der Führer. »Er würde am liebsten sofort anfangen.«

Edward wandte sich an Ramzi. »Bis jetzt ist es nicht mehr als ein Vorschlag. Du wirst dich zunächst bewähren müssen.«

»Er fängt heute an«, sagte der Führer. »Auf der Stelle.«

Ramzi sah Edward an. »George ist gestern verhaftet und heute wieder freigelassen worden.«

»Das ist merkwürdig.«

»Er hat dich und Abed al-Asis verraten.«

»Das hätte ich mir denken können. Du hast ihn uns empfohlen.«

»Wer ist dieser Abed al-Asis?« wollte der Führer wissen.

»Ein Bursche mit zwei Gesichtern, den Ramzi nach vieler Mühe in al-Karach gefunden hat.«

Dieses Mal lachte der Führer ein natürliches Lachen, ruhig und angenehm. »Ramzi, Ramzi, was sollen wir nur mit dir machen?« Offensichtlich hatte er seinen Spaß. »Du wirbst einen Polizeispitzel an und schwörst, daß er uns treu ergeben ist. Wir schicken dich nach Kurdistan, und du bist bei deiner Rückkehr mehr Kurde als Araber. Und was ist mit deinem Bruder? Ich habe gehört, er sei Zionist. Wie kannst du erwarten, daß wir dir vertrauen, mein Junge?«

»Mein zionistischer Bruder empfindet mir gegenüber genauso. Er ist der Ansicht, daß unser Haus nicht mehr sicher genug ist – meinetwegen.«

»Dein Bruder wird dich vielleicht an die Polizei verraten.«

Ramzi war schockiert. »Mein Bruder?«

Edwards Gesicht wurde hart. »Wir spielen keine Spielehen, Ramzi. Das hier ist bitterer Ernst.«

Ramzi vergaß die Anwesenheit des Führers und des Dozenten. Er wollte Edward daran erinnern, daß sein Bruder Akram Jude war wie er selbst. Hatte man je gehört, daß ein Jude einen anderen an die Behörden verriet? Niemals! Er kochte vor Wut, trotzdem flüsterte er nur: »Du redest Unsinn, Edward.«

Das Gesicht des Führers wurde ernst. »So redet man nicht mit einem Genossen«, ermahnte er Ramzi. »Du weichst uns aus. Aber lassen wir es für den Augenblick dabei. Ist dir in letzter Zeit aufgefallen, daß sich die Atmosphäre verändert hat?«

Ramzi fühlte sich isoliert, eine unendliche Müdigkeit ergriff ihn. Die Stimme des Führers klang, als käme sie von ganz weit her. »Ich weiß es nicht, ich bin schließlich weggewesen.«

Der Führer setzte sich auf. »Selbst unsere Gegner fangen langsam an, uns zu verachten. Wir müssen etwas tun, wir müssen auf die Straße gehen.«

Ramzi nickte. Dann fiel ihm plötzlich ein, daß diejenigen, die auf die Straße geschickt wurden, um sich den Pferden, den Panzern und den Kugeln in den Weg zu stellen, Jungen waren wie er. »Sind wir schon so weit?« wollte er wissen.

»Solange wir uns zu Hause verstecken, erfahren wir das nie«, sagte der Führer.

Eifrig stimmte Ramzi zu.

In al-Karach verließ er gemeinsam mit Edward das Boot. Es war drei Uhr morgens, die Straßenlaternen kamen ihm in der Dunkelheit sehr hell vor. Ramzi schlurfte müde vorwärts. Edward hingegen war straff, dynamisch und munter wie immer. Keiner wäre auf den Gedanken gekommen, daß er sich schon seit einem Jahr auf der Flucht befand und an allen möglichen merkwürdigen Orten leben mußte.

»Wie sieht's bei euch aus?« wollte Edward wissen.

»Sucham wird heiraten.«

»Sucham?« Edward war verwirrt, dann lachte er und sagte: »Gute Nacht.«

»Gute Nacht.«

Ramzi steckte die Hände in die Hosentaschen und schlenderte nach Hause, eine Zigarette im Mundwinkel. So gingen die Helden in Hollywood-Filmen, wenn sie in Gedanken versunken waren. Doch der Rauch stieg ihm in die Augen. Er versuchte es mit dem federnden, selbstbewußten Gang eines Mannes, der wußte, was vor ihm lag. Neben einer Bank auf der Avenue bückte er sich und pflückte eine weiße Rose. Er würde sie in ein Stück Papier wickeln, an einen Stein binden und zu Sucham hinüberwerfen. Er sog den Duft der Rose ein. Dann schleuderte er sie auf die Straße und zertrat sie mit dem Absatz. Schmutzige, billige, verräterische dumme Kuh!

Lautlos öffnete er die Tür und zündete die Lampe an. Auf dem Tisch stand Essen für ihn: Wassermelone, *Pitta* und salziger Käse. Sfirones die Vierte kam vom Dach herunter, um zum Klo zu gehen. Als sie ihn sah, blieb sie wie angewurzelt stehen. »Was ist?« fragte er wütend. »Hast du Angst vor mir?« Jetzt bekam sie es erst recht mit der Angst zu tun. »Nichts, es ist nichts«, stammelte sie.

Sie huschte weg wie eine Maus und verschwand auf dem Klo. Er wußte, daß sie sich nicht wieder heraustrauen würde, solange er hier unten war. Also war er gezwungen, in den Garten zu gehen und sich auf der Wiese zu erleichtern. Plötzlich wurde ihm bewußt, daß er in die Pfefferminzbüsche pißte.

»Auch das noch«, murmelte er vor sich hin und dachte an den Uringeruch, der morgen über dem Mittagessen liegen würde. Er nahm den Schlauch und spritzte das Pfefferminzbeet ab.

Der Kopf seiner Mutter tauchte über ihm auf. »Abu-Baruch«, rief sie entsetzt. »Komm her, Abu-Baruch, und sieh dir das an! Dein Sohn ist verrückt geworden. Er steht im Mondlicht da und sprengt den Garten.«

SECHS

Sucham lag still neben der Brüstung auf dem Dach und schaute auf die Straße hinunter, dann ließ sie ihren Blick zu Ramzis Dach hinüberwandern. Sie strengte ihre Augen an. Von Zeit zu Zeit war ihr, als sähe sie jemanden die Straße entlangkommen. Sie hob ihren Kopf ein wenig und ließ ihn dann enttäuscht wieder auf das Kissen sinken. Ein- oder zweimal hatte sie das Gefühl, kurz eingeschlafen zu sein. Dann warf sie einen prüfenden Blick auf das Dach gegenüber und war erst beruhigt, wenn sie Ramzis Bett leer fand. Sie sah auf die mit Diamanten besetzte Uhr, die Scha'aschoua ihr geschenkt hatte. Als ihr klar wurde, wie spät es war, wollte sie ihre Wache verzweifelt aufgeben. Ramzi mußte sich entschlossen haben, die Nacht irgendwo anders zu verbringen. Ausgerechnet heute nacht, dachte sie. Bestimmt macht er das mit Absicht, um ihre Pläne zu durchkreuzen. Sie hatte ihr weißes, seidenes Nachthemd angezogen. So gekleidet, wollte sie wie ein Vogel zu ihm hingleiten. Nicht, daß sie Ramzi geliebt oder Scha'aschoua verachtet hätte, das war es nicht. Sie hatte nur Angst wie ein kleines Kind. Am nächsten Tag, wenn sie zum Weiterleben verdammt sein sollte, würde ihr Körper Scha'aschoua gehören. Sie liebte ihren Körper und war stolz auf ihn. Er war ihr wertvoll. Leidenschaften und Träume lebten in ihm. Sie biß sich auf den Finger. Scha'aschoua würde sie vergewaltigen müssen. Er würde den Verstand verlieren, seine guten Manieren und das jugendliche Lächeln, das in letzter Zeit auf seinem Gesicht lag, würden sich in nichts auflösen. Er würde sie mit seinen kurzen, krallenartigen Fingern packen.

Der Gedanke ließ sie erschaudern.

Nein, so sollte es nicht sein! Sie war keine arme Kuh, die sich widerstandslos Gewalt antun ließ. So hilflos war sie nicht. Sie besaß eine Waffe: Verachtung. Sie konnte ihn behandeln, als hätte er nicht viel mehr körperliche Substanz als ein Schatten. Mit Gleichgültigkeit würde sie seinen aufgeblasenen männlichen Stolz strafen. Wehren würde sie sich nicht, denn Gegenwehr bedeutete so etwas wie Respekt. Er war ein Nichts. Ein absolutes Nichts. Er würde sich ihrem Körper nähern und unnahbare Kälte finden.

Ihr war schlecht.

Nein, springen würde sie, in ihrem weißen Seidennachthemd würde sie vom Dach springen, direkt vor Ramzis Füße. Er, nur er hatte sie in diese Lage gebracht. Sollte er doch ihren Körper nehmen und ihren Tod auf sein Gewissen laden. Recht geschähe ihm. Bevor man sich aufmacht, die Welt zu verändern, sollte man zuerst prüfen, ob die Welt das überhaupt will. Von nun an, lieber Ramzi, wird deine Ernte nur noch aus Leichen bestehen.

Doch sie verpaßte den sehnlichst erwarteten Augenblick. Vielleicht war sie eingeschlafen, vielleicht zu sehr in ihre Fantasien verstrickt gewesen. Als sie die Augen öffnete, sah sie ihn auf der Wiese stehen, mit gespreizten Beinen und erhobenem Kopf. Ihr Herz war voll Sehnsucht nach ihm. Sie war bereits eine Frau, er immer noch ein Junge. Irgendwann waren sie beide Kinder gewesen. Eine schöne Zeit.

All die Jahre hindurch hatte sie ihn verstanden und geglaubt, was er sagte. Seinetwegen hatte sie sich verändert, war Männern ins Wort gefallen und hatte über deren Ansichten gelacht. Und die ganze Zeit hatte sie darauf gewartet, daß er sie auffordern würde, sich in die Reihen der Revolutionäre einzugliedern. Aber Ramzi hatte sie verraten, hatte sie allein gelassen auf ihren Barrikaden, unbewaffnet, umgeben von Männern und Frauen, die sich über sie lustig machten.

Sie wachte auf und sah ihn auf der Wiese stehen und mit Akram streiten. Sie war wütend auf ihn. Man hatte sie gezwungen, sich zu ergeben, jedoch nicht ihm. Und seinetwegen hatte sie vom Dach springen wollen!

Ramzis Vater tauchte aus seinem Moskitonetz auf, lehnte sich über die Brüstung und schimpfte mit seinen Söhnen.

»Hört mit dem Geschrei auf und laßt uns schlafen. Geht endlich zu Bett.«

Ramzi kletterte mit seinen nassen Sachen aufs Dach und legte sich hin.

Seine Mutter rief: »Du holst dir noch den Tod.«

Seit dem Sommeranfang hatte Ramzi sich angewöhnt, in seinen Kleidern zu schlafen. Sucham hatte es beobachtet. Ihr war klar, warum. So konnte er schneller fliehen. Allerdings wußte sie nicht, wie er das bewerkstelligen wollte. Das Haus war von einem Garten umgeben und das Dach sehr hoch. Aus Angst um ihn fand sie keine Ruhe. Während er schlief, lag sie bäuchlings auf dem Dach und beobachtete die Straße.

SIEBEN

Abed al-Asis lag auf dem Rücken, die Hände über dem Bauch gefaltet, und war dankbar. Er war satt, die Matte fühlte sich angenehm an, und er hatte ein mit Stroh gefülltes Kissen unter dem Kopf. Neben ihm stand ein Krug mit kühlem Wasser.

Er schaute zum Mond hinauf. Der Jude glaubte nicht daran, daß hinter dem Mond irgend etwas existierte – nur Leere, noch mehr Sterne und noch mehr Leere.

Was hatte dieser Jude nur gegen Allah? Ohne Gott gab es schließlich auch keine Juden, keine Moslems, keine Christen.

Abed al-Asis stand auf und glättete die *Daschdaschah* über seinen knochigen Knien. Im Licht des Mondes betrachtete er seine dünnen Arme. Sie waren immer schon so dünn gewesen. Hast du im Augenblick keine anderen Sorgen, schalt er sich. Dann ging er in den Hof hinunter, öffnete die Blechtür und trat auf die Straße hinaus.

Über Abu-Jassems Kopf zitterte ein Kranz schwarzer Mücken. Der alte Kellner hatte seine verschlissene Matte auf der Straße ausgebreitet und schlief. Seine rissigen Füße ragten aus dem Mehlsack, der ihm als Decke diente. Abu-Jassem hatte das Bett seiner Frau verlassen und sich im Teehaus einquartiert. Hier konnte er tun, was seiner Natur entsprach. Wenn ein junger Kellner mit glatter Haut und scheuen Augen im Teehaus auftauchte und um Arbeit bat, teilten die Gäste seine Freude.

Abu-Jassem beobachtete, wie Abed al-Asis in den Lichtkreis trat, und erwiderte seinen Gruß. Dann hob er eine Augenbraue: »Barfuß?«

»Meine Füße sind immer noch wund von den Schlägen. Der Boden ist weicher als die Sohlen meiner Schuhe.«

»Wir gehören Allah, und zu Allah kehren wir zurück«, murmelte Abu-Jassem mißbilligend. »Setz dich, setz dich. Warum stehst du herum? Sitzen kostet nichts. Hat der Jude dich gefunden?«

Abed al-Asis gab keine Antwort, dann fragte er: »Kann ich eine Tasse Tee haben?«

»Wenn dir der Sinn nach Tee steht, kannst du uns beiden eine Tasse eingießen, auf meine Kosten.«

Abed al-Asis ging zum Feuer hinüber und kehrte mit einem Tablett in der Hand zurück. Der Tee besänftigte Abu-Jassem nicht. Er stand auf, schaltete das Licht aus, füllte seine *Nargileh* und legte zwei glühende Holzstückchen auf den Tabak.

»Laß uns wie Männer miteinander reden«, sagte er. »Wie lange hast du noch zu leben?«

Abed al-Asis mochte solche Fragen nicht. Er beugte sich vor, berührte eins der glühenden Holzstückchen mit den Fingerspitzen und blies, ohne eine Antwort zu geben, in die Asche.

Der Teehausbesitzer steckte sich die Pfeife zwischen die Zähne, dann sagte er: »Vielleicht zwei Jahre, vielleicht drei? Und womit verschwendest du diese kostbare Zeit? Da kommt irgend so ein Jude daher, und du rennst ihm nach wie ein Bulle, dem man die Augen verbunden hat. Antworte mir: Lohnt es sich, sich für einen derartigen Unfug von der Polizei zusammenschlagen zu lassen? Laß doch die Reichen gegen die Reichen kämpfen! Sie haben Fleisch, das ihre Knochen polstert, sie können es sich leisten, zusammengeschlagen zu werden. Warum mußt du dich da einmischen?«

Abed al-Asis breitete die Arme aus. »Du kennst mich. Ich

denke viel, finde aber nicht die richtigen Worte. Mein Herz sagt mir, daß du unrecht hast. Namir könnte dir erklären, was ich meine.«

»Namir! Auch so einer, der mit einer Kugel im Bauch enden wird. Das Leben ist kurz, Abed al-Asis.«

Abed al-Asis hielt dies für eine gute Gelegenheit, die Zweifel loszuwerden, die er den ganzen Abend mit sich herumgeschleppt hatte. »Wenn du recht hast, Abu-Jassem, dann war der Krieg des Propheten Mohammed gegen die Sippe der Koraisch ebenfalls unnötig.«

Abed al-Asis sah Abu-Jassem gespannt an, er wartete darauf, für seine lästerlichen Worte zurechtgewiesen zu werden.

Abu-Jassem musterte die leeren Stühle um sich herum, als wollte er sich vergewissern, daß niemand zuhörte. Dann hob er die Augen zum Himmel und flüsterte: »Komm, laß uns offen darüber sprechen. Was hat der Prophet denn mit all seinen Kriegen erreicht? Die Starken sind stark geblieben, die Schwachen werden immer noch mit Füßen getreten.«

»Genau das hat der Jude auch gesagt.«

»Und was noch?«

»Daß wir alles zerstören und neu anfangen müssen.«

»Und dann kommen wieder die Starken und stoßen die Schwachen in den Schmutz. Warum gehst du nicht schlafen?«

Abed al-Asis schämte sich zuzugeben, daß er in letzter Zeit Angst hatte, allein zu sein, deshalb sagte er: »Ich warte, bis Namir aus dem Nachtclub zurückkommt.«

»Der führt ein Leben!« sagte Abu-Jassem voller Bewunderung. »Dieser Teufel weiß genau, wie man lebt, da gibt es keinen Zweifel. Fragt sich nur, ob er auch weiß, wie man stirbt.«

Abed al-Asis hielt das für Unsinn. »Hast du etwas dagegen, wenn ich hier warte, bis er kommt?«

»Setz dich nur, setz dich«, sagte Abu-Jassem und nickte ein.

Abed al-Asis hätte zu gern geraucht, wagte es aber nicht,

sich eine *Nargileh* zu machen, während der andere schlief. Doch selbst wenn er es gewagt hätte, er hätte gar keinen Tabak gehabt. Er suchte den Boden um sich herum ab, aber der alte Kellner hatte vor dem Schlafengehen bereits alle Zigarettenstummel aufgelesen, das Papier zerrissen und den stinkenden Tabak herausgeklaubt. Namir hatte immer Zigaretten dabei, manchmal sogar englische, sie waren mild und rochen angenehm. Er verstand es auch, sich zu kleiden. Ein richtiger Franji mit Krawatte und Socken und einem kleinen Taschentuch, das aus seiner sauberen Rocktasche ragte. Jeden Morgen bügelte er eigenhändig seine Kleidung. Er bewegte sich wie ein Seiltänzer durch das schmutzige Viertel, peinlich darauf bedacht, daß die Regenpfützen im Winter und die Abwasserlachen im Sommer seine Schuhe nicht beschmutzten.

Auf den ersten Blick wirkte er wie der dandyhafte Kellner eines erstklassigen Lokals. In Wirklichkeit aber besaß er den Stolz und die Vorsicht eines Kämpfers. Seit seinem vierzehnten Lebensjahr teilte er die Menschen in zwei Gruppen ein – in solche, die seinen Bruder ermordet hatten, und die anderen, die ihm helfen konnten, das Blut seines Bruders zu rächen. Vielleicht gehörte er aus diesem Grund nicht zu denen, die Ramzi hinter dessen Rücken »den Juden« nannten, wie Abed al-Asis das tat. Ramzi war sein Munitionslieferant und Führer. Namir bewunderte ihn und vertraute ihm. Womöglich hatte er sogar gelernt, ihn zu lieben. Er war fest davon überzeugt, daß er Ramzi ebenbürtig war und intelligent genug, all die komplizierten Dinge zu lernen, die Ramzi kannte. Ich wünsche ihm viel Glück dabei, dachte Abed al-Asis mit einer Spur Bedauern. Soll er doch den Juden lieben. Hatte er nicht sogar geplant, ihn, Abed al-Asis, wegen des Juden im Fluß zu ertränken? Ein Moslem tötet einen Moslem wegen eines Juden!

Sein Verlangen nach einer Zigarette verschwand. Er stand auf und wollte sich eben wegstehlen, als Abu-Jassem aufwachte. »Hast du nicht gesagt, daß du auf Namir warten willst?«

»Er ist heute abend spät dran, und ich bin müde, Abu-Jassem.«

»Es ist nicht die Müdigkeit, es ist die Schwindsucht. Geh schlafen.«

»Gute Nacht.«

Grußlos winkte ihm Abu-Jassem mit dem Mundstück seiner *Nargileh* nach. Der Boden unter den nackten Füßen war kalt. Abed al-Asis fröstelte. Er schlug die Arme vor der Brust zusammen, bis er die Stalltür erreicht hatte. Als er sie aufstieß, hörte er vom Dach Namirs Stimme. »Komm rauf.«

»Ich bin zu schwach, um die Stufen hinaufzusteigen. Außerdem ist mir kalt.«

Namir kam die Stufen hinunter und half ihm. Abed al-Asis hatte sich mittlerweile daran gewöhnt, solche Freundschaftsdienste zu akzeptieren, vor allem von Farhiyah und Namir. Er legte sich auf die Matte, Namir deckte ihn zu.

»Der Jude war hier.«

Namir seufzte erleichtert. »Endlich.«

»Eine Zigarette, mein Freund.«

»Du brauchst eine Zigarette jetzt so nötig wie ich einen Mund voll Scheiße.«

»Ich hab im Teehaus gesessen und von einer Zigarette geträumt. Zwei Stunden lang habe ich mich nach einer Zigarette gesehnt ... obwohl ich eigentlich gar nicht mehr rauchen möchte. Seltsam, wie Wünsche kommen und gehen, ohne daß man etwas dagegen tun kann.«

»Was hat Ramzi gesagt?«

»Nichts Besonderes. Er hatte gehört, daß ich verhaftet worden bin, und wollte nach mir sehen.« Aus irgendeinem Grund schämte er sich, Namir von dem Essen zu erzählen.

Namir sagte mürrisch: »Farhiyah war auch hier.«

»Ja«, flüsterte Abed al-Asis.

»Sieh zu, daß du sie los wirst.«

Abed al-Asis sagte nichts. Er wußte, was Namir meinte. In Fällen wie diesem kam eine Scheidung nicht in Frage. Aus Namir sprach nicht der Revolutionär, sondern der fanatische Araber. Abed al-Asis wollte lachen, wollte sagen, daß es bittere Ironie wäre, wenn ein Revolutionär, dessen Lungen langsam verrotteten, für den Mord an seiner Frau ins Gefängnis wanderte, wollte ihm erklären, daß es grausam war, von ihm den Verzicht auf die Ehre eines politischen Gefangenen zu verlangen und ihn statt dessen unter gemeinen Mördern sterben zu lassen.

»Eines Tages«, sagte Namir, »wirst du handeln müssen.«

»Ich weiß.«

»Ich geh jetzt nach Hause und laß dich schlafen. Brauchst du noch irgend etwas?«

»Nein, danke.«

»Hast du Zucker für deinen Tee morgen früh?«

»Natürlich«, log Abed al-Asis.

Er hatte noch nicht einmal Tee.

ACHT

Scha'aschoua zog dem bleichen, zitternden Mädchen in weißer Spitze und Seide die andere Sucham vor, deren Augen Feuer sprühten. Aber vielleicht war ihre Angst ganz nützlich.

Er betrachtete die Tische, die unter der Last der Speisen ächzten, und ein Gefühl von Übelkeit stieg in ihm auf. Rechts und links von ihm fielen die Verwandten über die mit Reis, Rosinen, Hühnerfleisch, Weintrauben und Pfirsichen gefüllten Schalen her, als hätten sie seit Tagen nichts mehr zu essen bekommen. Er sah ihre Münder sich öffnen und schließen wie die Mäuler von Fischen, die nach Luft japsen. Kinder zwängten sich durch den Pulk der Erwachsenen und rissen die silbernen und goldenen Bänder herunter, mit denen die Tische geschmückt waren.

Erst zwei Stunden zuvor hatte er gebadet, hatte sich gepudert und parfümiert, aber er wurde das Gefühl nicht los, daß er stank. Schon bald würde er in Sucham eindringen.

Sie ist ein Kind, schalt er sich, und du hast Angst, Angst wie sie. Sorg dafür, daß deine Furcht die ihre nicht noch verstärkt. Sei ein Mann, Scha'aschoua! Seit Hunderten von Jahren wird den Mädchen wie ihren Müttern eine unumstößliche Überzeugung eingeimpft: Geld bedeutet Macht, Reichtum bedeutet Schönheit und Gold bedeutet Jugend. Für sie gibt es keinen Unterschied zwischen einem reichen Mann und seinem Vermögen. Dieses Schwarzgesicht aber hat Suchams Seele verdorben. In ihren Augen bist du ein Schurke und ein Dieb.

Scha'aschoua machte ein mürrisches Gesicht.

Es dauerte einige Augenblicke, bis er merkte, daß Chatoun mit ihm sprach. Auf ihrem Gesicht lag ein törichtes, künstliches Lächeln, ihre Augen blickten besorgt.

»Was willst du«, brummte er.

»Scha'aschoua, du kümmerst dich zuwenig um deine Braut.«

Das Hühnerbein in Scha'aschouas Hand schwebte über einer Platte mit Fisch. Er schaute auf die Säule aus Spitze und Seide neben sich, nahm seinen ganzen Mut zusammen und fragte vorsichtig: »Möchtest du nichts essen?«

Fast sofort wurde ihm klar, daß er einen Fehler gemacht hatte. Du behandelst sie, als hättest du ihr etwas angetan, ermutigst sie noch, sich hinter eine Wand aus Beleidigungen zurückzuziehen, dabei willst du ihr nur ein gutes Leben bieten. Dankbar sollte sie dir dafür sein.

Sucham wies das Hühnerbein mit weiß behandschuhter Hand zurück. Sie wollte etwas sagen, überlegte es sich aber anders. Er sah, wie ihre Augen prüfend die über den Tisch gebeugten Gesichter betrachteten, und lächelte. Nein, meine Liebe, du wirst ihn hier nicht finden.

Er wollte gerade das Hühnerbein in eine Schüssel fallen lassen, als einer der Männer, der ihn beobachtet hatte, mit vollem Mund schrie: »Scha'aschoua, du fängst ja jetzt schon an, dich unterzuordnen!«

Jamil, der Playboy der Familie, wandte sich dem Mann zu und fragte knapp: »Was spricht denn dagegen?«

Der Mann wischte sich mit einem Taschentuch den Mund ab und sagte: »Du bist ein modern denkender Mensch, Jamil, und hast für alles nur Verachtung. Aber laß dir eins von mir sagen: Wir Älteren verstehen mehr von diesen Dingen als du. Wer sich zum Fußabstreifer seiner Frau machen läßt, wird niemals glücklich, und seine Frau auch nicht. Ein Mann, der es verdient, als solcher bezeichnet zu werden, muß das seiner Frau von Anfang an unmißverständlich klarmachen.«

Jamil wandte sich an Sucham. »Achte gar nicht auf ihn«, sagte er auf französisch. »Er ist ein Tier.«

Sucham lächelte Ramzi an. Endlich hatte sie ihn entdeckt. Er saß auf einem Fahrrad und machte sich über Jamil lustig. Wie grausam er sein konnte. Noch nie war er über jemanden so hergezogen. Sie lachte, und er fluchte in den höchsten Tönen: »Dieser gelbe Skorpion, diese kriechende Schlange, dieser degenerierte Lüstling.«

»Du bist eifersüchtig«, spottete sie mit blitzenden Augen.

»Ich, eifersüchtig auf diesen lächerlichen Clown?«

»Er ist ein kultivierter Mann«, neckte sie ihn. »Wie viele von dieser Sorte gibt es hier?«

Ramzi richtete sich auf, einen Fuß auf der Pedale, und sah zu den Wipfeln der Palmen hoch. Die Reifen drehten auf dem Kies durch. »Er ist eine männliche Nutte«, sagte er und raste davon.

»Na bitte«, sagte Scha'aschoua, »du kannst ja lächeln, wenn du willst.«

Sucham sah ihn erstaunt an, dann fiel ihr wieder ein, wo sie war. Die Zeiten der Freiheit waren vorbei. Gestern abend hatte sie ihre letzte Chance vertan. Sie hätte durch die klare Sommernacht fliegen und vor Ramzis Füßen landen können. Doch sie hatte es nicht getan.

Sie wünschte sich, daß dieses Fest nie zu Ende ging, versuchte sogar zu ignorieren, daß ihr Hals wie zugeschnürt war, und griff nach den Weintrauben.

Scha'aschoua wollte diskret sein, aber die Frage brannte ihm auf der Zunge. Er sah, wie sie ihre Zähne in die Trauben grub, und beugte sich zu ihr hinüber. »Hat Chatoun mit dir gesprochen?«

Sucham errötete.

Einmal war sie mit Ramzi auf der Straße gegangen, die nach al-Masbah führte. Er sprach erregt, Frühlingsgerüche stiegen ihm in die Nase. Verlegen versuchte er, seinen Körper zwischen sie und die abscheuliche Szene zu schieben: Auf einem leeren Grundstück standen zwei hagere Männer. An einem Strick hielten sie eine Kuh, die wie sie selbst nur aus Haut und Knochen bestand. Zwei weitere Männer hielten einen Bullen, der sich wild und erregt gebärdete. Der Rücken der kleinen Kuh zitterte, Schaum blubberte um das Maul des Bullen. Plötzlich sprang er ungelenk nach vorn und zog die beiden Männer einfach mit sich. Die Kuh floh. Sucham hatte es geschafft, einen kurzen Blick auf das Ding zu werfen, das aus dem Bauch des Bullen wuchs, bevor Ramzi es mit seinem Körper verdecken konnte. Er hatte sie bei den Schultern gepackt, herumgedreht und seinen Vortrag fortgesetzt.

Sie hatte gelächelt und nach einer Weile gesagt: »Armes Ding.«

»Wer?«

»Der Bulle.«

Chatoun rief den Gästen zu: »Und nun, meine Damen und Herren, erlauben Sie bitte der Braut und dem Bräutigam ...«

Der Rest ihrer kleinen Rede ging im Stimmengewirr unter, das jetzt einsetzte. Sucham hätte sich am liebsten an den Tisch geklammert. Die braunen Flecken, die zermatschten Speisenreste und die angenagten, in Wassermelonensaft schwimmenden Äpfel hielten sie jedoch davon ab. Scha'aschouas Finger schlossen sich um ihren Arm. Ihr Vater, ausnahmsweise nüchtern, saß stumm neben ihr.

Es wurde dunkel und Sucham träumte einen Moment, sie befände sich mit Ramzi in einem Wagen. Der Kutscher drehte sich auf seinem Bock um und zog das Verdeck über die beiden, als würde es in Strömen regnen. Die Sitze waren weich. Ramzi sank in seine Ecke; während sie sich in ihre drückte, hörte sie das Klappern der Hufe auf dem Pflaster und das Klingeln der Glöckchen. Sucham hatte Angst, wußte aber nicht, wovor. Die Sitze waren weich, die Palmen verströmten Frühlingsdüfte. Erstaunt stellte sie fest, daß es Ramzi war, vor dem sie Angst hatte. Als die Angst schwand, fühlte sie eine tiefe Traurigkeit. Jeder Augenblick, der verging, war wie eine Ewigkeit, die im Dunkel des Vergessens versank. Sie hatte das Gefühl, daß Ramzi kleiner und kleiner wurde, seine Konturen verlor und allmählich verschwand. Sie war an sein Schweigen gewöhnt, aber dieses Schweigen in der Dunkelheit verwirrte sie. Sie wünschte, die Kutsche würde anhalten und die seltsame Reise enden.

»Ramzi, bist du noch da?« flüsterte sie.

Jamil winkte mit einem parfümierten Taschentuch und rief: »In Europa küssen die Gäste die Braut...«

Außer Scha'aschoua befanden sich noch drei oder vier Frauen im Haus. Er spürte, daß Sucham genauso wie er darauf brannte, den Frauen zu entfliehen. Als er die Tür schloß, stand sie neben dem großen Bett. Die Sicherheit, die er während der Feier an den Tag gelegt hatte, löste sich langsam auf. Das Fenster stand offen, und der neue Ventilator surrte unermüdlich, trotzdem war es heiß im Zimmer. Die Lampen waren zu hell, die Frauen, die hinter der Tür warteten, bedrückend gegenwärtig. Er erstickte fast in seinen Kleidern. Auch Sucham war in mehrere Lagen weißen Stoffes gehüllt. Er spürte, daß ihre Angst vor ihm verflogen war, daß sie ihn nur noch haßte. Es störte ihn nicht, denn mittlerweile haßte er sie auch. All seine Weisheit, seine Erfahrung hatten ihn verlassen. Die Ratschläge des Kamasutra kamen ihm vor wie ein Witz.

»Du brauchst doch nicht zu stehen, setz dich.«

Die Aufforderung war lächerlich, denn die einzige Sitzgelegenheit im Zimmer war das Bett, das Sucham nicht einmal anschauen wollte, geschweige denn darauf sitzen. Stocksteif und mit geballten Fäusten stand sie da; die Augen hinter dem Schleier waren trüb.

Sie lacht mich aus. Scha'aschoua versuchte, die Flammen seiner Wut anzufachen. Diese kleine Hure macht sich über mich lustig. Sie hat es bereits mit ihrem Schwarzgesicht getrieben. Wahrscheinlich hatte er sie besprungen wie ein junger Ziegenbock. Schüchtere sie ein, Scha'aschoua, mach ihr angst! Sie ist schließlich nur eine Frau, und du bist ein Mann.

Scha'aschoua versuchte es in sachlichem Ton. »Hat Chatoun mit dir gesprochen?« wollte er wissen, aber seine Stimme verriet Angst.

»Du und Chatoun«, flüsterte sie.

Er verlor die Geduld. »Bist du noch unberührt oder nicht? Sag's mir!« fuhr er sie an.

Es dauerte einige Augenblicke, bis er merkte, daß sie weinte. Er wurde blaß. »Aha! Also hat sich das Schwarzgesicht an dir zu schaffen gemacht!« Dann stampfte er auf sie zu, in seinen Mundwinkeln sammelte sich Speichel.

»Hast du mit dem Schwarzgesicht schon einen Weg ausgeheckt, wie ihr es hinter meinem Rücken weiter treiben könnt? Ist doch ein bequemes Arrangement. Warum sollte er denn heiraten und für den Unterhalt einer Frau aufkommen? Zwischen zwei Schlachten mit der Polizei kann er zu dir kommen und seinen schmutzigen Samen in deinen Körper ergießen.« Er riß ihr den Schleier vom Gesicht. »Ich bin Scha'aschoua! Es wird Zeit, daß du das begreifst!«

Fluchend riß er ihr im grellen Licht die Knöpfe ab. Ihre Augen waren weit aufgerissen. In panischer Angst versteifte sich ihr Körper, zuckte dann unter seinem wie von Krämpfen geschüttelt. Er war noch fast vollständig bekleidet. Seine Krawatte rutschte über ihre Nase und ihren Mund, als er sie auf der Tagesdecke nahm, die noch immer auf dem Bett lag.

Als alles vorbei war, trat er erschüttert zurück, deutete mit dem Zeigefinger auf die Tagesdecke und stammelte: »Du…

du…« Dann sah er beschämt auf seinen ausgestreckten Finger, winkelte ihn ab und biß darauf. »Du… du…«

Er ging zur Tür und kam wieder zurück. Er schaute auf das Bett, auf ihren Körper, der hilflos vor ihm lag, und fiel ihr auf die Knie. »Warum hast du mir nichts gesagt?« Dann erhob er sich, zog seinen Gürtel fest und rief: »Sucham, mein Engel!«

NEUN

Wäre George fähig gewesen, mit offenen Augen zu schlafen, er hätte es getan. Seit ihn die Geheimpolizei freigelassen hatte, erfüllte ihn die Dunkelheit mit Furcht. Sogar der *Jujube*-Baum, der mit seinen Ästen den ganzen Hof überschattete und dessen Krone über das Dach hinausragte, jagte ihm Angst ein. Das unheimliche Rascheln seiner Blätter hinderte ihn am Einschlafen, wenn er auf dem Dach lag. Der verdammte Baum hatte sich mittlerweile zu einem ganzen Wald ausgewachsen, in dessen Ästen es von Staren, Tauben, Krähen, Katzen, Insekten und weiß Gott was für Wesen nur so wimmelte. Unheimliche Gestalten, zwischen denen sich in seinen Halluzinationen Dämonen und böse Geister schlängelten, krochen über die Äste und in seine Träume. In der Nacht zuvor war er, von Panik erfüllt, mit der lähmenden Gewißheit aufgewacht, daß sich zwischen den Blättern zwei Polizeiagenten versteckt hielten. Er wollte aufspringen, wollte schreien, doch er traute sich nicht. Er wagte kaum zu atmen. Sie waren ständig anwesend, saßen da und beobachteten ihn, sahen zu, wie er mit seiner Mutter und seiner Schwester zu Abend aß, hielten sich zwischen den Ästen versteckt, nachdem alle eingeschlafen waren – schwarz wie die Hölle und bedrohlich in ihrem Schweigen.

Ängstlich zog er die Decke bis ans Kinn. Als nichts geschah, zog er weiter, bis die Decke seinen Mund und seine

Nase bedeckte. Heiß und stickig war es darunter, aber die furchteinflößende Gegenwart der Spitzel war schlimmer. Lange Zeit blieb George so liegen, eingerollt in die Decke, seine Glieder leicht vor Angst, seine Schläfen pochend. Du provozierst sie schon wieder, warf er sich vor. Du bist durchsichtig wie ein vertrockneter Schmetterling. Sie können dich zwischen Zeigefinger und Daumen halten und direkt in dich hineinsehen. Bestimmt wissen sie Bescheid. Sie müssen dich einfach durchschaut haben. Du hast ihnen nichts über Ramzi erzählt, obwohl du alles über ihn weißt. An Edward waren sie nicht sonderlich interessiert, über ihn wissen sie schon Bescheid. Seit Monaten sind sie ihm dicht auf den Fersen. Und sie rasen vor Wut, weil du sie wegen Abed al-Asis zum Narren gehalten hast. Eigentlich sind sie nur an einem interessiert – an Ramzi. Aber sie tappen im dunkeln, wissen nicht einmal, daß er Jude ist. Irgendwas ist in ihren Listen verwechselt worden. Aber sie wissen, daß du etwas weißt. Sie haben dich laufenlassen, wie eine Spinne eine Fliege freigibt, damit sie sich in ihrem Netz zu Tode zappelt. Sie wollen Ramzi von dir, George.

Ramzi hatte einmal zu ihm gesagt: »Steh auf und schau der Angst ins Gesicht.«

Ich werde es tun. Ich werde die Decke abwerfen. Ich werde auf den *Jujube*-Baum klettern und ihnen sagen, wo Ramzi wohnt. Ich möchte ihn sehen, wenn sie mit ihm fertig sind. Er soll spüren, was es heißt, Angst zu haben. »Steh auf und schau der Angst ins Gesicht.« Ha! Schließlich braucht man kräftige Beine, auf denen man stehen kann. Und überhaupt, seit wann hat Angst ein Gesicht? Und wie erklärst du dir, daß in diesem Baum Stunden um Stunden zwei Spitzel sitzen, ohne auch nur mit einem Muskel zu zucken? George, sei dir nicht so sicher. Woher willst du wissen, daß sie noch da sind? Du vergräbst deinen Kopf unter der Decke und denkst, du wärst sie los. Idiot! Vielleicht sind sie ja vom Baum geklettert. Vielleicht sind sie aber auch aufs Dach gestiegen und kriechen gerade auf dein Bett zu. Noch eine Minute, und sie graben dir ihre Nägel ins Fleisch.

Sofort schob er die Decke vom Gesicht und inspizierte das im kalten Mondlicht liegende Dach. Nein, da war niemand. Aber vielleicht lagen sie ja unter seinem Bett! Die Bettdecke flatterte. Nur ein Dummkopf würde dies für ein Werk des Windes halten!

Er preßte die Zähne aufeinander, konnte keinen Ton herausbringen. Jetzt wußte er, daß ihn die Bettdecke nicht retten würde. Die beiden Monster lauerten unter dem Bett. Wenn sie aufstanden, würden sie sein Lager ganz einfach mit ihren Schultern hochheben. Und die Brüstung war nah, sehr nah. Dahinter tat sich der Hof auf, ein grauenhafter Abgrund.

»Mutter...«

Sie kam. Deutlich hob sich ihr Gesicht gegen das weiße Licht des Mondes ab. Sie trat ganz nah an sein Bett. Sein Herz füllte sich mit Trauer und einer neuen Angst. Ihre Knie berührten das Bett, ihre Zehen mußten unter der Bettdecke sein, nur Zentimeter von den dort lauernden Monstern entfernt. Er antwortete nicht gleich auf ihre ängstliche Frage, sondern wartete auf den Schrei, den sie ausstoßen würde, wenn die Monster sie packten. Er wagte nicht, sie zu warnen, nicht einmal flüsternd.

»George, mein Schatz«, murmelte sie.

Nichts geschah. Vielleicht saßen sie immer noch im Baum.

»Hast du die Tür verriegelt?«

»Was für eine Frage«, antwortete sie beruhigend. »Suzanne hat sie verriegelt, und ich habe mich persönlich davon überzeugt.«

»Du hast mich angelogen, Mutter.«

»Ich?«

»Wer hat heute nachmittag an die Tür geklopft?«

»Ich hab's dir doch gesagt, die städtischen Inspektoren. Die

Nachbarn haben Waschwasser auf die Straße geschüttet, und wir müssen die Strafe bezahlen.«

Sie stand jetzt schon eine ganze Weile da, ohne daß sie ihr etwas getan hatten. Vielleicht war doch niemand unter dem Bett.

»Geh wieder schlafen, Mutter.«

Ihre Augenlider waren schwer. »Schlaf gut, mein Sohn.« Sie berührte den Rand seiner Bettdecke und schlurfte zu Suzannes Bett hinüber. Suzanne setzte sich auf, ihr Haar glänzte im Mondlicht. Er zog ihre Gesellschaft der seiner Mutter vor, denn sie hatte einen Kopf auf den Schultern.

»Ich bin so müde«, sagte sie.

»Warum bist du dann aufgestanden?« fragte er mürrisch, als habe niemand außer ihm das Recht, müde zu sein.

»Darf ich mich auf dein Bett setzen?«

Natürlich durfte sie. Was für eine Frage! Aber er beherrschte sich und sagte nur knapp: »Ja.«

Wie klein sie war in ihrem Nachthemd. Sie lehnte sich an das Eisengitter seines Betts und legte die Arme um die Knie. Plötzlich krähte der Nachbarshahn, George machte sich klein.

»Es ist nur ein Hahn«, sagte Suzanne.

»Es ist nur ein Hahn«, wiederholte er ihre Worte wie ein Gebet, als wäre er ein Kind, allerdings ohne das Vertrauen seiner Kindheit. Betont lässig fragte er: »Diese beiden schwarzen Flecken da drüben im Baum, was glaubst du, was das ist?«

Sie schaute lange hinüber, und er fühlte sich beruhigt. Wenigstens nahm sie ihn ernst. Sie sagte: »Du hast gute Augen, George.«

Das Blut schoß ihm in den Kopf. Also war da doch etwas. Ich bin nicht verrückt.

»Das ist Amiras Kleid. Der Wind hat es gestern von der Wäscheleine gerissen, und bisher hat sich niemand die Mühe gemacht, es herunterzuholen. Der andere schwarze Fleck, das ist der Drachen von Badriyas Sohn, der an einem Ast hängengeblieben ist.«

Suzannes Nähe tröstete ihn. »Ist dir nicht kalt?« wollte er wissen. Sie zuckte mit den Schultern, ihre Locken kräuselten sich über den Brüsten.

Ramzi ist ein Narr, sagte er bei sich. »Du kannst dich mit dem Fußende meiner Bettdecke zudecken.«

Sie tat es und streckte ihre Beine aus, dann fragte sie: »Was hast du zu Mutter gesagt?«

»Wir haben über Ramzi gesprochen«, log er.

Sie nickte, sagte aber nichts.

»Suzanne, ich vertraue dir. War Ramzi hier?«

»Natürlich nicht. Du hast mir gesagt, daß du mit ihm nichts mehr zu tun haben willst, daß du geschworen hast, ihn nie wiederzusehen.«

»Und er ist wirklich nicht hiergewesen?«

»Warum sollte er?«

»Du lügst mich auch ganz bestimmt nicht an, Suzanne?«

Ihre Geduld wurde auf eine harte Probe gestellt. Sie bewunderte sich selbst für die Ruhe, die sie bewahrte. »Du wünschst dir trotz allem, daß er kommt, stimmt's?«

»Ich?«

»Ja, du.«

»Suzanne, da hat jemand an die Tür geklopft.«

»Niemand hat an die Tür geklopft.«

Ihre Sicherheit ärgerte ihn.

»Ich habe aber was gehört, ich sag's dir.«

Sie stand auf und lehnte sich über die Brüstung. »Es ist niemand unten«, sagte sie, als sie zurückkam.

»Sie verstecken sich.«

Jetzt war sie bereit, über Ramzi zu sprechen. »Glaubst du, daß du ihm etwas bedeutest?«

»Wir waren gute Freunde.«

»Du bist Christ, er ist Jude.«

»Was du wirklich meinst, ist, du bist Christin, er ist Jude.«
Sie schwieg.
»Meinst du, er kommt?«
»Kannst du, verdammt noch mal, zur Abwechslung nicht mal an was anderes denken? An die ganzen Schwierigkeiten, die du ihm verdankst, oder daran, wie du deinen Lebensunterhalt verdienen willst?«
Er war verletzt. »Du verstehst mich nicht, ich kann's einfach nicht tun, ich kann nicht zur Tankstelle zurück. Weißt du nicht mehr, wie sie mich mit einem Hammer bedroht haben? Ich habe gedacht, sie wollten mir nur Angst einjagen, damit ich ihnen helfe, Benzin zu klauen. Wie naiv ich war! In Wirklichkeit wollten sie mich umbringen. Sie sind keine normalen Arbeiter, sie sind Polizeispitzel.«
Irgendein Teufel zwang sie, ihn zu provozieren. »Woher willst du wissen, daß Ramzi nicht selbst ein Agent ist?«
»Du bist eine verdammte Idiotin.«
Gegen Morgen verschlechterte sich sein Zustand. Er war nicht in der Lage aufzustehen. Suzanne mußte einen Arm um ihn legen und ihm die Treppe hinunterhelfen, sehr zum Schrecken seiner jüngeren Schwestern. Suzanne ging nicht zur Arbeit, und Amira, die mittlere Schwester, wurde losgeschickt, um Suzannes Verlobten Abed al-Ahad zu holen. Als er kam, klagte George über Schüttelfrost. Abed al-Ahad meinte: »Vielleicht haben sie sein Herz ruiniert.«
»Gott sei ihm gnädig!« schrie seine Mutter schreckerfüllt.
»Da, wo er war, wird man nicht mit Samthandschuhen angefaßt.«
Die Mutter streckte die Hand aus und streichelte den Körper ihres Sohnes. George, der seit Tagen nicht geschlafen hatte, schlief unter ihrem Streicheln ein.
Sie dachte, er wäre in Ohnmacht gefallen, tätschelte seine Wangen und spritzte ihm Wasser ins Gesicht. George zog sich in die Sicherheit seiner Kindheit zurück und schenkte seiner

Mutter ein süßes Lächeln, das ihr wie ein Abschiedslächeln vorkam. Verzweifelt schrie sie auf.

»Abed al-Ahad! Lauf, hol den Arzt! Um Gottes Willen, beeil dich!«

Abed al-Ahad eilte davon.

Der Arzt kam mit einer beeindruckenden Tasche in der Hand und einer roten Pfeife im Mundwinkel. Er hörte Georges Herztöne ab, klopfte mit den Fingern auf seine Rippen, riß die Bettdecke weg und sagte laut: »Steh auf, Junge!« Als der Patient nicht gehorchte, meinte er überrascht: »Aber er hat nichts, er ist nicht krank.« Er verschrieb Vitamine und drei Dosen Ananas, damit George wieder zu Kräften käme, doch allzu überzeugt schien er von dieser Therapie nicht zu sein. Er nahm seine Tasche und murmelte: »Sagt mir Bescheid, wenn sich sein Zustand nicht bessert.«

Georges Mutter sah sehr müde aus. »Ich werde etwas zu essen machen«, sagte sie und gab Suzanne einen Fächer. »Setz dich neben deinen Bruder und fächle ihm Luft zu.«

Suzanne stützte ihr Kinn auf den Griff des Fächers und betrachtete schweigend ihren Bruder.

»Du verachtest mich«, sagte er, ohne die Augen zu öffnen.

Sie sagte nichts.

»Ich habe es verdient.«

»Ich frag mich nur immer und immer wieder, warum? Du kennst dich doch. Warum hast du dich auf solche Spiele eingelassen?«

Ungeachtet seiner Schwäche fuhr George hoch. »Du wagst es, Suzanne, mir Vorwürfe zu machen?«

»Ich habe nie versucht, mit seidenzarten Fingern Berge abzutragen.«

Seine Stimme brach.

»Ich fühle mich, als wäre ich im Reich der Dunkelheit gewesen und als würde ich dorthin zurückkehren. Und was ist, wenn er kommt?« fragte er plötzlich.

Sie schüttelte sich und sagte: »Mutter wird nicht zögern, die Polizei zu benachrichtigen.«
»Und du, willst du, daß er kommt?«
»Hältst du ihn für so dumm?« fragte sie traurig.

ZEHN

Als Ramzi in dieser Nacht nach Hause kam, fühlte er sich zu schwach, um zum Dach hochzusteigen. Er war erschöpft und müde. Zweimal ging er zur Treppe, zweimal überlegte er es sich anders. Er mochte sich nicht eingestehen, daß er nicht auf seinem Bett liegen wollte, weil Suchams Bett auf der anderen Straßenseite leer war. Er ging in den Garten und legte sich auf die Bank. Über der Brüstung tauchten Köpfe auf. »Ich schlafe unten«, verkündete er.

»Esel!« tönte die Stimme seines Bruders Akram. »Wir haben heute nacht Besuch.«

»Wer?«

»Deine Cousine und ihr Sohn«, sagte Akram.

»Simcha?« fragte Ramzi, plötzlich hellwach.

»Mein Herz!« rief seine Cousine. Dann fügte sie mit für sie ungewohnter Zurückhaltung hinzu: »Komm ruhig rauf, wir stören dich nicht.«

Ramzi sah nach oben. Simcha war zehn Jahre älter als er. Plötzlich stieg ihm der Geruch ihres Körpers in die Nase. Es war noch gar nicht so viele Jahre her, daß sie ihn mit in ihr Bett genommen hatte, um die Dunkelheit und die Dämonen zu verscheuchen. Kein duftender Garten hatte sich so lange in seinem Gedächtnis gehalten wie die süße Wärme unter Simchas Decke. Sie würde ihn mit Armen und Beinen umfangen, und ihre Nähe drang selbst im Schlaf in seine Sinne.

»Wir sehen uns morgen.«

»Soll ich zu dir hinunterkommen?«

Er spürte, daß sie ihn trösten wollte, und sagte schnell: »Nein, nein.«

Sie war nicht beleidigt. Ihr dunkles Gesicht und ihre schwarzen Haare verschwanden zwischen den Sternen, er blieb allein zurück und konnte versuchen, die Bruchstücke seiner Kindheit zusammenzuklauben.

»Schwarzgesicht!« begrüßte Akram seinen Bruder am nächsten Morgen fröhlich.

»Tier!« gab Ramzi zurück und setzte sich an den Frühstückstisch. Beide lächelten ihre Cousine Simcha an, die zwischen ihnen saß, ihrem kleinen Sohn über den Kopf streichelte und lachte.

Sfirones die Vierte floh in die Küche. »Umm-Baruch, die Kinder sticheln gegeneinander.«

»Lachen oder weinen sie?« wollte ihre Mutter wissen.

In ihrer Aufregung hatte Sfirones vergessen, auf dieses Detail zu achten. »Sie fluchen«, sagte sie, dann fügte sie verächtlich hinzu: »Simcha macht das überhaupt nichts aus.«

»Wenn sie keine Ruhe geben, rufe ich ihren Vater. Hier, bring ihnen den Käse.«

»Wie hast du auf der Bank geschlafen?« erkundigte sich Akram. »Trainierst du schon für die Zeit im Gefängnis?«

»Halt den Mund!«

»Du siehst aus wie ein Besoffener, der in seiner eigenen Kotze aufgewacht ist. Was ist denn los? Habt ihr die Revolution auf die nächste Generation verschoben?«

»Nein, wir warten nur darauf, daß du endlich ins Gelobte Land verschwindest.«

»Idiot, ich gehe erst nach Erez Israel, wenn ich gesehen habe, wie dich deine Barfußbrigade in den Arsch getreten hat.«

Simcha stand auf. »Sagt mir Bescheid, wenn ihr mit euren

Nettigkeiten fertig seid.« Sie nahm ihren Sohn bei der Hand und ging in den Garten.

»Akram«, sagte Ramzi, »du wirst mich nie verstehen. Am besten, wir lassen einander einfach in Ruhe.«

»Du lädst dir die Probleme der ganzen Welt auf. Du machst dir so viele Sorgen, daß du schon jetzt die Furchen eines alten Mannes auf deiner schwarzen Stirn hast. Ich dagegen tue was für unsere Leute.«

»Was?« fragte Ramzi provozierend. »Was tust du?«

»Ich schaffe ein Zuhause«, sagte Akram.

»Du bist immer noch hier, trägst aber schon Tonnen von Haß auf deinem Rücken.«

»Vierhundert Jahre lang mußten wir uns bedanken, wenn uns deine Moslems ins Gesicht gespuckt haben.«

»Andere haben sie bespuckt, sie haben uns bespuckt.«

»Von jetzt an, Schwarzgesicht, werden sie mich nicht mehr bespucken. Sie werden zittern, wenn sie mich sehen.« Tiefe Aufrichtigkeit zeigte sich auf Akrams Gesicht. »Warum kommst du nicht mit uns, Schwarzgesicht?«

»Weil du dich an einen Traum verschwendest, Akram.«

»Wir sind dabei, ihn Wirklichkeit werden zu lassen.«

»Wann?«

»In wenigen Jahren, du wirst es sehen.«

Ramzi lächelte. »Ist dir überhaupt aufgefallen, was um dich herum passiert? Die Dinge verändern sich schneller, als du denkst.«

»Ist das dein Ernst?«

»Dein jüdischer Staat wartet nur noch auf eine Hebamme.«

»Geschwätz! Ich küsse dich auf die Augen, wenn du nicht aufpaßt, Schwarzgesicht. Hier, nimm ein Stück Melone. Komm mit uns, du Esel. Ein Mann wie du ...«

»Ist dir eigentlich klar, was ihr tut? Ihr quetscht das jüdische Volk in eine Nußschale und segelt mit ihr auf das stürmische Meer hinaus.«

»Das Risiko lohnt sich, ich sag's dir, es lohnt sich. Komm mit uns, Ramzi. Du bist oft Risiken eingegangen. Warum so störrisch?«

»Du begreifst es wirklich nicht.«

Akram hätte sich fast verschluckt. Erregt sprang er auf, griff seinem Bruder mit der Hand unters Kinn, zwang ihn aufzuschauen, direkt in seine Augen. »Bist du eigentlich... Bist du eigentlich auf unserer Seite?« flüsterte er.

Ramzi riß ein Stück *Pitta* ab und kaute gedankenverloren darauf herum. »Nein. Setz dich, setz dich wieder hin. Vater hat mehr Verstand als du, Akram. Sei doch nicht beleidigt. Wenn du fluchst, kriegst du die Melone hier ins Gesicht. Laßt uns wie menschliche Wesen miteinander reden. Also: Vater weiß alles. Meinst du vielleicht, die Geheimpolizei wäre nicht hinter euch her, nur weil eure Untergrundorganisation so perfekt ist? Sei doch nicht so naiv. Wir stehen ihnen im Weg. Um die zionistische Bewegung zerschlagen zu können, müßten sie zuerst einmal eine antisemitische Kampagne in Gang bringen. Und da bekommen sie es mit uns zu tun. Ihr könnt nur deswegen noch in aller Ruhe schlafen, weil sie uns noch nicht erledigt haben.«

Akram traute seinen Ohren nicht. »Bist du etwa Kommunist, weil du Zionist bist?«

»Weil ich Jude bin.«

Akram lachte. »Du, Schwarzgesicht, ein Jude?«

»Ich bin mehr Jude als du.«

»Du?«

»Es ist schwer, Jude zu sein. Schwerer, als du dir vorstellen kannst. Du läßt deine Muskeln spielen und verkündest, daß dich ab sofort kein Goi mehr bespuckt, ohne dafür zu bezahlen. So denken Gojim, Akram. Du hast mehr von einem Goi als ich, weil du ihre Methoden übernimmst. Die Welt ist wahnsinnig, und du glaubst, du könntest in diesem Irrenhaus ein sicheres Zuhause schaffen. Weder die Juden noch der

Rest der Welt sind reif für deinen Traum. Lerne von Moses. Er wählte nicht den kürzesten Weg von Ägypten ins Land Israel. Vierzig Jahre lang führte er sein Volk im Kreis durch die Wüste, weil er den Pöbel hinter sich sah, und erkannte, Führer einer Bande von Degenerierten zu sein, die sich daran gewöhnt hatten, als Sklaven zu leben. Und wer folgt dir, Akram? Mädchen ohne Aussteuer und Jungen, die sich an den Moslems rächen wollen. Sind das die Menschen, mit denen du einen Staat aufbauen willst? Was für ein Staat soll das werden? Ein zerrütteter Staat in einer zerrütteten Welt.«

»Es ist eure Schuld, daß nur die Ignoranten mitkommen, Ramzi. Ihr Intellektuellen habt das jüdische Volk im Stich gelassen.«

»Mit dir kann man nicht reden.«

»Sicher, ich bin ja kein Moslem oder Christ.«

»Ich habe heute keine Lust zu streiten, Akram, laß uns still sein, ja?«

Als die Mutter voller Mißtrauen aus der Küche kam, saßen sie schweigend da. »Ich dachte schon, ihr hättet euch gegenseitig umgebracht.«

»Wir versuchen gerade herauszufinden, wer von uns beiden am längsten schweigen kann«, sagte Akram.

Die Mutter wandte sich an Ramzi. »Wollt ihr vielleicht eure Cousine bestrafen? Sie hat sich die ganze Nacht auf euch gefreut, und ihr wechselt kaum ein Wort mit ihr.«

»Spar dir die Mühe«, sagte Akram, »seine Zunge ist eingetrocknet.«

»Soll ich dir Kaffee machen?«

Akram protestierte ärgerlich. »Du überhäufst ihn mit Aufmerksamkeiten, als wäre er schon zum Tode verurteilt.«

Die Mutter überhörte das. Sie lächelte zärtlich. »Ich bin heute früh als erstes zu Tova hinübergegangen.« Sie strich Ramzi über den Kopf. »Die ganze Welt weiß jetzt, daß Sucham so rein ist wie frisch gefallener Schnee.«

»Haben sie eine Flagge auf dem Dach gehißt?« fragte Ramzi mit gequältem Gesicht.

Die Mutter ignorierte seinen Spott. Ihr Gesicht wurde ernst. »Du hast dich ehrenhaft verhalten, mein Sohn, du bist ein edler Mensch.« Tränen der Rührung standen ihr in den Augen. »Ich habe gewußt, daß mein Sohn kein Vandale ist. Jetzt kann ich endlich wieder mit erhobenem Haupt durch die Straßen gehen. Niemand ist durch unsere Familie entehrt worden. Ramzi, du hast mir ein neues Leben geschenkt. Gott wird dich dafür belohnen.«

ELF

Der Weltkrieg war vorüber, für die Juden von Bagdad dämmerte am Horizont ein goldenes Zeitalter herauf. Ihre Geschäftsverbindungen reichten bis nach China und in die Vereinigten Staaten von Amerika. Fast die gesamte Wirtschaft des Landes stand und fiel mit ihnen. Nach jahrhundertelangem Schlummer öffnete das Land seine Augen und schwelgte in der Vitalität der jüdischen Gemeinde. Seit 1946 wirkten Juden in den Zentren von Politik und Kultur. Jüdische Kaufleute und Dichter, Rechtsanwälte und Philosophen, Journalisten und Ärzte begannen, ein aufgeklärtes Land nach ihren Vorstellungen zu formen, als wollten sie für immer hierbleiben. Die meisten Mitglieder der alten Gemeinde hatten genau das vor. Die Juden schufen neue Vororte, Millionensummen flossen unvermindert, und in dem atemlosen Rennen um den Anschluß an das zwanzigste Jahrhundert waren die Juden die Avantgarde.

Scha'aschoua war weder Kriegsgewinnler, noch Neureicher. Sein Lebensstil war ausgewogen, zurückhaltend und prunklos. Stets war er seine eigenen Wege gegangen, aber jetzt wurde er gegen seinen Willen in die verrückte Atmosphäre der Stadt hineingeschwemmt. Gelegenheit zum Feiern gab es ständig. Warum sollte er, Scha'aschoua, da zurückstehen? Seine Hochzeit würde ein Ereignis sein, an das sich die Leute erinnerten. Hunderte von Gästen lud er zur *al-*

Sabahiyah-Zeremonie am Morgen nach *al-Dachlah* ein... Er engagierte einen berühmten Tänzer, der die weintrunkenen Gäste unterhalten sollte.

Als er am nächsten Tag aufwachte, spürte er einen Schmerz in der Magengegend, und sein Atem roch sauer. Wenn er morgens nach Chatoun griff, pflegte sie ihm zu sagen, er solle zuerst seinen Mund ausspülen. Konnte er es wagen, sich herumzudrehen, Sucham einen guten Morgen zu wünschen, sie anzulächeln oder etwas zu ihr zu sagen? Nein. Er hob eine Ecke des Moskitonetzes hoch, schlüpfte vorsichtig aus dem Bett und schlich zum Wasserkrug. Er hoffte, daß Sucham weiterschlief und nichts bemerkte.

Ängstlich drehte er den Kopf und stellte fest, daß sie gar nicht im Bett lag. Im ersten Augenblick war er erleichtert. Für Männer seines Alters war es besser, allein aufzuwachen. Er legte sich wieder hin und auf den Bauch. Dann kam ihm ihr ungebührliches Betragen in den Sinn. Gehörte es sich etwa, heimlich das Bett zu verlassen? Als ihm aber einfiel, wie sie am Abend vorher ins Bett gebracht worden war, vergaß er seine Schmerzen und seinen Ärger. Tova und Chatoun hatten sie auf den Armen getragen. Ihre Augen waren stumpf gewesen, die Lider halb geschlossen, ihre Lippen hatten gebebt. Chatoun hatte ihr auf die Wangen geschlagen, umsonst. Ihr Kopf baumelte kraftlos hin und her.

Der Bräutigam war Chatoun aus dem Weg gegangen und in den Garten geschlüpft. Zwei Stunden später stieg er zum Dach hinauf und legte sich aufs Bett. Er hatte das Gefühl, in einen Keller voller Fledermäuse geraten zu sein. Sucham schlug mit den Händen um sich und füllte mit ihrem Geschrei das Moskitonetz. Chatoun eilte herbei. Scha'aschoua raunzte sie an: »Verschwinde! Mach, daß du vom Dach herunterkommst, geh nach unten, hast du mich verstanden?«

Er vergaß, daß er ein intelligenter Mann mittleren Alters war. Er wußte nur noch eins: daß er mit einer Frau, die den

Verstand verloren hatte, in einer dunklen Höhle saß. Trotzdem erinnerte er sich an die Scharen von Gästen, die er zur *al-Sabahiyah*-Zeremonie am nächsten Tag eingeladen hatte. So gab er sich alle Mühe, keine Spuren auf dem Gesicht seiner Braut zu hinterlassen. Mit einer Hand hielt er ihr den Mund zu, mit der anderen schlug er sie auf die Brust, den Bauch und die Hüften. Der Schmerz brachte sie zur Vernunft. Ihr Blick wurde wieder klar, ihr Körper bäumte sich mit neuer Kraft auf, als wollte sie sich wehren. Doch je mehr sie sich von ihrem Schock erholte, desto tiefer versank er in einen Zustand besinnungsloser Wut. »Du wirst mich nicht zum Gespött der ganzen Stadt machen! Wenn du dich wie eine Verrückte aufführen willst, weiß ich, wie ich mit dir umzugehen habe... und wie ich das weiß! Dreck wirst du fressen, du Schlange! Warte nur, bis das Fest vorbei ist, warte nur, was du dann bekommst! Tut es weh? Du kannst noch mehr haben, das war noch gar nichts, du kleine Schlampe! Warte nur!«

Der schraubstockartige Druck auf seiner Brust zwang ihn, aufzuhören. Aber er hatte es geschafft, sie in Angst und Schrecken zu versetzen. Sie wehrte sich nicht länger, und rollte sich zusammen wie ein Igel.

Scha'aschoua wischte sich mit dem Handrücken über den Mund, und eine Woge des Mitleids überschwemmte ihn. Zugleich kam die Vernunft zurück. Er sagte sich, daß es wohl besser war, jetzt nicht mit ihr zu reden; die Zeit war noch nicht reif für eine Versöhnung. Sucham war erschöpft eingeschlafen. Er sah die Sterne durch das Moskitonetz funkeln und reckte stolz sein Kinn in die Höhe, als wollte er sagen: »Hast du mich gesehen, Gott?«

Als er wieder erwachte, hatten seine Magenschmerzen nachgelassen. Dann sah er sie. Mit einem gestickten Tuch bedeckt, die Hände im Schoß gefaltet, hockte sie neben dem Wasserkrug an der Brüstung. In diesem Augenblick wußte er, daß er über Ramzi triumphiert hatte, über Ramzi und über alles, was er repräsentierte. Er hob das Moskitonetz an, stieg aus dem Bett und ging zu Sucham hinüber.

»Steh auf«, sagte er, als sie mit angstvollem Gesicht zu ihm aufschaute. »Du bist kein kleines Mädchen mehr.«

Sucham schüttelte den Kopf.

»Es ist einfach, sich in die Kindheit zu flüchten«, sagte er. »Alle Verrückten tun das. Du bist aber nicht verrückt.«

»Ich möchte sterben.«

Er lachte. »Du bist zu gescheit, um wirklich sterben zu wollen, und dafür liebe ich dich. Steh jetzt auf. Du hast einen anstrengenden Tag vor dir. Ganz Bagdad will dich heute abend sehen. Möchtest du ihnen das Gesicht eines ängstlichen, geschlagenen Mäuschens präsentieren?«

»Ist mir egal.«

»Es ist dir natürlich nicht egal. Sie werden dich anschauen und weitererzählen, was sie sehen. Selbst er wird davon hören. Sie werden sagen, daß die tapfere Sucham ihre Flügel eingezogen hat. Sie werden flüstern, daß du bleich und still wie ein gehorsames Weib dagesessen hast. Ach was, nicht wie ein Weib! Wie eine gehorsame Dienerin. Steh jetzt endlich auf. Die Sonne brennt schon.«

»Geh weg.«

»Ich werde unten auf dich warten.«

Unten traf er Chatoun, wie immer makellos gekleidet. »Alles hätte ich mir vorstellen können, nur nicht, daß du so etwas tun könntest«, sagte sie. »Wäre dir eine Heidin in die Hände gefallen, du hättest sie besser behandelt.«

»Sie wollte es so.«

»Sucham?«

»Natürlich, Sucham! Sie wollte wissen, ob ich ein Mann bin. Sag nicht, du hättest erwartet, daß sie einladend die Beine öffnen würde.«

»Sei nicht so vulgär!«

»Noch eine Jungfrau! Ich sage dir, sie wollte vergewaltigt werden, ich mußte sie vergewaltigen. Ich habe nur nach ihrer Pfeife getanzt. Meinst du, das ist mir leichtgefallen, in meinem Alter?«

»Das ist alles meine Schuld. Ich habe sie in diese Lage gebracht.«

Er schaute sie an, und sein Herz wurde weich. Sie war immer noch eine gutaussehende Frau und hielt sich mit aristokratischer Würde. Andere Frauen in ihrem Alter sahen aus wie verschlissene Putzlappen. Chatouns Kehle war weich, ihre Brüste voll, ihre Stimme sanft und ihr Körper eine nächtliche Quelle der Lust für ihn. Er wollte die Hand ausstrecken und sie berühren, statt dessen ließ er seine Augen zur Treppe wandern. Dann sagte er: »Heute abend haben wir viele Gäste, ganze Scharen.«

»Mach dir keine Gedanken, Sucham wird nicht aus der Rolle fallen.«

Und das tat sie auch nicht. Bewegungslos saß sie da, die behandschuhten Hände im Schoß gefaltet, die Augen auf die Rauchwölkchen gerichtet, die über den Tischen aufstiegen, an denen die Männer saßen.

Tova flüsterte Chatoun ins Ohr: »Das ist nicht Sucham.«

»Woher willst du das wissen?«

»Ich spreche von meiner eigenen Tochter.«

»Dann kennst du eben deine eigene Tochter nicht.«

»Sie sitzt da, als wäre sie verhext, Chatoun. Vielleicht hat dein Mann ihr heute nacht etwas unters Kissen gelegt.«

»Nein.«

»Was ist es dann?«

»Ich weiß es nicht«, sagte Chatoun gereizt. »Sie ist ruhig, das ist die Hauptsache. Warum hörst du nicht auf, dir Sorgen zu machen, und vergnügst dich ein bißchen.«

Sucham saß starr vor Angst auf ihrem Stuhl. Ohne es zu wollen, brach sie ihren Schwur und dachte an Ramzi.

Einen Moment lang hätte sie am liebsten gelacht, weil sie sich vorstellte, daß er es war, der in der grotesken Verkleidung eines zweiköpfigen Monsters steckte, das zwischen den Tischen herumlief und sie mit seinen Augen fixierte. Prüfend sah sie das Monster an. Die Augen des oberen Kopfes waren dunkel und verschlagen. Auch die Augen des unteren Kopfes, weiß und trüb und schmutzig wie die beiden Flecken, die sie auf ihren Hüften entdeckt hatte, nachdem Scha'aschoua sich von ihr erhoben hatte, waren nicht Ramzis Augen. Langsam wurde ihr Brautkleid dunkel. Es klebte an ihrem Körper wie die Haut eines abscheulichen Reptils. Suchams Angst wuchs, sie wußte, daß das Monster real war. Sie spürte eine Ohnmacht nahen und sagte sich, daß sie bekam, was sie verdiente. Sie hatte sich mit Scha'aschouas Schmutz abgefunden, hatte sich nicht gewehrt. Deswegen würde sie still sitzen bleiben und auf sich nehmen, was ihr zugedacht war.

Der obere Kopf jammerte: »Habt Mitleid, wir sind Waisen.«

Und der untere Kopf fügte schmeichlerisch hinzu: »Wir sind gekommen, um uns an eurem Glück zu erfreuen.«

Jamil suchte und fand Suchams Augen. Er erhob sich von seinem Platz unter den Männern, bahnte sich einen Weg durch die Büsche und setzte sich direkt neben Sucham.

Als die Rufe und das Lachen verstummt waren, sagte er zu ihr: »Verglichen mit einem Holocaust ist der Stich eines Messers nicht mehr als ein Kratzer.«

Ärgerlich fragte sie: »Was für ein Holocaust?«

»Es ist Krieg«, sagte er.

»Es ist kein Krieg.«

»Der Polizeioffizier, mit dem ich gerade gesprochen habe, weiß, was er sagt.«

»Es ist kein Krieg«, wiederholte sie störrisch.

»Es ist eine neue Art von Krieg, ein Krieg, wie es ihn noch nie gegeben hat, Sucham. Dein Freund Ramzi und seine Kohorten haben beschlossen, mit dem Feuer zu spielen. Der Offizier hat mir erzählt, daß eine Menge Menschen sterben werden.«

»Ob ich sterbe oder nicht, ist mir gleichgültig.«

ZWÖLF

»Steh auf«, sagte Namir.

Abed al-Asis gehorchte, verließ seine bequeme Matte und stolperte zur anderen Ecke der Hütte hinüber, wo es feucht und kühl war. Dort ließ er sich fallen. Als Namir die Matte zur Seite schob, kamen ein Brett und darunter abgegriffene Bücher, vergilbte Matrizen und Notizbücher zum Vorschein. Er nahm alles heraus, breitete die Matte wieder aus und sagte: »Du kannst dich wieder hinlegen.«

Abed al-Asis ignorierte den abfälligen Ton in der Stimme seines Freundes. Er verriet die Verachtung des Gesunden für den Schwachen, der nur noch liegen konnte. Selbst Farhiyah konnte diese Verachtung nicht ganz verbergen, so sehr sie sich auch bemühte. Abed al-Asis beschäftigten wichtigere Dinge. Seit zwei Stunden träumte er von schwarzen Bohnen und Brotwürfeln in einer nach Frühlingszwiebeln und Zitrone duftenden Sauce. Ein Wintergericht, versuchte er den Traum abzuschütteln, aber wer verstand schon die Logik von Träumen? Mitten im Sommer ergriff ihn die Gier nach einem Wintergericht. Etwas Unheimliches liegt in den geheimen Wünschen der Menschen, dachte er.

»Vielleicht können wir dich ins Krankenhaus bringen«, überlegte Namir laut.

»Was habe ich dir eigentlich getan, mein Freund?« fragte Abed al-Asis vorwurfsvoll.

»Du bekommst dort zu essen, und Ärzte kümmern sich um dich.«

»Es wäre mir lieber, du würdest einen Weg finden, mich ins Gefängnis zu bringen.«

»Du bist verrückt.«

Abcd al-Asis nahm seinen ganzen Mut zusammen und sagte: »Im Gefängnis ißt man wie ein Mensch. Die Eltern der Gefangenen schicken Essen, und diese teilen es untereinander auf. Du kannst dort jüdisches Essen bekommen, das dich von den Toten wiedererweckt.«

»Ist das dein Ernst?«

»Mein voller Ernst. Namir, sorg dafür, daß ich ins Gefängnis komme. Hör mal, da gibt es sogar Ärzte von uns! Wenn du den Fuß ausstreckst, berührst du einen Rechtsanwalt oder einen Ingenieur. Du kannst nachts nicht aufstehen, um zu pinkeln? Kein Problem, ein Jurastudent und ein Apotheker kommen dir sofort zu Hilfe. Du bist stark und gesund, Namir, und wirst sicher die Revolution noch erleben. Was mich angeht, ich sehe sämtliche Vorteile der Revolution im Gefängnis. Sag bloß nicht, daß ich zuviel verlange.«

So zwingend Abed al-Asis' Argumentation auch war, Namir empfand sie als moralisch verwerflich. Ins Gefängnis zu gehen war, ganz im Gegensatz zur Ramzis Meinung, ein Privileg und eine Ehre. Namir sah Stolz in den Augen der Gefangenen, und er beneidete sie darum. In Ramzis Augen war das Eingesperrtsein eine Schande und eine Schmach. Löwen hinter Gittern waren für ihn keine Löwen mehr. Da waren selbst streunende Hunde besser. Namir hielt dagegen, dies sei feindliche Philosophie, weil er nicht sagen wollte, daß er solche Ansichten für die Philosophie eines Juden hielt. Ramzi erwiderte, die meisten Gefangenen seien ausgelaugte Revolutionäre, die nicht mehr kämpfen wollten, Kriegsgefangene, die ihre Waffen niedergelegt hätten.

Namir schlug ein Notizbuch auf und las laut vor: »Je länger der Ausbruch der Revolution dauert, desto verheerender, grausamer und extremer wird sie sein, wenn sie endlich kommt.«

Abed al-Asis unterbrach ihn. »Was soll das alles?«

»Dumme Frage«, brummte Namir mürrisch.

»Nein, wirklich, ich meine es ernst.« Ihm war flau vor Hunger.

»Es ist wichtig.«

»Das hat der Jude gesagt.«

»Genosse Ramzi hat mich überzeugt.«

»Mag sein, daß man durch Lesen klüger wird. Ein besserer Kämpfer wird man nicht, selbst wenn man alle Bücher der Welt verschlingt.«

»Von dem Augenblick an, in dem ein Mensch ein Buch öffnet, kann ihn niemand mehr in die Scheiße zurückstoßen, aus der er gekommen ist, oder ihm erzählen, daß er nicht mehr wert sei als eine Küchenschabe. Ramzi meint, daß er lieber sterben würde, als so zu leben, wie er vorher gelebt hat. Und er hat recht. Sieh dir George an.«

»Das arme Schwein. Sie haben ihn bei den Eiern gepackt, und er ist fast gestorben vor Angst.«

»Ich werde ihn töten müssen.«

»Hast du mit dem Juden gesprochen?«

»Bist du wahnsinnig? Er würde mir den Hals umdrehen, er würde sagen, ich bringe die Partei in Gefahr.«

»Er hat recht.«

»Niemand wird wissen, daß es mein Messer war, das ihn getötet hat.«

»Namir, du bist ein Mörder, der für die Revolution kämpft.«

»Halt den Mund, du Memme!« Er stand auf. »Abed al-Asis, du bist eine einzige große Schande.«

Abed al-Asis schwieg. Die Sonne brannte auf den Eingang seiner Hütte. Unter der *Daschdaschah* schwitzte er wie ein Schwein. Von draußen war das Jaulen eines Hundes zu hören.

Namir sagte sich, Abed al-Asis ist ein gesunder Mann mit einem vollen Bauch wie ein Jude. Er kann in die Sonne hinausgehen und stolz durch die Straßen wandern. Seine Kleidung ist makellos, sein Haar geölt und gekämmt, sein Schnauzbart knistert vor Männlichkeit. Er ist ein stolzer Hahn, ich hingegen bin ein erbärmlicher Köter. Einmal habe ich einen Hahn gesehen, der am Ufer des Tigris gegen eine Schlange gekämpft und sie besiegt hat. Seine roten Federn wirkten wie ein prächtiger Umhang. Er reckte den Hals hoch und machte einen Satz nach hinten. Die Schlange wand sich, hob den Kopf und ließ ein entsetzliches Pfeifen hören. Sie sah die gespreizten Flügel des Hahns und hörte seinen Kampfschrei. Der Hahn sprang und schlug seinen Schnabel in den Kopf der sich windenden Schlange. Mit einem weiteren Satz nach hinten sammelte er seine ganze Kraft, blies sich in rasender Wut noch stärker auf und holte zum tödlichen Hieb aus. Seine Federn waren röter als der Fluß bei Sonnenuntergang. Sein Krähen hallte über das Wasser.

»Abed al-Asis, Abed al-Asis ...«

»Was willst du?«

»Warum pfeifst du so? Was ist los, bist du eingeschlafen?«

»Ich dachte, du wärst schon weg.«

»Ich bin hier, Mann. Da, trink was.«

Abed al-Asis setzte sich auf die *Daschdaschah,* klebte an seiner verschwitzten Brust und ließ seine hervorstehenden Rippen erkennen. Er schlürfte einen Schluck Wasser und sagte:

»Danke, Vetter.«

»Was soll aus dir werden?«

Abed al-Asis flüsterte: »Die Hähne werden die Schlangen zerstören.«

Namir runzelte die Stirn. Abed al-Asis' Worte beeindruckten ihn. »Inschallah, inschallah«, sagte er, klopfte dem kranken Mann auf die Schultern und ging.

Als er allein war, verspürte Abed al-Asis ein Gefühl der Erleichterung. Schon lange war er nicht mehr so froh gewesen, allein zu sein. Die Sonne erreichte den Zenit, und die ruhige Straße versank in Lethargie, das Bellen der Hunde verstummte, Frauen und Kinder zogen sich in den Schatten der Häuser zurück. Nur das unablässige Surren der Fliegen, die von einem Misthaufen zum nächsten flogen, war vernehmbar. Erleichtert bemerkte Abed al-Asis, daß er nicht mehr schwitzte. Auf allen vieren kroch er zum Wasserkrug und wusch sich Gesicht und Mund. Dann wischte er sich mit der Hand übers Gesicht. Er verspürte den Wunsch, zu baden und sich zu rasieren. »Nichts einfacher als das«, rief er aufgeregt. Er blies die Haarreste aus seinem Rasierer, putzte den zerbrochenen Spiegel an seiner *Daschdaschah* blank und trat auf den Hof. Die Luft sirrte vor Hitze. Auf der Wasserlache neben dem Wasserkran lag hellgleißendes Sonnenlicht. Abed al-Assis ging zur Hütte zurück und fand die Wäscheseife. Mit ruhiger Hand zog er die schweißgetränkte *Daschdaschah* aus, hockte sich in die lauwarme Brühe der Wasserlache und wusch seine Kleider. Als er fertig war, hängte er sie in der Sonne auf. Dann ging er zum Wasserkran zurück und drehte ihn auf, so weit es ging. Stöhnend vor Behagen saß er unter dem Wasserstrahl. Als er sich gereinigt hatte, hockte er sich mit gekreuzten Beinen auf den feuchten Boden und ließ das Wasser an sich herunterlaufen. Mir geht's gut, sagte er sich mit geschlossenen Augen, sehr gut. Die Gesetze des Islam schreiben vor, daß der Körper sauber und gesund zu sein hat. Vor jedem Gebet muß sich der Gläubige mit Wasser reinigen. Beim Beten muß er stehen oder knien, das beugt körperlicher Faulheit vor. Während der Fastenzeit *Ramadan,* soll er seinen Körper von überflüssigem Fett befreien.

Eine Schnake stach ihn in die nackte Hüfte. Er öffnete die Augen. Vor ihm stand eine schwarzgekleidete Person. Abed al-Asis schloß die Augen, dann öffnete er sie wieder. Der auf das Kinn tätowierte blaue Schönheitsfleck und die frechen Augen erlaubten keinen Zweifel. Abed al-Asis ließ seinen Blick nach unten wandern und sah die Kettchen mit den kleinen Glocken an den Knöcheln. Er erhob sich und wusch den Schlamm von Gesäß und Penis ab. Wasser tropfte von seinem gelben Körper.

»Farhiyah«, sagte er.

Ihre Augen lachten ihn an. »Du riechst wie ein Mädchen vor der Hochzeitsnacht.«

»Ich habe mich mit Seife gewaschen«, sagte er und ging, um seine Kleider zu holen. Als er wiederkam, war das Lachen aus ihren Augen verschwunden. »Warum bist du gekommen?« fragte er.

Sie trat in den Schatten der Hütte, ließ ihre *Abaya* fallen und setzte sich. Eine Halskette aus farbigen Steinen baumelte zwischen ihren Brüsten. Die braune Haut ihres Gesichts glänzte. Das Fleisch ihres zartgliedrigen Körpers war fest, sie war wieder jung. Und sie lächelte. Seit er sich erinnern konnte, lächelte sie, eine Eigenart, die sie deutlich von den graugesichtigen Frauen des Viertels unterschied.

»Wenn du willst, gehe ich wieder«, sagte sie.

»Hat dich jemand gesehen, als du hergekommen bist?«

»Seit wann kümmerst du dich um die anderen?«

Wie eine richtige Hure, dachte Abed al-Asis. Laut sagte er: »Wir gehören Allah, und zu ihm kehren wir zurück.«

»Deinem nackten Körper nach zu urteilen bist du ihm schon sehr nah. Und trotzdem kümmert's dich noch, was die Leute denken?«

»Du bist eine Hure, Farhiyah, und die Leute hier sind sehr auf Ehre und Anstand bedacht.«

»Ich warte schon auf den Tag.«

»Auf welchen Tag?«

Sie meinte den Tag seines Todes. Vor langer Zeit war ihr klargeworden, daß das Leben kein Müßiggang war. Deshalb hatte sie sich entschlossen, sich bei den Gesundheitsbehörden als Hure registrieren zu lassen und in einer achtbaren Gegend in einem geschützten Haus zu wohnen.

Sie erhob sich und ging zum Wasserkran. Die kleinen Glöckchen verliehen ihrem Gang etwas Tänzerisches. Sie wusch sich die Füße und spritzte sich Wasser ins Gesicht. Abed al-Asis beobachtete sie schweigend. Mit der linken Hand hob sie ihr Haar und wusch sich den Hals, wobei sie Abed al-Asis ihr lächelndes Gesicht zuwandte. Das Wasser strömte über ihre braune Haut.

»Hast du etwas dagegen?«

»Was meinst du?« fragte er mit rauher Stimme.

»Daß ich mich nackt ausziehe und unter dem Wasserkran wasche, so wie du es gemacht hast. Es ist heiß, die Kleider versengen mir die Haut, Licht meiner Augen.«

Ohne seine Frau anzusehen, ging Abed al-Asis zur Hoftür, verschloß sie und legte den Riegel vor. Mit hängenden Schultern schlurfte er zur Hütte hinüber und blieb dort im Schatten stehen. Er wußte nicht, was er mit seinen Händen anfangen sollte. Er lechzte nach Tabak, legte sich auf die Matte und zündete sich eine der Zigaretten an, die Namir ihm dagelassen hatte. Irgend etwas an Farhiyahs Art, am Wasserkran zu stehen und ihren Kopf zu beugen, störte ihn. Ihr Hals war schlank und zerbrechlich, und ihre langen, schwarzen Locken ringelten sich im strömenden Wasser um ihren Kopf. Wie leicht wäre es, ihr den Hals zu brechen. Er könnte im Hof ein Loch graben und sie unter der von Ameisen und Flöhen wimmelnden Erde begraben. Kein Mensch käme auf den Gedanken, daß sie dort läge. Sie war ihm weggelaufen, war zu Massud gegangen. Massud, der ihre Gunst genossen hatte, würde bezahlen müssen.

Du wirst sie töten, wirst sie umbringen, wirst jeden Tag über die Erde laufen, die ihren Körper bedeckt. Nachts wirst du hören, wie Pferde über sie hinwegstampfen. Du wirst auf dem Dach liegen, und ihr entehrter Körper wird langsam unter dem Mist verrotten. Was hast du davon? Die Männer im Teehaus werden weiter über dich lachen. In ihren Augen bleibst du weiterhin der jämmerliche Schwächling, der keinen Finger gekrümmt hat, um seine Ehre zu verteidigen. Wer würde schon an die dürren Knochen unter dem Misthaufen glauben? Beweise würden sie verlangen, richtige Beweise. Nur Blut würde sie zufriedenstellen.

Farhiyah saß auf dem Rand seiner Matte. Ohne den Kopf zu drehen, wußte er, daß sie nackt war. Als er noch jung war und Lungen hatte wie zwei mächtige Blasebalge, hatte ihn der Duft ihrer nackten Haut um den Verstand gebracht. Seine Zunge hatte begierig den Honig aufgeleckt, der aus ihrem Körper troff. Sie hatte ihn stets empfangen wie die heiligen Wasser des Tigris, hatte ihn umhüllt wie eine Flamme. Ihr verdankte er, daß er gelernt hatte, seinen Körper zu lieben. Und trotzdem hatte er sie betrogen. Er hatte sie fallengelassen wie ein Ast ein vertrocknetes Blatt fallen läßt, hatte sie allein gelassen mit der Flamme, die ihren Körper verzehrte. Selbst das Kind, das er in ihren Schoß gepflanzt hatte, war ein Kind des Todes. Farhiyah war Zeugin seiner kurzlebigen männlichen Herrlichkeit. Und nun wollten sie, daß er sie tötete.

Er ließ die Arme auf die Matte fallen und schloß die Augen. Er spürte, wie sie seine Hand nahm und über ihr Gesicht führte. Jetzt führte sie seine Hand über ihre runde Schulter und ließ sie auf einer pulsierenden Brust ruhen. Mit einem Schmerzensschrei warf sie sich neben ihn auf die Matte und brach in Tränen aus. »Töte mich, Abed al-Asis.«

Er entzog ihr seine Hand. »Du auch?« fragte er.

»Ich weiß, wie sie dich demütigen. Sie werden nicht zulassen, daß ich zu dir zurückkomme. Töte mich.«

»Hat Massud dich hinausgeworfen?«

»Ich spreche von dir. Sie werden dich nicht in Frieden sterben lassen. Töte mich.«

»Ich kann nicht.«

»Und was ist mit deiner Ehre?«

Er setzte sich auf und rief mit flammenden Augen: »Ehre! Ich liege hier und sterbe und weiß nicht einmal, woran ich sterbe, Tuberkulose oder Hunger, und du redest von Ehre ...«

Sie setzte sich ebenfalls, schlug die Hand vor die Stirn und rief: »Das habe ich ja völlig vergessen!«

»Was hast du vergessen?«

»Ich habe dir etwas zu essen mitgebracht und habe es vergessen.«

Seine Augen weiteten sich. »Was hast du denn mitgebracht?«

»Herrlichkeiten, mein Augenstern. Einen Augenblick. Farhiyah wird dich eigenhändig füttern.« Ihr nackter Körper huschte schattenhaft durch die Tür, verschwand und tauchte ebenso schattenhaft wieder auf. Sie setzte sich und breitete auf der Matte gekochte Erbsen, Zwiebelstücke und *Pitta* aus. »Bei Allah, ich werde dich füttern«, rief sie fröhlich. Die Brüste wippten über ihrem flachen Bauch.

»Zieh dir was an.«

»Warum?« Sie lächelte ihn an.

»Du weißt, daß ich ...«

Sie legte einen Finger auf seine trockenen Lippen und sagte kichernd: »Hast du Angst, mein Herz, ich würde dir die Lebenskräfte heraussaugen, die dir noch geblieben sind? Ich wollte deinen Augen nur ein wenig Freude gönnen.«

Als sein Bauch voll war, nickte er ein. Er sah nicht, wie sie aufstand, und hörte weder die Glöckchen an ihren Knöcheln, als sie sich anzog, noch das Knarren der Stalltür, als sie ging. Gutgelaunt wachte er auf und lächelte in sich hinein. Durch Farhiyahs Besuch fühlte er sich beschwingt, als hätte die unsichtbare Hand ihren eisernen Griff um seine Brust gelockert. Er stand auf und ging erwartungsvoll hinaus, um das Licht zu suchen, das jetzt nichts Schreckliches mehr für ihn hatte. Auf dem Hof bemerkte er, daß die Schatten länger geworden waren. Die Luft war klar, und das Dach lag im weichen Licht des Sonnenuntergangs.

Er ging ins Teehaus. Die Männer lachten, und er schloß sich ihrem Lachen an.

Der ›Richter‹ packte ihn an der *Daschdaschah* und sagte: »Wer hätte gedacht, daß du dich noch einmal von deinem Bett erheben würdest?«

»Wir haben alle geglaubt, deine Zeit wäre schon gekommen«, sagte Jawdat scherzend. »Dabei hüpft unser Abed al-Asis herum wie eine Gazelle.«

Abu-Jassem, der Besitzer des Teehauses, nahm das Mundstück seiner *Nargileh* aus dem Mund, sein Leib bebte vor Lachen. »Seit zwei Tagen haben wir dich nicht mehr gesehen, meine Gäste haben sich Sorgen gemacht. Ich habe ihnen gesagt, daß Allah dir die sieben Seelen einer Katze gegeben hat. Abed al-Asis, du fällst und erhebst dich wieder.«

»Ich möchte mit dir reden«, sagte Abed al-Asis zu Abu-Jassem.

»Es ist mir eine Ehre! Setz dich, ruh dich auf diesem Stuhl aus. Du mußt müde sein. Setz dich, setz dich, steh doch nicht herum. Ich bin für dich da.«

Abed al-Asis war verlegen. Irgend etwas an der Freundlichkeit der Männer, am Tonfall ihrer Stimmen, am Ausdruck ihrer Augen verwirrte ihn. Doch in seinem Kopf drehte es sich, er fühlte sich glücklich und zufrieden. Vom Fluß kam immer noch ein leichter Wind, der angenehme Gerüche und Laute mit sich trug.

»Ich bin gekommen, weil ich für dich arbeiten möchte, Abu-Jassem«, sagte er.

»Einfach so?« fragte Abu-Jassem vorwurfsvoll. »Für wen hältst du mich, für einen Wilden? Gestatte mir, daß ich dir zuerst einmal eine Tasse Tee anbiete oder ein Glas Wasser.« Er stand auf und ging zum Feuer hinüber. Das Radio wurde lauter. Der neue Kellner schaltete das einzige Licht an. Die Häuser gegenüber versanken in der Dämmerung. Jawdat und der ›Richter‹ musterten ihn schweigend.

Abed al-Asis schlürfte den heißen Tee, den Abu-Jassem ihm gebracht hatte, und fragte sich, warum er ihn nicht genießen konnte. Er schaute auf die Gesichter um sich her. »Du hast von mir nichts zu befürchten, Abu-Jassem, also, wie ist es? Gibst du mir Arbeit?«

»Bei meinem Kopf und meinen Augen, mein Freund, nenne deinen Preis, und ich zahle ihn. Die hier sitzenden ehrenwerten Söhne ehrenwerter Väter sind meine Zeugen.«

»Was ist das für ein Gerede, Abu-Jassem? Wozu brauchen wir Zeugen? Ich bin gekommen, um dir zu dienen. Alles, was ich will, ist ein Platz, wo ich nachts meinen Kopf zur Ruhe betten kann, und ein bißchen Geld für Nahrung.«

»Sind fünf Dinar genug?«

»Möge Allah deinem Vater gnädig sein«, sagte Abed al-Asis, überwältigt vor Dankbarkeit. Er traute seinen Ohren kaum.

»Du kannst heute abend anfangen.«

Der junge Kellner schlug sich auf die Hüften und schüttelte sich vor Lachen. Ein strenger Blick Abu-Jassems ließ ihn verstummen.

Der ›Richter‹ stützte sein Kinn auf seine rauhe Hand. »Abu-Jassem, du hast die Hauptbedingung vergessen.«

»Ich habe keine Bedingungen. Ihr seid die Gäste, und er ist der Kellner. Er ist nicht gekommen, um mich zu bedienen. Abed al-Asis war und ist mein Freund. Eure Wünsche soll er erfüllen, nicht meine. Wenn ihr etwas zu sagen habt, dann sagt es ihm direkt.«

»Gut gesprochen, Abu-Jassem!« rief Jawdat und beugte sich so weit auf dem Stuhl vor, daß sein Gesicht Abed al-Asis' Stirn berührte. »In Ordnung, ich nehme dein Angebot an.«

»Welches Angebot?«

»Sei kein Kind!« sagte Jawdat grob.

Abed al-Asis erwiderte mit rauher Stimme. »Sprich mit mir wie mit einem Menschen.«

Jawdat breitete die Arme aus. »Habt ihr das gehört, ihr, die ihr Allah verehrt? Er will, daß ich mit ihm rede wie mit einem Menschen. Gut, ich werde mit dir von Mann zu Mann reden. Ich habe Farhiyah heute gesehen. Maschallah! Maschallah! Brüste wie frisch gepflückte Granatäpfel. Ein Hintern, der Tote zum Leben erwecken könnte. Schenkel... Freunde, sind das Schenkel? Zwei Säulen, die den, der dazwischen liegen darf, Vater und Mutter vergessen läßt. Wir haben hier gesessen, Abed al-Asis, und die Spucke ist uns im Mund zusammengelaufen.«

Abed al-Asis schaute Abu-Jassem an, dessen Zähne das Mundstück seiner *Nargileh* umschlossen wie eine eiserne Klammer. Der Junge brach in Lachen aus, und der Teehausbesitzer warf ihm einen zärtlichen Blick zu. Abed al-Asis erhob sich schwankend. »Meine Herren«, schrie Jawdat, »meine Herren, lassen Sie uns einen Rasierer nehmen und seinen Schnurrbart abschneiden. Schmücken wir seine Ohren mit Ohrringen. Wir haben eine neue Frau in unserer Straße. Richter, was meinst du dazu?«

Der ›Richter‹ schloß die Augen und sagte mit einem ungehaltenen Ton in der Stimme: »Nun, Abed al-Asis, hast du dich entschlossen, wie ein Mann zu handeln?«

Die Hand, die der ›Richter‹ auf seine Schulter legte, ließ ihn erzittern. Er biß sich auf die Unterlippe. Worte, die wie Eisklumpen in ihm ruhten, schmolzen und quollen empor in seine Kehle, bis er fast an ihnen erstickte. Er mußte groß und stark sein, um sie aussprechen zu können, sonst würden sie zu Boden fallen, armselig und hilflos wie er selbst.

»Also?« fragte der ›Richter‹.

»Du bist unbelehrbar«, stieß er hervor. Er hatte die Zähne fest zusammengebissen, um die anderen, die wahren Worte daran zu hindern, aus seinem Mund zu schlüpfen.

Jawdat schlug sich ärgerlich auf die Hüften und sprang auf. Er packte Abed al-Asis an der *Daschdaschah* und zerrte ihn hinüber zur Wand. Er zückte ein Messer und legte es auf das Radio.

»Hör zu, Abed al-Asis«, sagte er, »dieses Messer bleibt, wo es ist. Niemand wird es berühren. Und du setzt keinen Fuß mehr in dieses Teehaus, es sei denn, um das Messer zu holen.«

Abed al-Asis war zu müde und zu krank, um Angst zu verspüren. Er hatte keinen anderen Wunsch, als zu seinem Stall zurückzukehren und sich auf dem Dach auszustrecken. Auf dem Weg nach draußen hielt ihn der ›Richter‹ fest. »Abed al-Asis, wir werden dich mit offenen Armen aufnehmen. Töte sie, und du bist wieder ein Mann. Was sind schon fünf Jahre? Wir werden dich wie einen König behandeln und auf den Schultern ins Gefängnis tragen.«

Abed al-Asis trat auf die Straße, die kostbaren Worte immer noch tief in sich verschlossen. Wie froh war er, daß er sie nicht an die Ohren dieser gemeinen Schweine vergeudet hatte! Er schritt so aufrecht wie möglich in Richtung Stall, bis das Licht des Teehauses hinter ihm verschwand. Die Stalltür lag im Dunkeln, und er verharrte einen Moment lang zögernd davor. Im Stall war es finster. Es stank. Die Worte hatten sich verflüchtigt, sie hatten ihn verraten.

DREIZEHN

Furcht ergriff Ramzi wie eine eisige Welle. Die Jungen, die grüppchenweise an den Einmündungen der Gassen herumstanden, hatten trotz der gleißenden Sonne graue Gesichter. Die Atmosphäre war unheimlich und fremd. Wer sonst schweigsam war, machte nichtssagende Bemerkungen, die Gesprächigen waren still. Von dem durchdringenden Geruch, den er und seine Genossen verströmten, beißend wie der Gestank der Zigaretten, die sie zwischen den Fingern hielten, wurde Ramzi übel. Eine Stunde später hatte er den widerwärtigen Geruch vergessen. Er war froh, neben Ali zu stehen, der sich benahm, als wären Leben und Tod ein einziger großer Witz. Verlegenheit war ihm fremd, mit bewundernswertem Geschick befreite er sich aus den unangenehmsten Situationen. Nichts schien ihm heilig. Ramzi bewunderte ihn insgeheim. Die Jungen hörten auf Ali. Aber jetzt lag auch in seinen Augen Angst, und er erzählte seine Witze mit der Hast eines Predigers, der fürchtet, vor Beendigung seiner Gebete könne ihn ein Unglück treffen. Ali warf Ramzi einen Blick zu und sagte lächelnd: »Worauf warten wir, Genosse Ramzi, etwa auf eine Polizeieskorte?«

Ein oder zwei Jungen brachen in lautes, hektisches Gelächter aus. Ramzi versuchte zu lächeln. »Wir warten auf die Pfeife. Sobald sie ertönt, werden wir auf die Straße gehen.«

»Die Pfeife?« Ali tat überrascht. »Sag bloß nicht, daß wir

auf einen Pfiff hin loslaufen. Ist das hier vielleicht ein Rennen?«

»Wenn es sein muß, Ali, wirst du rennen wie ein Hirsch«, sagte Ramzi mit unangebrachter Schärfe.

Ali schwieg einen Augenblick, dann erwiderte er: »Tut mir leid, wenn ich dich enttäusche, Genosse. Aber erstens habe ich, du erlaubst, einen Pickel, und zwar genau zwischen den Beinen. Und zweitens habe ich meinen Vater gebeten, mir zuzuschauen, wenn ich stolz der Polizei entgegenmarschiere. Er hat Zeit seines Lebens Angst vor der Polizei gehabt.«

»Dein Vater?« fragte Ramzi überrascht.

»Ja. Er steht da drüben auf dem Balkon, neben dem Schild der Anwaltskanzlei. Siehst du ihn?«

Ramzi wandte den Kopf und traf mit seiner Nase auf Alis Fingernagel. Der Kratzer brannte und trieb ihm Tränen in die Augen, trotzdem mußte er lächeln. Die Angst auf Alis Gesicht wich einem boshaften Grinsen. Der Schmerz ließ auch Ramzi die Angst vergessen. »Geschieht mir recht«, sagte er sich. Gegen Ali kam man einfach nicht an.

»Genosse Ramzi, bist du hier?«

Ramzi drehte sich um und sah sich Edward gegenüber. Seine Nase schmerzte. Er verglich sich mit der beeindruckenden Gestalt, die mit eleganter Krawatte und dem Lächeln eines Erwachsenen vor ihm stand, und fühlte sich unreif. Edwards Gesicht verströmte den frischen Geruch von Rasierwasser, er schwitzte nicht.

»Was ist los?« wollte Ramzi wissen.

»In der zweiten Gasse von links gibt es etwas, das du dir ansehen solltest.«

Ramzi ging auf die Straße hinaus. Aus den Einmündungen der Gassen verbreitete sich eine bedrückende Stimmung. Eine ungeheure Spannung lastete über der Straße. Leere Busse fuhren vorbei, die Ladenbesitzer hielten ihre Türen geschlossen, die Kutscher auf ihren Kutschböcken trieben ihre Pferde mit Peitschen vorwärts, Wasserverkäufer und Schuhputzer waren verschwunden, als hätte ein böser Geist sie fortgetragen. Die Straße war still wie ein Schlachtfeld, das auf den Kampf wartet. An der Einmündung zur zweiten Gasse überkam Ramzi eine ungeheure Wut. Inmitten der Menge, die auf das Signal wartete, auf die Straße hinauszuströmen, stand ein Kavallerieoffizier. Er schien keine Angst zu haben. Wie alle Offiziere verachtete er die Polizei. Seine Nervosität war die eines Militärs vor der Parade. Er marschierte auf und ab und schlug sich dabei mit der geballten rechten Faust ruckartig auf die Hüfte. Ramzi kämpfte sich durch die Menge zur Gasse hin, der Offizier folgte ihm.

Als sie ein Stück gegangen waren, blieb Ramzi stehen und sagte wütend: »Du kennst deine Anweisungen, Machmud!«

»Ich war gestern im Camp. Ich hätte taub sein müssen, um nicht mitzubekommen, daß es hier heute eine Demonstration gibt.«

»Du hättest im Camp bleiben sollen, Machmud.«

Die Augen des Offiziers blitzten. »Ihr braucht jede Hilfe, die ihr bekommen könnt.«

»Aber nicht von einem wie dir.«

»Genosse, du vergißt, wer du bist!« rief der Offizier barsch.

»Das Problem ist, daß du vergißt, wer du bist.«

»Von dir nehme ich keine Befehle entgegen.«

»Der Befehl kam vom Chef. Die Zahl unserer Anhänger unter den Armeeoffizieren ist noch zu klein.«

»Ich bleibe hier.«

»Du bringst die anderen und dich selbst unnötig in Gefahr. Wenn du festgenommen wirst, werden sie uns vorwerfen, die Armee aufzuwiegeln.«

»Ich möchte den sehen, der es wagt, mich zu verhaften. Ich bleibe!«

»Selbst wenn nichts passiert«, sagte Ramzi warnend, »muß ich dich melden, Machmud.«

Der Offizier lachte. »Du und deine Meldungen!« Ramzi war beleidigt und wandte sich schweigend ab. Der Offizier packte ihn am Ärmel. »Schau dir das an.«

»Ich will jetzt nicht mit dir reden.«

»Ich sehe Soldaten.«

»Vielleicht marschieren sie nur hier durch.«

»Sie sind wegen der Demonstration hier, Ramzi, sie brauchen einen Offizier, der sie führt.«

Ramzi lächelte. »Du bist und bleibst ein tumber Bauer.«

»Jude!« Der Offizier lachte. »Redet man so mit einem Offizier der irakischen Armee?«

Ramzi ging auf die Straße zurück und legte Abed al-Asis eine Hand auf die Schulter. »Als Polizeispitzel hast wenigstens du nichts zu befürchten.«

Der Schwindsüchtige flüsterte: »Ich bin fertig mit ihnen.«

»Du wirst verhungern.«

»Ich bin voller Hoffnung.«

Namir erläuterte: »Er will ihnen in die Hände fallen, damit er ins Gefängnis kommt.«

»Das verstehe ich nicht«, sagte Ramzi.

»Er mag voller Seuchenkeime stecken, aber er ist gerissen wie ein Geldwechsler. Weißt du warum, Genosse Ramzi?«

»Nein.«

»Wir alle erwarten, daß er seine Ehre mit Blut reinigt. Deshalb will er ins Gefängnis, damit er endlich Ruhe vor uns hat.«

Abed al-Asis stampfte mit dem Fuß auf. »Das ist eine verdammte Lüge! Ich habe Hunger und bin krank. Im Gefängnis kümmern sie sich um mich.«

»Das reicht!« rief Ramzi.

»Du bist der Richter«, sagte Namir.

»Was hat das mit mir zu tun?«

»Es ist eine Frage der Ehre«, drängte Namir.

Ramzi schwieg einen Augenblick, weil er nicht wußte, was er sagen sollte. »Wir werden später darüber reden«, antwortete er schließlich, und um jeden weiteren Versuch Namirs zu unterbinden, fügte er schnell hinzu: »Genosse Namir, sind deine Taschen leer?«

»Wie meinst du das?« fragte Namir unschuldig.

»Waffen.«

»Was für Waffen, Genosse?«

»Seine Taschen sind vollgestopft mit neuen Waffen«, sagte Abed al-Asis.

»Halt den Mund!« sagte Namir wütend.

»Was für Waffen hast du dabei?« wollte Ramzi wissen.

»Gemahlenen schwarzen Pfeffer. Mich werden sie nicht so leicht schnappen. Keine Waffen, hast du gesagt. Gut, keine Waffen. Aber wenn ihren Pferden dieser Pfeffer in die Nüstern dringt, haben wir unseren Spaß. Bei Allah, ein herrlicher Spaß! Was hältst du davon?«

Der schrille Ton einer Pfeife zerschnitt die Luft. Die Jungen, die sich hinter Ramzi drängten, schoben sich an ihm vorbei und strömten auf die Straße. Ramzi blieb stehen. Er schaute sich um, als hätte das alles mit ihm nichts zu tun. Seine Beine waren schwer wie Blei. Die eben noch zusammengerollten Fahnen entfalteten sich über den Köpfen. Ihr alle werdet leben, murmelte er, ihr werdet weiterleben. Es war keine Demonstration, es war eine Prozession, und sie galt ihm. Im selben Augenblick, da Ramzi sich der Prozession anschloß, würde sie sich in einen Begräbniszug verwandeln. Mit der Hand stützte er sich an der rauhen Mauer des Hauses ab. Ein Mann mit einer makellos sauberen *Keffiya* hob die Arme und schrie irgend etwas. In der vordersten Reihe nahmen die Soldaten ihre Gürtel ab und schwenkten sie durch die Luft, als wollten sie für die Kolonnen hinter sich mit der Machete einen Weg durch den Dschungel bahnen.

Edward neigte den Kopf mit einem Lächeln, das Ramzi noch nie an ihm gesehen hatte. Er drückte Ramzis Arm und sagte: »Das hier wird zu einer ernsten Angelegenheit. Geh zu den hinteren Reihen, und komm dann wieder her.«

Ramzi ließ die Demonstranten an sich vorüberziehen. Machmud, der militärische Ordnung in die Reihen brachte, lächelte ihm im Vorbeigehen zu. Er sah die Gesichter dreier Lehrer aus der Grundschule, die er lange vergessen hatte. Er sah einen *Jeschive*-Gelehrten, der mit einem Priester und einem Khadi diskutierte. Auch ein paar Frauen waren unter den Demonstranten. Die *Abayas* waren ihnen von den Köpfen gerutscht und enthüllten ihre Gesichter. Am Ende des Zuges herrschte merkwürdige Stille. Keine Wagen, keine Busse, keine neugierigen Zuschauer, die den Demonstranten folgten. Ramzi rannte nach vorn, fand Edward und hakte sich bei ihm ein. »Sie haben unsere Nachhut abgeschnitten. Die Straße hinter uns ist leer.«

»Entschuldige mich einen Augenblick«, sagte Edward und lief zu den Soldaten. Er mischte sich unter sie. Eine große Gruppe von Soldaten löste sich aus der Menge und rannte nach hinten. Edward kam zu Ramzi zurück. »Hast du zu Hause irgendwelches Material herumliegen?«

»Ich weiß nicht. In letzter Zeit bin ich herumgelaufen wie ein Verrückter.« Zum ersten Mal seit langer Zeit fühlte er sich mit seinem Freund aus Kindheitstagen wieder richtig verbunden.

Plötzlich hörte er Namir lachen. Als er sich umdrehte, sah er ihn mit den Knöpfen an der Uniform eines Polizisten spielen, der sein Gewehr hoch über dem Kopf hielt, um es vor den Händen der Menschen um sich herum in Sicherheit zu bringen. Sie zupften an seiner Uniform und zogen ihm das Hemd aus der Hose. Er lachte.

»Edward«, flüsterte Ramzi, »sieh dich mal um.«

An einigen Stellen des Demonstrationszuges bemerkten sie zwischen den Marschierenden Gewehre, ungefähr zwanzig, die wie das Gewehr des lachenden Polizisten über den Köpfen der Menge tanzten.

»Wann haben sie sich in die Reihen geschmuggelt?« wollte Edward wissen.

»Keine Ahnung.«

»Geh mal zu dem Polizisten hinter uns«, befahl Edward.

Namir kitzelte den Polizisten unterm Arm und fragte: »Hast du auch Munition?«

»Ja, Bruder.«

»Und schießt dein Gewehr, oder trägst du es zur Schau?«

»Es schießt, Bruder, es schießt.«

»Dann lade es. Eine kleine Kugel, nur eine.«

Der Polizist klopfte gegen das Magazin. »Es ist bereits geladen, Bruder.«

»Dann schieß, Mann, schieß! Laß uns ein bißchen Spaß haben.«

»Bruder«, sagte der Polizist bedauernd, »das ist verboten.«

»Komm schon, hör auf, dich wie eine Jungfrau zu zieren«, bohrte Namir weiter.

»Erst, wenn ich einen Pistolenschuß höre.«

»Und dann schießt du?«

»Ja, mein Freund.«

Ramzi wandte sich an Namir. »Nimm dir fünf Genossen, und dräng die Polizisten aus dem Demonstrationszug.«

»Mit oder ohne Gewehr?«

»Genosse Namir«, sagte Ramzi, »so weit sind wir noch nicht.«

In Namirs provozierenden Augen blitzte es rebellisch. »Und wann sind wir soweit?«

»Wenn die Zeit reif ist, wirst du es selbst merken. Und nun geh, Genosse.«

Halbherzig erledigte Namir seinen Auftrag. Als er zurückkehrte, sah er den gutgelaunten Polizisten, den er eben aus den Reihen der Marschierenden gedrängt hatte, neben sich stehen. »Man jagt einen Hund mit einem Fußtritt weg, und er kommt zurück, weil er noch nicht genug hat«, sagte er verächtlich. »Was willst du hier? Ich habe gesagt, du sollst abhauen.«

»Mein Offizier, Bruder.«

»Ich werde dir jetzt wirklich einen Tritt versetzen.«

»Ein Tritt von dir ist mir immer noch lieber als Prügel von meinem Offizier«, sagte der Mann mit resignierender Miene.

»Genosse Ramzi«, schrie Namir, »dieser Idiot läßt sich nicht verjagen. Ihm gefällt's hier.«

»Warum soll es mir hier nicht gefallen?« fragte der Mann ruhig und wandte sich mit besorgtem Gesichtsausdruck Abed al-Asis zu. »Was ist los, Bruder? Warum humpelst du?«

»Ich bin krank«, sagte Abed al-Asis, »ich bin ein kranker Mann.«

»Stütz dich auf mich, mein Herz.«

Und so marschierten sie Seite an Seite, der todkranke Kommunist und der stumpfsinnige Polizist.

Ramzi und Edward hörten einen Schuß und fuhren herum. Das Gewehr des Polizisten rauchte noch. »Warst du das, der da geschossen hat, Löwe der Nacht«, fragte Namir bewundernd. Der Polizist nickte, auf seinem stupiden Gesicht lag ein glückliches Lächeln. Und wieder spannte er sein Gewehr und feuerte in die Luft. Namir klopfte ihm auf die Schulter und strahlte stolz.

»Was hältst du davon?« wollte Edward wissen.

»Er mag ein Idiot sein«, sagte Ramzi, »aber er hat scharfe Ohren.«

»Das versteh' ich nicht.«

»Er hat die Pistole seines Offiziers gehört.«

»Das ist das Signal!«

Die Soldaten die seit über einer Stunde immer wieder ihre Gürtel über den Köpfen wirbeln ließen, waren müde und trotteten ermattet hinter ihnen her. Ramzi, Edward und vier andere Jungen marschierten jetzt in vorderster Reihe. Der Polizist war verschwunden.

»Er scheint genug zu haben«, sagte Namir.

Ungefähr hundert Meter vor ihnen stand ein Bus quer auf der Straße. Sein Dach schimmerte im Sonnenlicht. In seinem Schatten saß ein Mann. Als sie näherkamen, erkannte Ramzi den lustigen Polizisten. Er kniete mehr als er saß und streckte das Gewehr auf merkwürdige Weise von sich. Vielleicht hält er das Gewehr nur so, weil er müde ist, dachte Ramzi. Edwards Arm verkrampfte sich. Ramzi bemerkte seine verengten Augen. Im gleichen Augenblick fielen aus verschiedenen Richtungen Schüsse. Ramzi hörte hinter sich einen Schrei und hob erstaunt die Hand. Er wollte sagen, daß der lustige Polizist ebenfalls schoß, brachte aber plötzlich kein Wort heraus. Der Polizist und der blaue Himmel und Edwards Arm und der Lärm und die Hitze lösten sich auf. Er versuchte, seine Augen so weit wie möglich aufzureißen, um die Welt zum Stillstand zu bringen und die Sonne aufzuhalten, die am hellichten Tage unterzugehen drohte. Seine Beine gaben unter ihm nach. Seine Lippen berührten den in der Hitze schmelzenden Asphalt. Wenn ich meine Augen schließe, sagte er zu sich selbst, versinkt die ganze Welt im Nichts. Die Dinge und Menschen ringsherum verschwanden. Er schaffte es, seine Augen einen Moment lang zu öffnen, und stellte fest, daß die Welt sich verändert hatte. Sie war jetzt über und über rot, wie die Sonne in einem Sandsturm. Blut lief ihm in die Augen, er konnte nichts mehr sehen. Auf seinem Rücken lastete ein erdrückendes Gewicht. Bedauern ergriff sein Herz und umfing ihn wie ein Schatten, bis er mit einem schwachen Seufzer die Augen schloß und murmelte: »Was für ein Idiot, dieser Polizist.« Ihm wurde schwarz vor Augen.

Es war schrecklich, tatenlos vor dem Haus herumzustehen. Eine halbe Stunde war bereits vergangen, aber die Abordnung konnte sich nicht entschließen hineinzugehen. Von Zeit zu Zeit bemühte sich ein Genosse, Ordnung in den buntgewürfelten Haufen zu bekommen, der in andächtiger Stille vor dem Tor wartete. Der Versuch, die trauernden Menschen zur Disziplin anzuhalten, hatte in Ramzis Augen etwas zutiefst Irritierendes. Doch er mußte zugeben, daß Wadid seiner Aufgabe gewachsen war.

Ein verbeultes Auto fuhr vor. Sofort neigte Ramzi den Kopf und verlieh seinem Gesicht einen Ausdruck von Trauer. Drei Männer kletterten aus dem Auto, und Ramzi gab ihnen mit Gesten zu verstehen, daß sie sich an die Spitze der Abordnung setzen sollten. Dann ging er hinüber, um sich mit gefalteten Händen neben das Tor zu stellen und mit zufriedener Miene die vorbeiziehenden Männer zu inspizieren. Einigen, die hastig ihre Zigaretten auf dem Boden austraten, bevor sie das Tor passierten, warf er einen strengen Blick zu. Dann sah er hinaus auf die leere Straße, verschränkte die Hände auf dem Rücken und betrat mit gesenktem Kopf das Haus.

Ramzis Platz in der Abordnung entsprach der Bedeutung, die Wadid ihm zubilligte. Überall im Zimmer standen Stühle, aber der Vater und die Söhne mußten lange Zeit stehen, bis sie endlich allen Mitgliedern der Abordnung die Hand geschüttelt hatten. Die Trauergäste sprachen ihr Beileid aus und schwiegen dann verlegen. Einige räusperten sich, andere schlugen schnell die Augen nieder, wenn sie dem traurigen Lächeln des Vaters und der Brüder begegneten. Irgend jemand hob einen Arm, als wolle er etwas sagen, überlegte es sich dann aber anders. Der Vater wandte sich ihm mit ermutigendem Lächeln zu, aber der Mann zog sich rasch hinter die anderen Mitglieder der Abordnung zurück. Schließlich trat Wadid einen Schritt vor und sprach. Erleichtert hörten ihm die anderen zu. In den Augen des Vaters glitzerte es, die müden Gesichter der Brüder nahmen einen stolzen Ausdruck an. Als Wadid seine Rede beendet hatte, trat er zum Vater und schüttelte ihm die Hand, dann drehten sich alle um und schlurften, undeutlich vor sich hin murmelnd, zur Tür. Kaum war der große Raum fast leer, sah sich der Vater ängstlich um, als hätte er Angst, die Besucher könnten Wände, Luft und Licht mitnehmen und ihn in der nackten Dunkelheit allein zurücklassen.

»Ramzi, kannst du nicht noch ein bißchen bleiben?« rief er.

Ramzi stellte sich wieder ans Fenster. Es gab nichts zu sagen, weder zu sich selbst, noch zu irgend jemandem sonst. Er hatte den Tod kennengelernt. Die tiefe Trauer, die sein Herz ergriffen hatte, als er auf dem Asphalt gelegen hatte, war durch die freudige Entdeckung, daß er noch lebte, nicht geheilt. Seit vier Tagen versuchte er, die Melancholie abzuschütteln, die sich in seine Seele geschlichen hatte. Er wußte nicht, woher seine Trauer kam, spürte aber, daß sie sich zu einer Mauer verfestigt hatte, hinter der er die Stimmen von Menschen hören konnte, die mit ihm sprachen und denen er antwortete, ohne daß er sich die Mühe machte, auf die Mauer zu klettern, um ihre Gesichter zu sehen; sie waren ihm gleichgültig. Er wußte, sie hatten sich verändert. Selbst die Häuser und Straßen hatten sich verändert. Die große Welt war klein und häßlich geworden, und die Leute, die in dieser Welt herumliefen, kamen ihm unbedeutend und grotesk vor. Es war nicht Überheblichkeit, mit der er auf diese Welt hinuntersah, sondern ein Gefühl von Nichtigkeit.

Der Vater saß, an einen Sessel gelehnt, auf dem Teppich. Seine Söhne hockten neben ihm und zündeten sich Zigaretten an. Er rief nach seiner Frau: »Komm herein, sie sind weg. Ramzi wird dir persönlich alles erzählen.«

Ramzi hatte Angst, sie zu sehen. Der Gedanke an sie machte ihm ein schlechtes Gewissen. Er, der die Augen in der Gewißheit geschlossen hatte, getötet worden zu sein, war in das Land der Lebenden zurückgekehrt, während Edward, ausgerechnet Edward... Die Mutter kam herein und trat zu ihm. Sie legte beide Hände auf seine Schultern, vergrub ihren Kopf an seiner Brust und brach in Tränen aus. Er wollte sie berühren, brachte es aber nicht über sich. Flehend sah er den Vater an, der sich erhob, seine Frau von Ramzi trennte und zum Teppich führte, wo sie sich neben ihn setzte. Ramzi sah, daß sich im Flur mehrere Frauen drängten.

»Kommt herein«, sagte Edwards Vater. »Kommt herein und setzt euch zu uns.«

Ramzi setzte sich mit dem Rücken zur Tür.

»Tee!« rief der Vater dem Mädchen zu.

Ramzi schlürfte seinen Tee und merkte überrascht, daß er ihn genoß. In den vergangenen vier Tagen hatte ihn einiges überrascht.

Die Mutter sagte: »Drei Tage warst du verschwunden, Ramzi. Jeder hat gedacht, du wärst im Haus dieses verrückten Christen. Ich habe ihnen gesagt, daß das nicht sein kann. Edwards Freund würde die Trauerzeit nicht im Haus eines Christen verbringen.«

»Ich war aber dort, Umm-Edward.«

Die Frauen im Flur seufzten laut auf.

»Warum, mein Sohn?«

»Ich weiß es nicht. Wirklich, ich weiß es nicht. Edward ist da auch manchmal hingegangen.«

»Warst du deshalb dort?«

Da er sie nicht belügen wollte, schaute er ihr ausdruckslos ins Gesicht.

»Was hat Edward gesagt, als er starb?« fragte sie.

»Er hat überhaupt nichts gesagt. Er fiel einfach auf mich. Er hat nicht gelitten.« Ramzi wählte seine Worte sorgfältig.

»Er verlor sofort das Bewußtsein. Man hat ihn nicht einfach liegengelassen. Ein Arzt kam und bat mich, ihm bei der Untersuchung zu helfen. Er hat ihn sehr sanft behandelt. Er fragte mich, ob Edward Jude sei, und ich bejahte. Er strich Edward übers Gesicht, wischte ihm den Schmutz ab und sagte: ›Ein sehr hübscher Bursche‹. Er schrie die Polizisten an, sie sollten eine Bahre holen. Dann legte er einen Arm um Edwards Schulter und strich ihm von neuem übers Gesicht. Edward sah aus, als würde er schlafen.«

»Das Blut auf deiner Kleidung, war das Edwards Blut?« fragte die Mutter.

»Edwards und meins.«

»Auch auf deinem Gesicht war Edwards Blut. Laß dich berühren.«

Wieder umfing ihn Trauer. Er hatte das Gefühl zu ersticken. Er lockerte seine Krawatte und zog seine Jacke aus, wohl wissend, daß die Frauen im Flur auf seine Verbände starrten, die durch das Hemd zu sehen waren. Er stand auf, wütend auf sich selbst, weil die Trauer in seinem Herzen nicht Edward galt, sondern der Welt, die enger und erbarmungsloser geworden war. Die schwarzgekleideten Frauen im Flur bildeten eine Gasse, um ihn passieren zu lassen. Während er zwischen ihnen hindurchging, spürte er die sanfte Berührung einer Hand an seiner Schulter. Ohne den Kopf zu drehen, wußte er, wessen Hand ihn berührt hatte.

Er hörte ihre Stimme hinter sich. »Ramzi.«

»Sucham«, sagte Chatoun mit mildem Tadel in der Stimme.

Suchams Absätze klapperten hinter ihm auf dem Gartenweg . Chatoun keuchte ebenfalls hinter ihm her. Ein Mensch kann sterben und wiedergeboren werden, sagte sich Ramzi, aber es gibt Schmerzen, die bleiben. Suchams klappernde Absätze verwirrten ihn. Sie trug stets Schuhe, obwohl sie in seiner Fantasie immer noch ein barfüßiger Wildfang war. Er lehnte sich gegen den Gartenzaun und wartete auf sie, wie ein Mensch, der seiner Strafe harrt. Die beiden Frauen erreichten ihn gleichzeitig. Suchams Augen blitzten vor Zorn.

»Warum hast du zugelassen, daß sie dich berührt, Ramzi?« wollte Chatoun wissen.

Sucham schüttelte Chatouns Hand ab. »Warum läufst du dauernd hinter mir her? Geh weg!«

Ramzi trat auf die Straße, die Frauen folgten ihm zu beiden Seiten. Chatoun fürchtete, Sucham könnte eine entwürdigende Szene machen.

»Tut es weh?« fragte Sucham und zeigte auf seine Verbände. Zum ersten Mal sah er ihr ins Gesicht. Auch sie hatte sich verändert. Zwar trug sie hochhackige Schuhe, doch ihr Gesicht war das Gesicht eines Kindes. Mit einem leichten Zittern der Freude entdeckte er, daß ihre Augen in der immer kleiner werdenden Welt größer geworden waren. Er lächelte sie an und vergaß, ihre Frage zu beantworten.

»Du bist wirklich verletzt«, flüsterte sie.

Die Mauer der Trauer, die ihn umgab, schmolz dahin. Angst ergriff ihn. Es tat ihm leid, daß er sich so schnell von seiner Trauer trennen mußte. Der Schleier fiel von ihren Augen. Sie schlenderten die palmengesäumte Straße entlang, und Ramzi sah Suchams Mund und ihre Augen und ihre Finger, die sich wie Sonnenstrahlen durch die Luft bewegten, und er sehnte sich danach, von diesen Sonnenstrahlen berührt zu werden. Fast hatten sie ihn schon erreicht, als sich Chatoun plötzlich zwischen sie schob. Überrascht nahm er zur Kenntnis, daß Sucham bleich und still war, während Chatouns Augen sich mit Tränen füllten. »Meine Kinder«, flüsterte sie mit erstickter Stimme, »meine Kinder.« Dann umarmte sie die beiden. »Nicht auf der Straße, ich bitte euch, bringt keine Schande über uns, hier in aller Öffentlichkeit.«

Beim Klang ihrer Worte erröteten die beiden heftig, nicht vor Scham, sondern weil sie spürten, daß sie keine Kinder mehr waren.

Ramzi sagte: »Ich liebe sie, Chatoun«, ohne Sucham auch nur anzuschauen, so als wäre sie überhaupt nicht da.

»Ich weiß, mein Sohn, ich weiß«, sagte Chatoun. »Trotzdem bitte ich euch, nicht hier – nicht auf der Straße.«

»Heute morgen hatte ich große Angst, Chatoun, weil ich wußte, daß wir weitermarschieren würden, bis Menschen getötet werden. Es war so geplant. Wir wollten, daß sie auf uns schießen«, sagte er. Er bemerkte, daß sich Chatoun an ihn drängte, um zu verhindern, daß Sucham ihm noch näherkam, doch die Worte brannten in seinem Innern, er konnte sie nicht unterdrücken. »Jeder denkt, daß der Mensch neben ihm verletzt wird, nur ich habe das nicht gedacht. Verstehst du?« Die Frau stolperte ihm fast in die Arme. Gedankenverloren stützte er sie, dann fuhr er fort: »Ich stand in der Gasse und sagte zu mir: Schau dich gut um, Ramzi, denn ein Morgen wird es für dich nicht geben. Und weißt du, warum?« Wieder mußte er sie stützen. Er sah ihr schmerzverzerrtes Gesicht, als sie mit Sucham kämpfte. Suchams Augen blieben trocken, Chatouns Gesicht war tränenüberströmt.

»Meine Kinder«, schluchzte sie, »ich verliere noch den Verstand. Was tut ihr mir nur an? Die Fenster haben Augen und die Wände Ohren.«

Dann resignierte sie und hörte auf zu kämpfen. Sie sah, wie Ramzi den Kopf auf die Brust sinken ließ, als habe ihn plötzlich eine tiefe Erschöpfung ergriffen. Sie nahm beide bei der Hand, zog sie hinter sich her und führte sie über ein leeres Grundstück in ein Kleefeld. Dort, unter freiem Himmel, breitete sie die Arme aus und sagte resolut: »Hier!«

So stand sie da, die Arme ausgebreitet, und war erstaunt, als die beiden sich nicht küßten. Sucham ging zu Ramzi, legte ihr Gesicht an seins und weinte all ihre aufgestauten Tränen über sein dunkles, erwachendes Gesicht. Ramzi hob den Kopf, und Chatoun kam es vor, als wollte er ihn erschöpft an Suchams Wange legen. Vor Überraschung ließ sie die ausgebreiteten Arme sinken. Sie war sich sicher gewesen, daß die beiden übereinander herfallen würden, daß sie im saftigen Klee ineinander versinken würden wie die Tiere des Feldes. Als aber Ramzi seine Hände um Suchams Schläfen legte, ihr Gesicht von sich weg hielt und sie forschend ansah, hätte sie vor Enttäuschung fast geschrien.

Ramzi drehte sich zu ihr um und sagte mit gesenktem Blick: »Danke, Chatoun, ich gehe jetzt nach Hause.«

»Tante«, schrie Sucham, »er ist verletzt, er fällt in Ohnmacht.«

Ein Windstoß fuhr Chatoun ins Gesicht und kühlte die Tränen und den Schweiß auf ihren Wangen. Ihr Herz war erfüllt von Freude, ohne daß sie wußte, warum. Lachend sagte sie: »Meine Tochter, wir werden ihn nicht im Stich lassen. Wir bringen ihn nach Hause zu seinen Eltern.«

Sucham und Ramzi gingen Hand in Hand vor ihr her. Von Zeit zu Zeit drehte Sucham sich nach ihrer Tante und Mit-Ehefrau um. Bevor sie in das grelle Licht der Straßenlaternen traten, blieben sie stehen und warteten auf Chatoun, die sich schüchtern zwischen sie stellte.

Am Gartentor vor Ramzis Haus fragte Sucham: »Willst du uns nicht hereinbitten?«

Er guckte wie ein verwirrtes Kind. »Ja, natürlich, was für eine Frage. Chatoun, Mutter wird sich freuen, euch zu sehen.«

Doch Chatoun war der Ansicht, daß es nun genug sei. »Danke, es ist schon spät, wir müssen zurück.«

»Tante«, verkündete Sucham, »ich werde mit Ramzi hineingehen.«

Zu ihrem Erstaunen genoß Chatoun die Gesellschaft der beiden. Sie lächelte und sagte: »Wir bleiben aber nicht lange.«

Ramzis Mutter und Vater und seine beiden Brüder saßen auf der Veranda. Der Fächer, den seine Mutter in der Hand hielt, kam abrupt zum Stillstand. Sie sprang hoch, um ihre beiden Gäste zu begrüßen, bevor diese Gelegenheit hatten, etwas zu sagen. Aufgeregt rief sie: »Welche Ehre! Sfirones! Stühle!«

Ramzis Vater erhob sich und fragte höflich: »Wie geht es Scha'aschoua?«

»Eure Schuhe sind ja voller Schlamm«, bemerkte die Mutter. »Was ist passiert, seid ihr in einen Graben gefallen?«

Chatoun errötete, und Sucham sah in den Himmel.

»Wie fühlst du dich, mein Sohn?« fragte der Vater.

»Gut, Vater.«

»Was soll das heißen, gut?« protestierte die Mutter. »Du bist verletzt.«

»Wenn er sagt, daß er sich gut fühlt, dann fühlt er sich gut«, rief Akram. »Du stirbst doch nicht, Ramzi, oder? Sag deiner Mutter, daß es dir gutgeht, Schwarzgesicht. Mögen dein Name und die Erinnerung an dich ausgelöscht werden! Deinetwegen ist heute die Bamya geplatzt, und der Reis hat wie Wolle geschmeckt. Du mußt jetzt alle fünf Minuten verkünden, daß es dir gutgeht, auch wenn du Verstopfung hast. Weißt du, was deine Mutter heute gemacht hat? Wie ein Polizist hat sie vor dem Klo Posten bezogen. Sie dachte schon, du hättest den Geist aufgegeben, weil du erst nach zwanzig Minuten wieder herausgekommen bist.«

»Das reicht, Akram«, sagte der Vater.

Sucham brach in unbeschwertes Lachen aus.

VIERZEHN

»Wie kann ich dich nur überreden?« Ali rieb sich die Hände und leckte sich über die vor Kälte brennenden Lippen. »Ich möchte dich einladen, mit mir in den Puff zu gehen.«

»Ich will nicht.«

»Auf meine Kosten, Mann. Ich weiß doch, daß dein Gehalt bei der Zeitung kaum für den Schuhputzjungen und die Zigaretten reicht, und deinen Vater kannst du ja wohl kaum bitten, dir fünf Dinar zu geben, damit du eine erstklassige Hure ficken kannst.«

Ramzi lachte. »Red nicht so einen Unsinn.«

»Hast du wirklich keine Lust?«

Ramzi schüttelte den Kopf.

»Sieh mir in die Augen«, sagte Ali und packte Ramzi an den Jackenaufschlägen. »Sag mir die Wahrheit. Ich werd's niemandem erzählen. Bist du vielleicht so einer?«

Ramzi versuchte, nicht rot zu werden. »Nein, ich bin nicht so einer.«

»Verdammt! Wie schaffst du's dann? Ich bin erst seit einem Jahr verheiratet, aber ohne meine wöchentlichen Ausflüge würde ich es nicht aushalten.«

»Es ist dein Kopf, der das nicht aushält.«

Ali fuhr sich mit zwei Fingern über den Schnurrbart, dann schlug er sich an die Brust und schrie gegen den eiskalten Wind: »Ich bin ein Mann!«

»Viel Glück dabei.«

»Beneidest du mich nicht?«

Ramzi mochte Ali. Die Freundschaft, die sich zwischen ihnen entwickelt hatte, spielte sich völlig außerhalb ihrer beiden Familien ab. Meistens trafen sie sich in einem Café oder bei George. Ramzi hatte Alis Frau noch nie gesehen, und Ali kannte Ramzis Familie nicht. Sie hingen aneinander, ihre Freundschaft war auf dem merkwürdigen Boden der Ungewißheit gewachsen. George war aus den revolutionären Reihen ausgeschlossen worden. Ramzi und Ali hatte man »auf Eis gelegt«. Man hatte ihnen ihre Rechte als Parteimitglieder genommen, sie jedoch nicht aus ihren Verpflichtungen entlassen. Der Kontakt zu den Vorgesetzten war ihnen untersagt. Da sie aber nach wie vor von revolutionärem Bewußtsein getrieben wurden, führten sie weiterhin die drei konspirativen Gruppen, die man ihnen anvertraut hatte. Sie organisierten das al-Karak-Viertel und überwachten die militärischen Zellen. Ali, dem das Lächerliche ihrer Situation nur zu bewußt war, meinte scherzhaft, daß sie wohl jetzt gezwungen seien, eine Direktverbindung mit Moskau herzustellen. Die alten Führer hatte man verhaftet, und die an ihrer Stelle aufgestiegen waren, platzten fast vor proletarischem Bewußtsein – in einem Land, in dem es überhaupt kein Proletariat gab. Sie waren der Ansicht, daß ein paar primitive Slogans ausreichten, das Volk zu führen und zu erziehen. Merkwürdigerweise strömten ihnen die Massen tatsächlich zu. Ali, Ramzi und ihre Untergebenen fühlten sich wie die abgesprengte Gruppe einer eingeschlossenen Armee. Alis Idee war, aus der mißlichen Situation das Beste zu machen und das herrschende Chaos dazu zu benutzen, eine eigene, unabhängige Partei zu gründen. Davon wollte Ramzi nichts wissen. Die Vorstellung, sich zum Führer einer oppositionellen Gruppe aufzuschwingen, gefiel ihm nicht. Nach stürmischer Debatte beschlossen sie, eine der zugelassenen Parteien zu infiltrieren und sie für ihre eigenen Zwecke umzuformen. Sie entschieden sich für die Volkspartei. Deren Chef, al-Sharif, nahm sie mit offenen Armen auf. Ramzi wurde in die Redaktion der Parteizeitung aufgenommen.

Während in Erez Israel bereits die ersten Schlachten tobten, hatte die Partei eine Konferenz anberaumt, um ihre politischen Vorstellungen zu formulieren. Kurz vor Tagesanbruch war sie in äußerst konspirativer Atmosphäre eröffnet worden. Ramzi und Ali waren den langweiligen Diskussionen im Saal entflohen und standen bei klirrender Kälte palavernd auf dem Hof.

Nach einer Weile sagte Ramzi: »Laß uns wieder reingehen, ich erfriere.«

»Das Scheißgerede da drin macht mich wahnsinnig.«

»Dann melde dich zu Wort, Ali, und sprich deine Weisheiten aus. Da drin werden schicksalhafte Dinge entschieden, und wir stehen hier draußen und reden dummes Zeug.«

Im Saal sprach soeben ein Rechtsanwalt, der unaufhörlich nervös seine Krawatte zurechtrückte, als zupfte eine unsichtbare Hand gegen seinen Willen an ihm herum. Seine Überzeugungskraft war ihm längst abhanden gekommen. Jetzt, da ihn niemand mehr ernst nahm, wirkte er einigermaßen locker. Ramzi hörte seinen seltsamen Worten aufmerksam zu: »...also habe ich mir gesagt, wir müssen nichts weiter tun, als die Schicht der Verwesung abzukratzen, um die darunterliegende gute Erde freizulegen. Aber dann habe ich voller Verzweiflung festgestellt, daß darunter eine weitere Schmutzschicht zum Vorschein kommt. Liebe Freunde, wir sind klaftertief in den stinkenden Abgründen des Mittelalters versunken!«

»Und was sollten wir deiner Meinung nach dagegen tun?« erkundigte sich ein ehemaliger stellvertretender Minister.

»Wir müssen der Wahrheit ins Gesicht schauen, mein Herr.«

»Hört, hört!«

»Eine Herkulesarbeit liegt vor uns, um so mehr, als das Volk unsere Sprache nicht versteht. Und was tun wir?«

»Wir kämpfen einen beherzten Kampf«, sagte der ehemalige stellvertretende Minister.

»Das ist eine Illusion. Wir verschwenden einen Großteil unserer Kraft an den Zionismus. Die Engländer führen uns an der Nase herum, und wir rennen hinter ihnen her wie eine Herde Schafe. Wir behaupten, die Zionisten hätten einen imperialistischen Brückenkopf errichtet, in Wirklichkeit aber sind wir dabei, mit den britischen Imperialisten einen Pakt abzuschließen, der sich gegen ihren eigenen Brückenkopf richtet! Noch in Hunderten von Jahren werden sich die Menschen über unsere Dummheiten in der Palästina-Frage die Bäuche halten vor Lachen...«

»Was willst du eigentlich?« unterbrach ihn sein Gegner, weiß vor Wut.

»Ich möchte uns alle daran erinnern, daß der Zionismus ein untergeordnetes Problem ist, daß wir fremden Interessen dienen, wenn wir ihn künstlich aufblasen, bis er schließlich außer Kontrolle gerät.«

Ramzi versuchte, einen Hustenanfall zu unterdrücken, sein Gesicht lief rot an. Gerade in diesem Augenblick wollte er auf keinen Fall die Aufmerksamkeit der anderen auf sich lenken. Er wand sich auf seinem Sitz, atmete tief durch und stopfte sich ein Taschentuch in den Mund, doch der Husten war stärker. Mit tränenden Augen und gesenktem Kopf spürte er die Stille, die sich im Saal ausbreitete. Nun versuchte er mit aller Gewalt, den Anfall zu verlängern, um die Konferenzteilnehmer glauben zu machen, er sei unfähig, den Mund zu öffnen. Also hustete er weiter. Doch die anderen warteten geduldig. Alle Augen waren auf ihn gerichtet, und schließlich sah er ein, daß es keinen Ausweg gab, er mußte etwas sagen. Feigling, schalt er sich, sag doch was, bevor irgend jemand eine giftige Frage stellt. Verzweifelt sah er Ali an, aber sein Freund lächelte ihm nur aufmunternd zu.

»Ja, Ramzi, wie stehst du dazu?« fragte al-Sharif.

Ramzis Gesicht wurde fest. »Ich bin Jude«, begann er, nicht als Entschuldigung, sondern als Ausdruck von Stolz.

»Ja«, sagte al-Sharif, »das wissen wir.«

Ali hörte auf zu lächeln. Aus irgendeinem Grund mußte Ramzi an Edward denken. Er sah Edwards Erwachsenenlächeln und spürte, wie der Nebel sich lichtete, wie er von Kraft erfüllt wurde und die Angst verschwand. »Was ich auch sage«, fuhr er fort, »es ist falsch. Sage ich das eine, dann werdet ihr behaupten, daß ich krieche, sage ich etwas anderes, dann wird es heißen, daß ich endlich mein wahres Gesicht zeige.«

Ein oder zwei Leute wollten dazwischenrufen, aber al-Sharif bedeutete ihnen, den Mund zu halten. Er wandte sich an Ramzi: »Ich möchte, daß du dein wahres Gesicht eines progressiven Juden zeigst.«

Wäre ich noch ein Junge, ich würde ihn wahrscheinlich verehren wie einen Helden, dachte Ramzi. Seine Stimme fiel dröhnend in die bedrückende Stille: »Afrika stöhnt, in den Kolonien Asiens brodelt es, trotzdem gibt es in diesem riesigen Teil der Erde nur einen winzigen Punkt, an dem sich die Menschen mit Waffengewalt gegen das britische Empire erheben,«

»Und gegen die Araber, wenn ich dir das ins Gedächtnis zurückrufen darf«, warf der ehemalige stellvertretende Minister grimmig ein.

»Noch ist es für eine Waffenbrüderschaft mit ihnen nicht zu spät. Nur, was machen wir? Wir reden, dabei ist es an der Zeit, Gewalt anzuwenden. Aus dieser Perspektive sind sie die Avantgarde.«

»Jetzt fehlt nur noch, daß du behauptest, sie seien progressiver als wir.«

»Wie auch immer, die Russen denken offenbar, daß mit ihnen mehr anzufangen ist, als mit uns.«

Der erwartete Aufruhr brach los. Ali, der Kommunist, schrie: »Ich bin nicht mit Stalin verheiratet! Wenn das stimmt, dann spucke ich auf Moskau!« Er beruhigte sich wieder und fügte hinzu: »Aber es stimmt nicht.«

»Es stimmt doch«, sagte Ramzi zu al-Sharif gewandt.

»Woher weißt du das?«

»Es gibt bereits Anzeichen dafür, sorgfältig formulierte Erklärungen...«

»Das geht hoch wie eine Bombe«, sagte al-Sharif

»Rußland möchte die Briten verdrängen. Im Lichte dessen, was Rechtsanwalt Abid al-Rahim gesagt hat, plädiere ich dafür, daß wir unsere gesamte Position neu überdenken.«

»Das ist Zionismus!«, schrie der ehemalige stellvertretende Minister. »Und du bist Jude.«

»Das ist Realismus«, rief Ramzi, »und, ja, ich bin Jude.«

»Ich würde dir am liebsten ins Gesicht spucken!« gab er zurück.

»Halt die Schnauze, du alte Krähe!« schrie Ali.

»Du sitzt an den Tischen der Juden und ißt mit ihnen«, schrie der Ex-Ministerstellvertreter. »Du hast vergessen, wo deine Wurzeln sind. Und überhaupt, von einem Verräter wie dir lasse ich mir nicht den Mund verbieten!« Er stand auf. »Ich gehe.«

Ramzi erhob sich ebenfalls. »Was ich vorhin gesagt habe, bindet niemanden von uns. Es war meine ganz persönliche Meinung. Ich habe als Jude und als Iraker gesprochen.« Mit diesen Worten ging er zu al-Sharif und sagte: »Ich biete dir meinen Rücktritt aus der Redaktion an.«

»Darüber reden wir später. Erst einmal solltest du aufhören, dich zum Narren zu machen, und an deine Arbeit gehen.«

Ali holte ihn an der Straßenecke ein und hielt ihn am Ärmel fest. Er sah ihm ins Gesicht und sagte: »Esel!«

»Ich weiß.«

Ali war wütend. »Du Hund. Da haben wir draußen in Wind und Kälte gestanden und dummes Zeug geredet, und du hast nicht einmal eine winzige Andeutung gemacht.«

»Wozu?«

»Ich hätte das sagen sollen, nicht du.«

»Versuch nicht, den Helden zu spielen, Ali. Dich haben sie bereits einen Verräter genannt, mich nicht. Sie werden sagen, daß ich eben Jude bin, daß von mir nichts anderes zu erwarten ist. Meinst du, irgend etwas ist hängengeblieben von dem, was ich gesagt habe?«

»Wer weiß?« Ali lachte. »Alle, die nicht vor Wut außer sich sind, stehen immer noch unter einem gewaltigen Schock. Es war hart für sie. Für dich wahrscheinlich auch.«

»Ja.«

»Kommst du heute abend?«

»Wohin?« fragte Ramzi erstaunt.

»Dampf ablassen nach all der Spannung. Du wirst noch mal an deiner Spannung zugrunde gehen.«

Auf dem Bürgersteig trennten sich zwischen einem *Baklava*-Verkäufer und einem jammernden Bettler ihre Wege. Ali brüllte über den Verkehrslärm hinweg: »Eine Frau, Ramzi, du brauchst eine Frau!«

Ramzi lief den überfüllten Bürgersteig entlang, das Blut pochte in seinen Schläfen. Er sah Frauen, die ihn ansahen. Ein paar Schritte vor ihm blies der Wind eine *Abaya* zur Seite und entblößte eine braune Hand, die Bücher und Übungshefte trug. Das Mädchen bedeckte sich schnell wieder, rief »O!« und lachte in den Wind, wobei sie nicht vergaß, sich umzudrehen, um zu sehen, ob Ramzi ihr folgte. Hier, wo sich die Frauen nur auf die Straße wagten, wenn sie von Kopf bis Fuß verhüllt waren, gab es ein ganz bestimmtes Ritual der Werbung. Wenn man Glück hatte, wurde man gelegentlich mit einem schnellen Lächeln belohnt, und nur erfahrenen

Frauenhelden gelang es manchmal, ein Mädchen in den Po zu kneifen. Ramzi fürchtete, daß das Mädchen Angst vor ihm hatte. Als ihm einfiel, daß Sucham in diesem Augenblick mit Scha'aschoua und Chatoun über persischen Schnee glitt, dachte er nur kurz bei sich: »Ach, was soll's?« Er blieb neben der Bushaltestelle stehen und zündete sich eine Zigarette an. Das Mädchen hatte die Haltestelle bereits passiert. Sie kam zurück und stellte sich vor ihm in die Schlange. Ihre kleine Nase zeichnete sich unter dem dünnen Schleier ab. Aus irgendeinem Grund fand Ramzi es lustig, wie sich diese kleine Nase unter dem Schleier bemerkbar machte, und er lächelte das Mädchen an, wie man ein Kind anlächelt.

Sofort fragte sie mit beleidigter Stimme: »Wie spät ist es?«

Ramzi stellte sich Sucham mit *Abaya* und Schleier vor und sagte sich, daß er noch nie in seinem Lehen Schnee gesehen hatte. Sein Herz zog sich vor Schmerz zusammen. Er hob den Arm, schob den Ärmel zurück und hielt ihr schweigend und ohne sie anzusehen seine Uhr hin.

Vorwurfsvoll sagte sie hinter ihrem Schleier: »Kannst du nicht sprechen?«

Der Klang ihrer Stimme gefiel ihm. Der Bus kam, sie stieg vor ihm ein und setzte sich, wobei sie ans Fenster rutschte und den Platz neben sich freiließ. Als er ebenfalls Platz genommen hatte, preßte sie ihr verschleiertes Gesicht gegen die Scheibe und flüsterte: »Du bist fremd hier.«

Er versuchte, witzig zu sein, und sagte: »Ich bin überall fremd.«

Der Schleier zitterte. »Du bist also nicht stumm, nur verrückt.«

Ramzi unterdrückte sein Lachen, damit den anderen Fahrgästen nicht auffiel, daß sie miteinander sprachen. Er nahm ein Taschentuch heraus und flüsterte hinein: »Du kommst zu spät zur Schule.«

»Bist du Lehrer?«

»Nein, Journalist.«

Wieder zitterte der Schleier. Ramzi spürte, wie sie ihm ärgerlich einen Ellbogen in die Rippen stieß. »Lügner! Dazu bist du viel zu jung.«

Der Bus raste über die Brücke, unter der sich das Wasser kräuselte. Die Stimme des Mädchens faszinierte ihn, sie erinnerte ihn an die Suchams. Er versuchte, ihre Augen hinter dem Schleier zu sehen, der zitterte, wenn sie atmete. Wenn er die *Abaya* wegzog und den Schleier anhob, würde Sucham zum Vorschein kommen und lachen. Sucham hatte solche Scherze immer gemocht. Der Bus hielt, nahm zwei weitere Passagiere auf und fuhr dann weiter.

Ramzi hörte wieder Suchams Stimme: »Wir sind dran vorbei.«

Die Worte ergaben für ihn keinen Sinn. »Woran sind wir vorbei?«

»An meiner Haltestelle.«

Es war Sucham. Fast hätten seine Finger den Schleier berührt. Fast hätte er ihren Namen gerufen. Statt dessen schüttelte er sich und steckte sich noch eine Zigarette an. Er mußte mit diesem Unsinn aufhören.

»Ich steige an der nächsten Haltestelle aus«, flüsterte er.

»Steig nicht aus«, flüsterte sie zurück.

Sag ihr, daß du Jude bist, dachte Ramzi, dann löst sich der Zauber sofort in Rauch auf. Sie wird zu Tode erschrecken. Aber die Wärme, die von ihr ausging, war wie Suchams Wärme, deshalb flüsterte er: »Ich bin Kommunist, die Polizei versucht, mich zu töten.«

Es war Suchams Wut, die hinter dem Schleier hervorbrach. »Möge Allah die Väter ihrer Väter verfluchen!« Ihre weiche Schulter preßte sich an seinen Arm.

»Ich möchte hier aussteigen«, rief Ramzi dem Fahrer zu.

Sie stolperte hastig hinter ihm her, um mit ihm zusammen auszusteigen. Draußen kam ihnen ein Kurde in die Quere, der ein Bündel Teppiche auf den Schultern trug. Ramzi trat zur Seite und stand jetzt mit dem Rücken vor einem Buchladen. Sie hob ihren Schleier an und warf den Kopf zurück. Angst erfüllte Ramzi. Dieselben Augen, derselbe Blick, der alles umfing, nichts übersah.

»Ich bin für dich eine verbotene Person«, sagte er und spürte eine große Leere in sich.

»Bist du verheiratet?«

Ramzi sagte nichts.

»Bist du Sunnit?« Beim Versuch, dieses Rätsel zu lösen, legte sich ihre Stirn in zarte Falten. In ihren Augen lag ein warmer Ausdruck. »Bist du etwa unheilbar krank?« murmelte sie.

Er hätte sich gern aufgerichtet und stolz die Brust vorgestreckt, statt dessen sagte er kläglich: »Ich bin Jude.«

»Allah!« schrie sie. Ramzi entdeckte panische Angst in ihren Augen, dann ließ sie den Schleier fallen. Wie ein schwarzer Vorhang hing er zwischen ihnen.

Wieder hörte er Suchams Stimme. »Bist du wirklich ...?«

»Ich bin Jude«, wiederholte er und lächelte, denn dieses Mal sprach er die Worte ohne entschuldigenden Unterton aus.

»Bist du sicher?«

Ramzi lachte. »Geboren und erzogen als Jude.«

Sie ließ ihre Arme sinken, bis die *Abaya* wie ein schlaffer, formloser Sack an ihr herunterhing. Mit erstickter, trauriger Stimme sagte sie: »Aber dein Gesicht ...«

»... ist das Gesicht eines Juden«, unterbrach er sie, wandte sich um, ließ sie neben dem Buchladen stehen und machte sich auf den Weg in die Redaktion.

Gegen Abend kam er nach Hause. Sfirones die Vierte öffnete ihm die Tür. Je älter sie wurde, desto weniger fürchtete sie sich vor Ramzi. Sie sah ihn an und sagte: »Dein Vater zündet die Chanukka-Kerzen an.«

Ramzi spürte einen Stich in der Brust. »Ist heute abend Chanukka?«

Sie nickte feierlich. »Wir warten auf dich.«

Das Gesicht des Vaters leuchtete im Schein der Kerzen. Baruch, der Älteste, und Akram standen sehr aufrecht hinter ihm. Die Mutter stand lächelnd neben dem verdunkelten Fenster.

Als der Segen gesprochen war, rief Akram: »Schwarzgesicht, was hast du denn bei diesem primitiven Stammesritual zu suchen?«

»Akram, ich möchte mit dir sprechen.«

Sofort stellte sich die Mutter zwischen die beiden.

»Wenn ihr es wagt, einen Streit anzufangen, bekommt ihr beide eine Ohrfeige von mir. Ich habe den ganzen Tag in der Küche gestanden, und ich möchte nicht, daß ihr das Essen in unserem Mund in Gift verwandelt. Abu-Baruch!«

»Sie werden nicht streiten.«

Akram hatte das Gefühl, daß sein Bruder die Auseinandersetzung suchte, deshalb machte er den Eröffnungszug. »Was würdest du sagen, wenn dein Vater die Chanukka-Kerzen im nächsten Jahr in einem israelischen Staat anzündete?«

»Schick mir einfach eine Postkarte, damit ich weiß, ob ihr noch lebt.«

Überrascht wandte sich der Vater ihm zu. »Hast du etwas gehört?«

»Nein, Vater, nichts. Ich wollte nur ein paar Worte mit Akram wechseln.«

»Ich bin euer Vater, vergiß das nicht, verstanden?«

»Ich habe keine geheimen Informationen, ich wollte nur mit Akram reden. Er ist schließlich mein Bruder, oder?«

»Leider«, sagte Akram.

»Halt den Mund«, schimpfte die Mutter.

»Das reicht«, schaltete sich der Vater ein, »laß das Essen servieren.«

Während der Mahlzeit ließ der Vater Ramzi keine Ruhe. »Was willst du aus Akram herauslocken? Der Rest der Familie hat ein Recht darauf, das zu erfahren.«

Akram klopfte mit der Gabel gegen seinen Teller. »Von mir erfährt das Schwarzgesicht nichts .«

»Akram«, sagte Ramzi, »ich weiß, daß ihr Waffen habt.«

»Ich habe keine Lust, mit dir darüber zu reden, Schwarzgesicht.«

»Wann wollt ihr sie einsetzen?«

»Selbstverständlich nur zur Selbstverteidigung.«

»Idiot!« flüsterte Ramzi.

Das Lächeln verschwand von Akrams Gesicht. »Du Abschaum, du wagst es, mich einen Idioten zu nennen?«

»Abu-Baruch«, kreischte die Mutter, »ich habe dir gesagt...«

Der Vater brachte sie mit einem Blick zum Schweigen und hob die Hand, um Akram zu mahnen. »Ruhe!« Dann ließ er die Hand wieder in den Schoß sinken und lehnte sich vor. »Ramzi, warum hast du deinen Bruder beleidigt?«

»Ich bin noch nicht fertig mit ihm, Vater.«

»Der Todesengel wird dich fertigmachen«, gab Akram zurück. »Dieser Esel glaubt, er könnte mich aushorchen.«

»Akram«, sagte Ramzi, »was verstehst du unter Selbstverteidigung? Wann ist für dich der Punkt erreicht, an dem du den Abzug eines Gewehrs betätigst? Wenn sie dir ein Messer an die Kehle setzen? Wenn sie dabei sind, dein Haus niederzubrennen? Wenn sie drohen, deinen Vater zu Tode zu trampeln. Wann, Akram, wann?«

Sein Bruder warf stolz den Kopf in den Nacken. »Das alles würde ich nie zulassen.«

»Und deine Freunde denken genauso, Akram?«

»Wir haben geschworen, für niemanden mehr den Fußabstreifer zu spielen.«

»Ein Fußabstreifer hat mehr Verstand als du.«

Nur der strenge Blick des Vaters hielt Akram davon ab, Ramzi seinen Teller ins Gesicht zu werfen. »Ihr dient Fremden«, sagte Akram. »Das ist euer Recht und euer Fehler. Aber wie bringt ihr es fertig, nach Hitler weiter so zu denken wie vorher? Und nach allem, was sie in den Tagen Raschid Alis mit uns gemacht haben?«

Der Vater erhob sich, ein unerwarteter Akt während einer Mahlzeit, und zog seinen Stuhl neben Ramzis. Er legte den Arm um die Schultern seines Sohnes und sagte: »Ich begreife euch beide nicht. Sprich wie ein Mensch, damit wir wissen, was du meinst. Du hast dich in letzter Zeit benommen, als wärst du zwei Menschen zugleich, und ich verstehe beide nicht.«

Ramzi vergrub sein Gesicht in den Händen. Seit seiner Kindheit konnte er die Umarmung von Männern nicht ertragen, und von seinem Vater umarmt zu werden, machte ihn verlegen. Doch ihn zu bitten, seinen Arm wegzunehmen, brachte er auch nicht fertig.

»Sag uns, was du gehört hast«, drang sein Vater in ihn.

»Ich habe überhaupt nichts gehört, Vater.« Er entzog sich dem Arm des Vaters und fühlte sich gleich besser. »Ich wollte nur wissen, ob sich ihre Waffen in verantwortungsvollen Händen befinden.«

»Und dein Bruder ist sich deiner Ansicht nach der Verantwortung nicht bewußt?«

»Nein. Ich hoffe nur, daß die Leute, die ihm Befehle erteilen, die Situation überblicken.«

»Die Situation ist völlig klar«, stellte Akram fest.

»Sieh mal, Akram, du träumst davon, dein Studium zu beenden und nach Erez Israel zu gehen«, wandte sich Ramzi wieder an seinen Bruder. »Aber der Krieg hat schon begonnen, und die Flammen breiten sich immer weiter aus. Um die Wahrheit zu sagen: Wir befinden uns bereits mittendrin, und zwar Zionisten wie Kommunisten. Heute haben sie die Gefängnisse geöffnet und Kriminelle in den Kampf geschickt.

Morgen werden sie die Armee schicken. Überall verteilen britische Berater ihre Ratschläge. Es ist nicht einfach, eine Armee in Gang zu setzen. Sie brauchen Haß, ein Pogrom oder zwei anzuzetteln, wird ihnen keine großen Probleme bereiten. Und in so einem Moment gibt es keine bessere Rechtfertigung für ein Pogrom als eine aus einem jüdischen Gewehr abgefeuerte Kugel.«

»Was willst du eigentlich? Sollen wir hier sitzen und warten, bis sie kommen, um uns zu töten?«

»Nein. Das habe ich nicht gesagt. Wir gehen morgen auf die Straße und versuchen, sie aufzuhalten. Es wird Kämpfe geben. Moslems, Christen und Juden werden fallen. Aber Gnade uns Gott, wenn in diesem Aufruhr auch nur eine einzige jüdische Kugel abgefeuert wird. Das ist genau das, worauf sie warten. Daß das Blut eines Akram vergossen wird, ist keine Rechtfertigung für den Einsatz von Gewehren, jedenfalls nicht, solange wir uns in vorderster Front befinden. Denk an die Frauen und Kinder hinter euch.«

»Möchtest du, daß ich mich hinter den Röcken der Frauen verstecke, ist es das?«

»Ich möchte, daß du sie beschützt.«

»Genau das tun wir doch.«

»Dann sind wir immer noch Brüder«, sagte Ramzi und erhob sich.

»Du hast dein Essen gar nicht angerührt«, beklagte sich die Mutter.

»Ich habe keinen Hunger, Mutter.«

»Vor lauter Politik wird dir der Magen schrumpfen.«

»Wenn jemand nach mir fragt, ich bin bei George.«

»Schwarzgesicht«, rief Akram ihm nach, »denken alle deine Moslemfreunde wie du?«

»Ich weiß es nicht, Akram, aber sie riskieren ihr Leben. Mehr noch als du. Trotzdem hat keiner von ihnen einen Revolver zur Selbstverteidigung.«

FÜNFZEHN

Die Männer drängten sich um Burchan und Hasan, die überraschend aus Palästina zurückgekehrt waren. Auf Kosten von Hasan, der in großzügiger Stimmung war, kauten sie saftige Salatblätter und genossen die freundlichen Strahlen der Sonne, die durch die Palmblätter ins Teehaus fielen. Auch der Tee, den sie tranken, ging auf Hasans Rechnung. Als sich der Tumult für einen Augenblick legte, hob Burchan die Hand und rief: »Abu-Jassem, noch eine Runde Tee, dieses Mal auf meine Rechnung.«

Abu-Jassem putzte sich vernehmlich die Nase und sah den Kindern zu, die auf der Straße herumtobten. Er ging an Namir vorbei und sagte: »Sie entlassen die Diebe aus dem Gefängnis, um einen Jihad zu führen. Ich muß schon sagen, ein feiner Krieg!« Als er Namirs wütenden Blick sah, fügte er provozierend hinzu: »Was ist eigentlich mit eurem Haufen? Ihr seid doch solche Helden, warum eilt ihr ihnen nicht zu Hilfe? Oder ist der Krieg eurer Beachtung nicht wert?«

»Schlimmer«, sagte Namir. »Es ist ein englischer Krieg, sie führen uns an der Nase herum.«

Abu-Jassem verschwand in die Küche.

Abed al-Hadi trank seinen Tee aus, unterstrich durch einen Rülpser, daß er fertig war, wischte sich mit dem Handrücken über den Schnauzbart, nahm zwei Zigaretten aus der Schachtel, steckte sich hinter jedes Ohr eine, lehnte sich vor, zündete sich eine dritte Zigarette an, streckte die Beine auf dem sonnendurchglühten Boden aus und sagte: »Du hast also das Meer gesehen?«

Burchan, den das herausfordernde Lächeln Abed al-Hadis ärgerte, brauste auf: »Natürlich haben wir das Meer gesehen. Meinst du, wir hätten den ganzen weiten Weg auf uns genommen, hätten die Welt auf den Kopf gestellt, nur um wieder herzukommen und euch einen Haufen Lügen aufzutischen? Wir haben das große Meer gesehen.«

»Und wie sieht es aus, das Meer?«

»Wasser, nichts als Wasser, und das Wasser ist klar, und auf dem Wasser sind merkwürdige Wellen.«

»Merkwürdig.« Abed al-Hadi nickte mit dem Kopf, ohne daß das aufreizende Lächeln von seinen Lippen verschwand.

»Ja, merkwürdig! Du schaust über das endlose Wasser, und plötzlich schwillt es an wie der Bauch einer schwangeren Frau, und die Schwellung kommt näher, wird immer kleiner, und schließlich kommen kleine Wellen angelaufen...«

»Ja, angelaufen.« Abed al-Hadi zog an seiner Zigarette.

Alle warteten gespannt auf die entscheidende Frage, die nicht lange auf sich warten lassen sollte. »Und, habt ihr Wale gesehen?«

Burchan war kein Narr. Er war tatsächlich in Palästina gewesen und hatte das Meer gesehen, aber er hatte Angst, in eine Falle zu tappen. »Nein«, sagte er, »wir haben keine Wale gesehen.«

Abed al-Hadis dunkle Augen glühten, als er sich an den Kreis der Zuhörer wandte: »Ihr, die ihr Allah verehrt, habt ihr je von einem Meer ohne Wale gehört? Ihr werdet keine einzige Geschichte über das Meer finden, in der keine Wale vorkommen. Selbst im Heiligen Koran wird von einem Wal erzählt, der einen Propheten verschluckt hat, und dem Propheten wurde kein Haar gekrümmt. Ein Meer ohne Wale! Ihr seid eine Bande von Lügnern. Wahrscheinlich seid ihr an der

Grenze festgehalten worden. Dort haben sie euch eine Badewanne gezeigt und gesagt, das sei das Meer.«

»Natürlich haben wir das Meer gesehen!« schrie Hasan.

Abed al-Hadi nahm sich eine neue Zigarette, dann sagte er: »Gepriesen sei Allah, der die Zungen löst. Bis jetzt hast du geschwiegen und zugelassen, daß uns dein Freund mit seinen Lügen überhäuft. Warum bist du so schweigsam, Hasan? Was ist dir dort drüben zugestoßen? Sie sagen, die Juden würden unsere Helden fangen, entwaffnen und bäuchlings auf einen Tisch werfen. Jüdische Mädchen sollen ihnen Brandzeichen auf den Hintern drücken. Warum zeigst du uns nicht deinen Hintern, Hasan?«

»Ich hätte dort umkommen können. Ich hätte im Kampf für Allah und seinen Propheten fallen können. Ich könnte jetzt zur Rechten Alis – möge er in Frieden ruhen! – im Himmel sitzen, könnte meinen Schwanz herausholen und auf euch pissen. Ich würde mich totlachen, wenn ich sähe, wie ihr den Regen willkommen heißt, der euer Gesicht netzt. Statt dessen bin ich gebrandmarkt, weil ich lebend aus einem Heiligen Krieg zurückgekehrt bin.«

Namir lachte. »Heiliger Krieg!«

Hasan wandte sich ihm zu. »Ja, ja. Du riskierst jeden Tag dein Leben. Du bist noch nie irgendwo eingebrochen, hast noch nie etwas geklaut, aber du bist der einzige echte Mann hier, Namir. Sag diesen Dieben, wer hier die Gebrandmarkten sind.«

»Laß Namir aus dem Spiel«, sagte Jawdat anzüglich. »Er ist ein Judenfreund.«

Namir hob den Kopf. »Hast du von mir gesprochen, Jawdat?«

Jawdat warf einen Blick auf den ›Richter‹ und Abed al-Hadi. Als er sah, daß die beiden nickten, nahm er seinen ganzen Mut zusammen und sagte: »Ich sagte, daß du ein Judenfreund bist.«

Das mit Fliegendreck übersäte Messer auf dem Radio schien plötzlich lebendig zu werden. Jawdat und Namir schauten es an, als wäre es der Schlüssel zur Lösung aller ihrer Probleme. Hasan dankte dem Himmel, daß ein neuer Streit zwischen neuen Gegnern ausgebrochen war, ging zum Tisch zurück und nahm sich eine Zigarette. Abu-Jassem wandte seinen Blick von der Straße ab. Obwohl er keineswegs auf einen blutigen Kampf in seinem Teehaus erpicht war, hielt er die Zeit für gekommen, Namir eine Lektion zu erteilen. Er stellte seinen Stuhl neben die Palme.

»Ich habe nie ein Geheimnis daraus gemacht, daß ich jüdische Freunde habe«, sagte Namir. »Du bist viel zu dumm, Jawdat, um das zu verstehen. Aber so hast du das ja auch gar nicht gemeint, stimmt's?«

»Stimmt.«

»Dann sag klar und deutlich, was du meinst, du Esel, damit wir uns richtig verstehen.«

Jawdat musterte seinen Gegner. Er war in diesem Viertel aufgewachsen und kannte die Männer hier. Er selbst war stark, außerdem wußte er den ›Richter‹ und Abed al-Hadi auf seiner Seite, beide keine Schwächlinge. Aber wenn der Tod seine Fänge ausstreckte, das wußte er, würde er sich Namir allein stellen müssen. Das Geheimnis von Namirs Stärke war, daß keiner von ihnen sie bis jetzt erprobt hatte.

»Warum so schweigsam?« fragte Namir provozierend.

Vielleicht, dachte Jawdat, ist Namirs wilder Blick ja nur Fassade. Die Männer hatten seine Predigten gründlich satt. Er störte die Ruhe im Viertel, seine verdrehten Ideen untergruben die Autorität der wirklichen Männer. Wer im Dunkel der Nacht das Haus verließ, sein Leben riskierte und mit einem Vermögen zurückkam, war in den Augen Namirs kein Mann, sondern ein elender Wurm. Die wahren Männer waren seiner Meinung nach die armseligen Kreaturen, die jeden Morgen vor Sonnenaufgang ihre Häuser verließen und abends wie

Lasttiere nach Hause schlichen, gebeugt von schwerer Arbeit. War das vielleicht eine Art zu denken? Das ganze Viertel verseuchte der Kerl mit seinen jüdischen Moralansichten.

Namir legte eine Hand auf seine Bücher. »Hat die Katze dir deine Zunge gestohlen?«

»Du bist ein Lakai der Juden«, fuhr Jawdat ihn an. »Du tust nur so, als wärst du Moslem. Du bist ein Verräter!«

Namir fragte sich, worauf er eigentlich wartete. Zum ersten Mal in seinem Leben lernte er die Qualen der Selbstbeherrschung kennen, die nicht aus Angst geboren waren. Das hier war sein Volk, ob er wollte oder nicht. Dies waren die Männer, deren Führer er sein sollte. Trotz seiner Skrupel angelte er das Messer vom Radio, bevor Jawdat es an sich reißen konnte.

»Ich brauche es nicht«, sagte er und warf es auf die Straße.

Jawdats Gesicht wurde bleich. »So also denkst du von mir?« flüsterte er. »Du meinst, du könntest ohne Messer mit mir fertig werden?«

Namir wußte, daß er zu weit gegangen war und seinen Gegner beschwichtigen mußte. »Ich habe ein eigenes Messer«, sagte er, wobei er sich auf die Brust klopfte.

Jawdat war beruhigt. Er wischte sich den Schweiß von der Stirn und sagte mit ruhigerer Stimme: »Trotzdem, du hilfst den Juden.«

»Sie helfen mir, ich helfe ihnen. Es gibt gute Männer unter ihnen.«

»Dann geh zu Ramzi und laß uns in Frieden.«

»Du solltest nicht auf ihn herabschauen. Ich habe eine Menge von ihm gelernt. Wenn Hasan so viel von ihm gelernt hätte wie ich, dann hätte er sich nicht die Mühe gemacht, nach Palästina zu gehen, nur um in Jaffa geschlagen zu werden. Er hätte erkannt, daß er schon hier, in Bagdad, geschlagen wurde.«

Burchan, der den versöhnlichen Ton spürte, rief: »Abu-Jassem, noch eine Runde Tee für meine Freunde!«

»Ich spucke auf deinen Tee!« rief Namir. »Du bezahlst ihn mit dem Geld, das du armen Arabern gestohlen hast. Mach nur, genieß diesen Tee, Jawdat. Was seid ihr doch für eine heldenhafte...«

»Du beleidigst uns alle«, sagte der ›Richter‹ streng.

»Dich habe ich nicht gemeint, mein Freund«, sagte Namir. »Ich bitte um Vergebung.«

Der ›Richter‹ strich sich über den Schnauzbart. »Bravo, bravo! Bei Allah, wie man sieht, hast du bei deinen jüdischen Freunden Manieren gelernt.«

»Einen guten Tag euch allen«, sagte Namir lächelnd. »Ich gehe zum Stall.«

»Gleich und gleich gesellt sich gern«, rief ihm Jawdat hinterher.

Namir klopfte an die Tür. Als keine Antwort kam, rief er beunruhigt: »Abed al-Asis, bist du da drin?«

Ein kleiner Junge, der in der Sonne stand und sich den aufgetriebenen Bauch wärmte, fragte: »Suchst du den Schwindsüchtigen?«

»Hast du ihn weggehen sehen?«

Der Junge zuckte mit den Schultern. Seine Neugier schwand so rasch, wie sie gekommen war. Seine Augen und sein Mund waren mit Fliegen übersät, mit gespreizten Beinen watschelte er davon. Namir öffnete die Blechtür und betrat den Hof. »Abed al-Asis, bist du hier?« Die Tür der Hütte war geschlossen. Namir stieß sie auf und starrte in das düstere Innere. Auf dem Fußboden schwelte glühender Dung.

»Verdammt noch mal«, sagte er ungehalten, »ich stehe hier und rufe, und du spielst mit mir Verstecken wie ein Mädchen.«

»Komm rein«, sagte Abed al-Asis. »Mach die Tür zu, und setz dich zu mir.«

Namir schloß die Tür und tastete mit den Füßen nach der

Matte. Als er sie gefunden hatte, ließ er sich nieder und sagte: »Hör mal, wir hatten im Teehaus gerade eine Auseinandersetzung wegen der Juden. Fast hätte es einen Kampf gegeben. He, hörst du mir überhaupt zu?«

»Ich höre zu.«

»Ich habe Jawdats Messer auf die Straße geworfen, und niemand hat es aufgehoben.« Er berührte das Knie seines Freundes. »Du kannst also wieder ins Teehaus gehen.«

»Ich werde noch bis zum Frühling leben«, verkündete Abed al-Asis mit gezwungener Fröhlichkeit.

Namir wurde verlegen. Gegen seinen Willen fragte er: »Warum gerade bis zum Frühling?«

Abed al-Asis war nicht beleidigt. Fast war es, als hätte er die Frage erwartet, ja förmlich herbeigesehnt. »Weil ich den Winter hasse. Seit Jahren schon haben wir den Frühling nicht mehr richtig zur Kenntnis genommen. Kannst du dich an den letzten Frühling erinnern?«

Namirs Gesicht bewölkte sich. »Nein.«

»Sommer und Winter haben ihre Bedeutung für uns verloren. Als wir noch Kinder waren, haben wir uns im Sommer auf die Pfützen des Winters gefreut und im Winter darauf, daß wir im Sommer im Tigris schwimmen konnten. Doch seit Jahren freuen wir uns auf gar nichts mehr. Ich freue mich jetzt auf den Frühling.«

Abed al-Asis stützte sich auf den Ellbogen, brach ein Stück gepreßten Dung ab und legte es auf die Glut. Dann lehnte er sich wieder zurück und rieb sich mit einem zufriedenen Seufzer die Hände.

»Bist du etwa glücklich?« fragte Namir ungehalten.

»Ja, das bin ich«, gab Abed al-Asis zu.

»Farhiyah!« rief Namir angewidert aus.

»Farhiyah«, bestätigte Abed al-Asis mit aufreizender Genugtuung. »Aber Namir«, fuhr er fort, »die Sache schmerzt dich ja mehr als mich.«

»Das stimmt, Mann, das stimmt!«

Der niedergeschlagene Ton in der Stimme des Gesunden rührte den Kranken zutiefst. Er tastete nach Namirs Arm und drückte ihn. »Du bist mein Bruder«, sagte er bewegt.

Namir spuckte seine Zigarette aus. »Abed al-Asis, bist du noch in der Lage, ein Opfer zu bringen?«

»Für dich tue ich alles, Namir, alles! Du weißt, was du mir bedeutest.« Namirs Nähe erfüllte ihn mit Sicherheit und Glück. Worte flatterten wie Vögel durch seinen Kopf. »Jeder behandelt mich schlecht, Namir, jeder. Wegen Farhiyah bin ich ein Ausgestoßener. Aber du, der Größte von allen, öffnest die Tür und kommst herein. Ich hätte antworten können, als du an die Tür geklopft hast, aber ich habe es genossen, daß du beunruhigt meinen Namen gerufen hast und die ganze Straße es hören konnte. Ich wollte, daß du noch einmal rufst, und noch einmal und noch einmal. Und da fragst du mich, ob ich bereit bin, ein Opfer für dich zu bringen?«

»Nicht für mich, Abed al-Asis. Wenn du schon sterben mußt, möchte ich, daß du die Welt reiner hinterläßt, als sie jetzt ist.«

»Deine Worte sind mir ein Rätsel, mein Freund.«

»Ich möchte, daß du den Verräter George tötest.«

»Das Land wimmelt nur so von Verrätern, und du hast dir ausgerechnet diesen armseligen Hund ausgesucht?«

»Ich höre jetzt, was Genosse Ramzi hört, ein Gebrüll, das aus den Tiefen der Erde steigt. Wir werden alles riskieren, um alles zu gewinnen. Selbst die Soldaten werden ihr Leben aufs Spiel setzen und mit ihren Waffen zu uns überlaufen. Verstehst du? Ramzi liest seine Bücher nicht einfach so – er versteht sie. Aber...« Er schwieg und zündete sich eine Zigarette an.

»Aber was?« wollte Abed al-Asis wissen.

»Zwei Schweine üben schlechten Einfluß auf ihn aus: der Verräter George und Ali der Witzbold.«

»Wer ist dieser Ali?«

»Egal. Ein Tagedieb, der die Revolution für einen Witz hält.«

»Ich mag Witze.«

»Das weiß ich. Deshalb habe ich dich ja auch nicht gebeten, Ali zu töten, sondern George.«

Abed al-Asis kicherte. »Glaubst du wirklich, ich wäre in der Lage aufzustehen und jemanden umzubringen?«

»Warum nicht? Er trägt keinen Panzer. Wabbeliges Fleisch ist alles, was das Herz dieses Verräters bedeckt.«

»Selbst wenn es mir gelingen sollte, mein Freund, ich hätte gar nicht die Kraft wegzulaufen. Wie einen Vogel mit gebrochenen Flügeln würden sie mich fangen, und in meinem Zustand würde ich den nächsten Frühling nicht mehr erleben.«

Namir war wütend. »Mußt du denn auf diesen verdammten Frühling warten?«

»Es ist mein letzter Wunsch, Bruder.«

»Abed al-Asis, du siehst das falsch«, sagte Namir. »Angenommen, sie erwischen dich: Dann gestehst du auf der Stelle und verkündest, daß du einen Verräter liquidiert hast, weil du Revolutionär bist. Sie werden dir kein Härchen krümmen, sondern dich im Gegenteil wie einen Prinzen behandeln. Sie werden Vorbereitungen für einen gigantischen Schauprozeß treffen, in den Zeitungen über dich schreiben, im Radio über dich sprechen, Richter ernennen und Zeugen suchen. Und wenn der große Tag gekommen ist, erhebst du dich, wendest dich dem Richter zu und hebst einen Arm, als wolltest du eine wichtige Erklärung abgeben. Das wird eine Sensation Abed al-Asis, verstehst du?«

»Ich verstehe, aber ich möchte den nächsten Frühling erleben.«

»Das alles braucht doch seine Zeit, du erlebst den Frühling mit Sicherheit.«

»Was habe ich davon, wenn ich in einem dunklen, kalten Loch eingesperrt bin?«

»Du bist störrisch wie ein Ochse.«

»Ich möchte den Frühling erleben, meinen letzten.«

»Du bist verrückt.«

Namir legte eine Schachtel Zigaretten auf die Matte und ging in den Hof hinaus. Dann überlegte er es sich anders und kehrte noch einmal zu dem Kranken zurück. »Du wirst es dir überlegen, Abed al-Asis, oder?«

»Ich habe viel Zeit zum Nachdenken«, sagte der Kranke beruhigend.

»Auf Wiedersehen, mein Freund.«

»Auf Wiedersehen.«

Als Namir gegangen war, zündete Abed al-Asis die Lampe an, die er beim Klang von Namirs Stimme gelöscht hatte, faltete ein neben sich liegendes rotes Tuch auseinander und ließ seine Augen wohlgefällig über den Rettich, die Käsescheibe, die beiden *Pittas,* die glänzenden Datteln und die saftigen Granatäpfel wandern.

Was braucht man mehr, dachte er, und sein Herz füllte sich mit Dankbarkeit für Farbiyah. Namir hatte das Messer auf die Straße geworfen, und keiner hatte es aufgehoben. Mit anderen Worten, er war nicht mehr verpflichtet, Farhiyah zu töten. Es war Monate her, daß die Nachbarn das Klingeln ihrer Glöckchen gehört hatten. Dennoch kam Farhiyah immer noch zweimal in der Woche. Massud hatte ihr die grobe wollene *Abaya* weggenommen und sie in schwarze Seide gekleidet. Sie hatte zugenommen, und ihre Augen blitzten wieder. Bei ihrem letzten Besuch hatte sie ihm erzählt, daß Massud angedeutet habe, er werde sie sogar heiraten.

»Das Angebot eines ehrenwerten Mannes«, hatte Abed al-Asis gesagt. »Nach meinem Tod müssen deine Brüder nicht von weit her kommen, um dich zu töten.«

»Das stimmt«, hatte Farhiyah geantwortet.

Dann hatte sie ihre *Abaya* ausgezogen, war aus ihren neuen Ledersandalen geschlüpft, hatte seine Kleider aufgehoben und gesagt: »Die Sachen riechen nach Schweiß, ich werde sie waschen.«

»Massud ist gut zu dir, du mußt ihm gehorchen.«

In der offenen Tür hat sich ihre Silhouette gegen den dunklen Himmel abgezeichnet. Sie kam immer in einem von Massuds Wagen und nie vor Einbruch der Dunkelheit. »Stimmt, er ist gut zu mir. Aber es gibt keinen Grund, die Dinge zu überstürzen. Du wartest auf den Frühling, und der Frühling ist nicht mehr weit.« Trotz der bitteren Kälte hatte sie mit nackten Füßen in einer Wasserlache gestanden und unter dem Wasserkran seine Kleider gewaschen.

Abed al-Asis wollte sie nicht drängen. Er wußte, was sie dachte. Wenn er sich von ihr scheiden ließ und Massud sie heiratete, würde er ihr verbieten, ihn zu besuchen.

Obwohl er längst satt war, kaute er ruhig und bedächtig weiter. Kein Krümelchen wollte er von der Mahlzeit übriglassen, denn er wußte, daß Farhiyah am Abend wiederkommen würde. Er lächelte matt. Was für ein Witz! An der Schwelle des Todes verausgabte sich Abed al-Asis damit, sich den Bauch vollzustopften.

SECHZEHN

»Es regnet immer noch«, sagte George. Seine Stimme klang optimistisch.

»Sei nicht so schadenfroh«, schalt ihn seine Mutter.

»Abed al-Ahad mag keinen Regen.«

»Wenn du dich wegen deines Schwagers vor Ramzi schämst, solltest du deinen Freund nicht mehr einladen. Von Abed al-Ahad jedenfalls könntest du etwas lernen. Du bist erwachsen und verdienst, dem Himmel sei Dank, genug Geld, um eine Frau zu ernähren.«

Ungeachtet der strengen Blicke, die George ihnen zuwarf, fingen seine beiden Schwestern an zu kichern. Die Mutter erinnerte sie oft genug daran, daß George im Schweiße seines Angesichtes für den Unterhalt der Familie arbeitete. Meist behandelten sie ihren kahler und rundlicher werdenden Bruder deshalb auch höflich. An diesem Abend aber, da alle in dem gemütlichen Raum am glühenden Kohlefeuer saßen und den Regen an die Fensterscheiben prasseln hörten, hatten Amira und Rita keine Angst, von George zurechtgewiesen zu werden.

»Sei nicht gemein, Mutter. Was hast du eigentlich gegen Ramzi?«

»Ich habe immer gesagt, daß Ramzi ein netter Bursche ist«, heuchelte sie mit süßer Stimme, was George nur noch wütender machte.

»Aber er ist Jude«, fuhr sie fort. »Die Welt steht Kopf, George. In Palästina wird in diesem Augenblick Blut vergossen, und morgen werden sie auch hier in Bagdad ihre Messer ziehen.« Sie stellte die Teller auf den Tisch und sah ihn mit resolutem Blick an. »Ich sage es dir offen ins Gesicht: Es ist gefährlich, und man fordert das Schicksal heraus, wenn man heutzutage in Bagdad mit einem Juden gemeinsame Sache macht.«

»Und wo war dein Schicksal, als meine Beine mich im Stich ließen und keiner deiner Ärzte mir helfen konnte? Ramzi hat damals an die Tür geklopft und Hilfe angeboten, nicht das Schicksal.«

»Wenn man dir die Wahrheit sagt, fängst du gleich an zu schreien. Du liebst ihn? Gut, aber dann verschließ diese Liebe in deinem Herzen. Ramzi ist dein Freund, er wird dich verstehen. Oder willst du mir etwa weismachen, daß er dich so sehr haßt, daß er eine Umarmung in aller Öffentlichkeit verlangt.«

»Das reicht, Mutter!«

Sie nahm den drohenden Unterton in seiner Stimme wahr und trat den Rückzug an. »Ich wollte ihn nicht beleidigen. Du weißt, daß unsere Tür ihm immer offensteht.«

Suzanne und ihr Mann Abed al-Ahad trafen als erste ein, zusammen mit einem schüchternen Mädchen, das George nicht kannte. Regentropfen glitzerten auf ihrer Stirn. Mit einem aufmunternden Lächeln schüttelte George ihr eiskalte Hand. Er mochte kleine Frauen. Er behielt ihre Hand eine Zeitlang in seiner und spürte, wie sich seine Verlegenheit durch ihre Schüchternheit verflüchtigte.

Seine Stimme klang zuversichtlich wie schon lange nicht mehr. »Entschuldige, ich habe deinen Namen nicht verstanden.«

»Angela«, flüsterte sie und wand sich vor Verlegenheit.

Die taktlose Amira marschierte einfach an George vorbei, deutete einen Knicks an und schüttelte dem Mädchen die Hand. Neugierig starrte sie Angela an und errötete, was George verwunderte. Rita war sogar noch förmlicher als ihre jüngere Schwester. Nervös fingerte George an seiner Krawatte herum und wischte sich mit dem Taschentuch über die Lippen.

Seine Stimme klang wie das Krächzen eines Frosches. »Setz dich, setz dich, bitte«, sagte er.

Im Zimmer standen ein verschlissenes, mit Samt überzogenes Sofa, zwei neue Stühle und vier Sessel. George hätte es vorgezogen, nach draußen zu gehen und auf Ramzi und Ali zu warten. Doch er fand sich neben Angela auf dem Sofa wieder. Seine Mutter saß ihm in einem Sessel gegenüber. Sie hatte ihre Arme auf die Lehnen gelegt und zeigte das Lächeln einer Reisenden, die endlich ihr Ziel erreicht hat. Amira und Rita saßen stocksteif auf einem der beiden neuen Stühle, als warteten sie auf ein Wunder.

Abed al-Ahad räusperte sich und verkündete: »Es regnet.«

»Idiot!« murmelte George, dann erinnerte er sich, daß er neben einem redescheuen Mädchen saß. Wenn ihm doch nur irgend etwas einfiele! Er saß da wie ein Tölpel!

Suzanne sagte: »Man hat Abed angeboten, für drei Monate in den Libanon zu gehen und eine Spezialausbildung für die Wartung von Kühlschränken zu machen. Er will aber nur gehen, wenn ich mitkomme.«

Sie war hochnäsig und stolz wie immer, und George dachte: Meine arme Schwester, ist das alles, worauf du noch stolz sein kannst? Er ermahnte sich, nicht unfair zu sein, mußte sich aber eingestehen, daß, zumindest in diesem Augenblick, sein Vorrat an Mitleid für andere erschöpft war. Esel, schalt er sich, sag endlich etwas! Er sah, daß das Mädchen neben ihm nervös an einem Taschentuch zupfte, und spürte, wie seine Kehle noch enger wurde.

»Hast du das Kleid selbst genäht?« wollte Amira wissen.

»Ja«, flüsterte Angela bescheiden.

»Es ist sehr schön«, stotterte Rita schüchtern.

»Angela ist ja auch ein hübsches Mädchen«, rief ihre Mutter, als sei sie sich endgültig darüber klargeworden, was nun zu tun sei. »Man kann deutlich sehen, daß sie aus guter Familie stammt.«

Aus allem, was George von den Liebesaffären anderer Leute gehört hatte, schloß er, daß Überraschung, Spontaneität und Zufall dabei eine große Rolle spielten. Das Mädchen gefiel ihm, es war einfach wunderbar, neben ihr zu sitzen. Eine merkwürdige Art, sich zu verlieben. Auf ihrem Gesicht lag etwas Rührendes. Er beschloß, ins kalte Wasser zu springen und sich nicht um die Folgen zu scheren.

»Kennst du Suzanne schon lange?« fragte er.

Sie blickte ihn dankbar an. »Wir sind Nachbarinnen.«

Ihre Nase war ein wenig groß, aber sie hatte einen schönen Mund.

»Wir erwarten Gäste«, sagte er.

»Ich weiß«, sagte sie, »Suzanne hat davon gesprochen.«

»Ramzi und Ali, zwei gute Freunde.«

In diesem Augenblick kam Suzanne zu der Überzeugung, daß die Unterhaltung in eine Sackgasse geraten war, und quetschte sich zu ihnen aufs Sofa. Mit gezwungener Fröhlichkeit rief sie aus: »Ramzi ist sein ein und alles.«

»Er ist Berufsrevolutionär«, sagte George offen heraus. In seiner Stimme schwang Stolz.

Angela sah ihn gespannt an. »Bist du auch einer von denen?«

Plötzlich spürte George, wie er sich entspannte. Ganz gelöst konnte er neben dem Mädchen sitzen. Er zündete sich eine Zigarette an und sagte: »Nicht mehr, ich bin nicht mutig genug.«

Die Trauer, die in seiner Stimme lag, rührte Angela. »Sie sind nicht mutig, sie sind verrückt. Statt den Tod zu verfolgen, wie sie in ihrer Verbissenheit glauben, ist der Tod in Wahrheit ihnen auf den Fersen.«

»Trotzdem geben sie nicht auf«, entgegnete George und blies die Zigarettenasche weg, die auf seine Hose gefallen war. »Sie lassen sich nicht entmutigen. Ich frage mich manchmal, woher sie die Kraft nehmen.«

George sah dem Mädchen ins Gesicht und stellte zu seiner Freude fest, daß sie einen klugen Eindruck machte. »Ramzi zum Beispiel ist bis jetzt weder getötet worden, noch hat man ihn geschnappt«, sagte George mit mokantem Lächeln.

»Du liest bestimmt viel.«

»Ja«, sagte George bescheiden.

»Das ist der Grund«, erwiderte das Mädchen lächelnd. »Du betrachtest ihn wie den Helden eines Romans und schreibst ihm Eigenschaften zu, die er in Wirklichkeit gar nicht hat.«

»Aber Ramzi ist so. Und merkwürdig, wenn ich mit ihm zusammen bin, fühle ich mich genauso.«

Angela lachte. »Und in der übrigen Zeit fühlst du dich ganz anders?«

Er schüttelte den Kopf. »Was ich sagen wollte, ist, daß ich mich stärker fühle, wenn ich mit ihm zusammen bin.«

»Kennst du ihn?« wollte Angela von Suzanne wissen.

Suzanne schürzte die Lippen. Das überschwengliche Lob ihres Bruders mißfiel ihr. »George übertreibt.«

Auf dem Sofa breitete sich bedrückendes Schweigen aus. Mit einem Gefühl der Erleichterung hörten sie Amira rufen: »Da ist jemand an der Tür.«

George sprang hoch. »Ich geh schon.«

Ali trat als erster ein, nach ihm Ramzi und George. Ali machte einen Rundgang durch den Raum, begrüßte alle mit Handschlag, wobei er auch Amira nicht vergaß, die sprachlos vor Bewunderung auf seinen Clark-Gable-Schnurrbart starrte. Dann trat er einen Schritt zurück, ließ einen prüfenden Blick durch das Zimmer wandern, trat wieder zur Mutter, schüttelte ihr noch einmal die Hand und sagte laut: »Herzlichen Glückwunsch, Umm-George.«

Die Mutter schmolz dahin und säuselte: »Vielen Dank.«

»Wofür?« wollte George wissen.

Ali nahm eines von Georges Ohren zwischen zwei Finger und zwickte es. »Na, hat es eine Verlobung gegeben? Oder etwa nicht?« Er plusterte sich auf »Ali kann man nämlich nicht so leicht hinters Licht führen.« Dann deutete er auf Angela, schnalzte mit den Lippen und sagte: »Ein Vögelchen wie sie könntest du sowieso nicht lange verstecken.«

Während Amira verhalten kicherte, wand sich Angela auf ihrem Platz hin und her und warf Suzanne hilfesuchende Blicke zu. Aber Suzanne saß mit gefurchter Stirn da, offensichtlich unter einer Anspannung, deren Ursache Angela nicht kannte. Zuerst hatte Suzanne über Alis Worte gelächelt, jetzt aber war ihr Gesicht ernst und bleich, ihr Blick löste sich ruckartig von Ramzis Gesicht und heftete sich an Alis Schnurrbart. Als Angela, neugierig geworden, ebenfalls zu Ramzi sah, machte sich sofort Enttäuschung auf ihrem Gesicht breit. Das war Georges Held? Verglichen mit dem impulsiven Ali machte Ramzi, ausgelaugt und erschöpft, nicht viel her. Selbst kurze Zeit stehen zu müssen, schien ihn zu ermüden. Er sah sich bereits nach einer Sitzgelegenheit um. Kaum hatte er eine gefunden, setzte er sich hin und schaute zu Boden. Seine Stimme allerdings erstaunte sie. Sie verriet eine Autorität, die in keinem Verhältnis zu seiner zerbrechlich wirkenden Erscheinung stand.

»Ali«, sagte er, »das reicht.«

Ali spielte den Beleidigten. »Das ist doch alles deine Schuld«, rief er aus. »Du hast mich allein gelassen, da blieb mir in meiner Verlegenheit gar nichts anderes übrig, als dummes Zeug zu reden.«

Ramzi deutete auf einen Stuhl neben sich und sagte besänftigend: »Setz dich, setz dich.«

Lächelnd wandte sich Ali an George und fragte: »Hast du schon Ramzis neuesten Artikel gelesen?«

»Nein.«

»Ich habe ihn dreimal gelesen, ehe ich merkte, daß ich ihn nicht verstehe. Auf dem Weg hierher habe ich ihn mir erklären lassen.«

Abed al-Ahad stand auf, ging zu Ali hinüber, der einen angenehmen Eindruck auf ihn gemacht hatte, und setzte sich neben ihn. »Meine Firma möchte mich in den Libanon schicken, ich soll eine Spezialausbildung machen«, verkündete er stolz.

»Jetzt?« rief Ali aus. »Ausgerechnet jetzt, wo Palästina in Flammen steht und die Regierung sogar Schulmädchen auf die Straße schickt, um gegen die Juden zu demonstrieren – jetzt willst du in den Libanon gehen?«

Abed al-Ahad zuckte mit den Schultern. »Es kommt sowieso alles, wie es kommen muß. Deinem Schicksal entgehst du nicht, und wenn du dich in der Erde verkriechst.«

»Mutige Worte!« rief Ali aus. »Du bist also dabei, Karriere zu machen. Gratuliere, Abed al-Ahad!«

»Vielen Dank.«

Sie setzten sich an den Tisch. Als die Mutter und die Töchter mit dem Servieren fertig waren, setzte sich Amira Ali gegenüber; Ramzi saß links neben ihm. Nach einigen durchsichtigen Manövern nahmen George und Angela endlich nebeneinander Platz.

»Ich war gestern auf einer Demonstration«, sagte Amira. Sie hob das Gesicht, sah Ali an und fragte: »Gehst du nie zu Demonstrationen?«

»Nicht, wenn sie von der Geheimpolizei organisiert werden.«

»Die Demonstration, auf der ich war, hat großen Spaß gemacht. Der Premierminister fuhr vorbei, und alle haben geklatscht. Nächste Woche sollen wieder Demonstrationen stattfinden. Du läßt dir ein großes Vergnügen entgehen!«

»Wir wollen nächste Woche an den Demonstrationen teilnehmen«, sagte Ramzi.

Ali spielte den Überraschten. Er tat so, als hätte er sich verschluckt, rollte mit den Augen und bedeutete Ramzi, er solle ihm auf die Schulter schlagen. Ramzi kam der Aufforderung halbherzig nach. Amira brach in Lachen aus.

»Da gibt es nichts zu lachen«, sagte Ali streng. »Dieser Verrückte hat die Absicht, auf eine antisemitische Demonstration zu gehen.«

»Und du wirst mitkommen«, sagte Ramzi.

»Soll ich etwa auch ›Tod den Juden‹ schreien?« Dann fiel ihm wieder ein, wo sie sich befanden, und er fragte Ramzi halb flüsternd: »Ramzi, hältst du dies hier für einen geeigneten Ort, um mir zu mitzuteilen, daß wir eine Demonstration veranstalten?«

»Jeder soll es hören.«

»Sie werden es hören, sie werden!« sagte Ali und wandte sich mit funkelnden Augen an Amira. »Dann kannst du mal erleben, was eine echte Demonstration ist. Deine Polizeioffiziere werden uns anflehen, Schluß zu machen. Auf Knien werden sie die Leute bitten, zu Hause zu bleiben, aber es wird ihnen nichts nützen! Diesmal wird es ernst.«

»Meinst du, es wird gefährlich?« fragte Abed al-Ahad.

»Bestimmt«, sagte Ramzi.

»George«, rief die Mutter, »du bleibst zu Hause.«

»Wir werden sehen, wir werden sehen«, sagte George gutgelaunt.

»Es wird Straßenkämpfe geben«, meinte Abed al-Ahad.

Angela berührte Georges Ellbogen und sagte: »Dein Freund ist verrückt.«

»Hört endlich auf!« rief Suzanne unvermittelt.

Ramzi versuchte, ihren Blick aufzufangen, da sie aber zur Seite schaute, senkte er den Kopf.

Die Mutter ließ nicht locker. »Ihr geht auf die Straße, weil ihr provozieren wollt. Ich bitte euch, zieht George da nicht hinein.«

George, der endlich den gequälten Ausdruck auf Ramzis Gesicht bemerkte, fragte: »Was ist los mit dir?«

»Er hat Freud entdeckt«, erklärte Ali.

Suzanne versuchte, die Spannung ein wenig zu mildern. Sie sah Ali an und fragte: »Was hat er?«

Ali stützte die Ellbogen auf den Tisch und streckte drei Finger hoch. »Zuerst hat Ramzi Darwin entdeckt und daraufhin die Existenz Gottes geleugnet. Dann fiel ihm Marx in die Hände, und ihm wurde klar, daß die Welt auf dem Kopf steht. Tja, und seit er Freud entdeckt hat, weiß er, daß Bescheidenheit Heuchelei ist.«

»Das verstehe ich nicht«, gestand Abed al-Ahad.

Ali deutete auf Ramzi und sagte: »Er hat eine ganze Kiste voller Bücher von diesem Bastard gekauft. Ich habe ihn wieder und wieder angefleht, bis er schließlich bereit war, einen kurzen Absatz für mich zu übersetzen. Tja, meine Freunde, und nachdem ich diesen Absatz gelesen hatte, schrumpften vor meinen Augen Kamele auf die Größe von Ameisen, während Ameisen zu Monstern wurden!« Er riß die Augen auf und schaute seine Zuhörer mit einem Ausdruck des Grauens an. »Nach Ansicht von diesem Freud trage ich in mir einen weiteren Ali, von dem ich absolut nichts weiß, und dieser andere Ali lauert in der Dunkelheit, um mich in einem unbedachten Augenblick in eine Falle zu locken...«

»Das glaube ich nicht«, meinte Abed al-Ahad kopfschüttelnd.

»Denk doch mal einen Augenblick nach. Was hat deiner Ansicht nach wohl unseren Ramzi so schwach und gelb und melancholisch gemacht?«

»Er spielt mit dem Höllenfeuer«, sagte die Mutter.

»Ich etwa nicht?«

»Vielleicht bist du stärker als er«, meinte Abed al-Ahad.

Ali brach in Gelächter aus. »Die ständigen Kämpfe mit sich selbst sind es, die an Ramzis Kräften zehren.«

»Idiot!« flüsterte Ramzi.

Amira lächelte Ali an, der das Lächeln zurückgab.

»Ich werde es euch mit ganz einfachen Worten erklären«, sagte er. »Bevor Ramzi diese Bücher gekauft hatte, quälte er sich mit den englischen Dichtern des neunzehnten Jahrhunderts und deren Illusionen herum.«

Abed al-Ahad war enttäuscht. »Das nennst du einfache Worte.«

»Ich wollte damit sagen, daß Ramzi, wenn er früher eine Frau sah, an die Sterne und den Mond, an ihre Seele und an Musik dachte. Heute sieht er ihren Körper und ihre... Aua! Ramzi! Willst du mich zum Krüppel machen?« Er sprang auf und zeigte der Tischgesellschaft seinen Fuß. »Umm-George, schau dir an, was mein bester Freund mit mir gemacht hat!« rief er, humpelte zu ihr und zeigte die zusammengedrückte Spitze seines Schuhs.

Die Mutter murmelte vor sich hin.

Plötzlich richtete Ali sich auf, sein Gesicht wurde schneeweiß. Entsetzt sah er sie an, als sähe er Würmer aus ihrem Mund kriechen. Sein Gesicht nahm einen Ausdruck des Abscheus an, und mit zitternder Stimme verkündete er: »George, ich werde nie wieder einen Fuß in dieses Haus setzen...«

»Bist du betrunken?« wollte George wissen.

»Deine Mutter ist der Grund«, antwortete Ali und deutete anklagend auf sie.

»Du benimmst dich wie ein Verrückter!« rief die Mutter.

Ali wandte sich an Ramzi. »Hast du gehört, was sie gesagt hat?«

»Ja«, sagte Ramzi ruhig und wandte sich Georges Mutter zu. »Du hast recht, Umm-George.«

»Mit dir rede ich nicht!« schrie sie ihn an.

Ramzi erhob sich und zog Ali hinter sich her. »Du hast ganz recht: Jude bleibt Jude.« Suzanne blickte ihn starr an, und als Ramzi fortfuhr, schienen seine Worte nur ihr zu gelten. »Manche Menschen halten es für einen Fluch, andere für einen Segen.« Er ging zur Tür, und zog Ali hinter sich her. Seine Augen waren immer noch auf Suzanne gerichtet. »In Wirklichkeit ist es eher eine Wand. Es gibt nur wenige, die hinter diese Wand sehen können, und diese wenigen sind weit verstreut. Die Zahl derer, die diese Wand übersteigen, ist sogar noch geringer.«

Als er mit Ali die Veranda erreicht hatte, hatte George seinen Schock überwunden und rannte ihnen nach. Die Zweige des *Jujube*-Baums schaukelten im Wind und überschütteten sie mit Regentropfen.

George ergriff die nasse Hand seines Freundes. »Ramzi, du mußt ihr verzeihen.«

»Nein«, sagte Ramzi fest. Plötzlich gingen auf der Veranda zwei Lampen an, und Licht überflutete sein regenüberströmtes Gesicht. Ohne Mantel und unbemerkt war Suzanne ihm gefolgt. »Ich habe es satt«, fuhr er fort, »ich habe keine Lust mehr, Judenhassern hinterherzulaufen, ihre Hand zu halten und ihnen zu versichern, daß sie doch nicht so schlecht sind. Erwarte bitte nicht von mir, daß ich Antisemiten tröste. Es macht mir nichts aus zuzugeben, daß so etwas weh tut, sehr weh. Glaube keinem Juden, der behauptet, er wäre gegen Antisemitismus immum.«

»Ramzi!« tönte es von der Veranda.

»Suzanne ruft dich«, sagte George.

Ramzi gehorchte mechanisch. Er stolperte, als er auf die Veranda trat. Um sein Gleichgewicht wiederzufinden, warf er die Arme nach vorn und berührte warme Haut. »Tut mir leid«, flüsterte er.

»Heute war jemand da, der George umbringen wollte«, sagte Suzanne.

»Was?«

»Ein Kranker, er ist vor unserem Haus zusammengebrochen. Die Nachbarn haben sich um ihn gekümmert. Als er wieder zu sich kam, versicherte er wortreich, daß er George umbringen wollte.«

»Ich kann mir nicht vorstellen, daß er in der Lage ist, den weiten Weg hierher zu schaffen.«

Ihre Hand berührte seine Schulter. »Du kennst ihn also?«

Er wollte ihre Hand wegschieben, da ihre Berührung ihn daran hinderte, vernünftig zu denken. »Ich ...«

Ihre Hände fanden einander. Der Wind schüttelte die Äste des *Jujube*-Baums. Wieder wurden sie von Regentropfen überschüttet.

»Schade«, sagte sie.

»Ja.«

Als sich ihre Hände lösten, lief ein kalter Schauer über Ramzis Körper.

»Danke«, sagte er.

»Auf Wiedersehen«, antwortete Suzanne und verschwand in der Dunkelheit.

SIEBZEHN

Sfirones die Vierte und Ramzis Mutter deckten auf der Veranda den Tisch für das Schabbat-Frühstück der Familie. Die Mutter hatte das Mädchen in aller Frühe losgeschickt, um frische *Pitta* zu kaufen, und trieb sie jetzt zur Eile an, damit die hartgekochten Eier und der Salat auf den Tisch kamen. Es war, als habe sie Angst, ihr Mann und ihre drei Söhne könnten das Haus verlassen und auf Nimmerwiedersehen verschwinden, ehe das Frühstück bereitet war. Trotz der Eile deckte sie den Tisch mit großer Sorgfalt. Jeder neue Tag war gefährlicher als der vorangegangene, und die Zukunft schien voller Schrecken. Es gab Tage, an denen die Männer nicht zur Arbeit gingen. In den Straßen tobten Demonstrationen, auf denen laut das Blut der Juden und der Kommunisten gefordert wurde. Die Gegendemonstrationen endeten meist in Kämpfen mit der Polizei. Dennoch stand ihr Haus auf sicherem Fundament eine Festung unter Palmen. Tagsüber brannte die Frühlingssonne, nachts strich eine kühle Brise vom Fluß her durch Fenster und Türen. Ramzi war noch ernster geworden. Die Mutter dankte Gott, daß er noch frei war. Die meisten seiner Freunde saßen bereits hinter Gittern. Ramzis Ernsthaftigkeit schien Akram angesteckt zu haben. Die Brüder redeten nicht viel miteinander, tauschten aber manchmal Blicke wie Bergsteiger bei angestrengtem Klettern. Gelegentlich entdeckte sie bei beiden einen Gesichtsausdruck, der Sorge um den anderen verriet, und das Herz lief ihr über.

Sie stand hinter dem Tisch auf der Veranda, betrachtete den Garten und die Straße und ließ ihren Blick hinüber zum Haus von Suchams Eltern wandern, dankbar, daß die Woche so ruhig vergangen war. Ramzi hatte mit hohem Fieber im Bett gelegen. Zu ihrer Erleichterung waren George und Ali die einzigen Besucher gewesen.

»Lieber Gott«, betete sie, »feßle ihn noch eine Woche ans Bett.« Dann deckte sie die warme *Pitta* mit einem Tuch ab, um sie frisch zu halten.

»Mit wem sprichst du?« fragte ihr Mann überrascht.

»Mit wem schon, mit den Vögeln im Garten«, sagte Akram.

Die Mutter errötete und klimperte mit ihren Armreifen. »Halt den Mund, du unverschämter Kerl.«

»Ist das dein Schabbat-Segen?« erkundigte sich Akram lachend.

»Komm«, wandte sie sich an Ramzi, »setz dich hierher.« Sie berührte seine Stirn und sagte: »Du hast immer noch hohes Fieber.«

»Schwarzgesicht, sieh mal, was auf unserer Straße vor sich geht«, rief Akram plötzlich. »Da kommt Scha'aschouas Wagen.«

Chatoun und Sucham stiegen aus.

Najya stand auf und sagte glücklich: »Chatoun, Sucham, wir haben gehört, daß ihr aus Persien zurück seid, hatten aber noch nicht das Vergnügen, euch zu sehen.«

Sucham flüsterte etwas und blieb dann auf der Straße stehen. Sie warf Chatoun einen hilflosen Blick zu, als sei sie blind und könne ohne fremde Hilfe die Straße nicht überqueren.

»Es tut gut, wieder zu Hause zu sein«, rief Chatoun. »Schön, euch wiederzusehen. Umm-Baruch, ich habe dir etwas mitgebracht. Bist du nachher zu Hause?«

»Natürlich.«

»Ich muß nur eben meiner Schwester guten Tag sagen, dann komme ich rüber.«

Sucham hatte ihre Stimme wiedergefunden. »Guten Morgen, Umm-Baruch, guten Morgen allerseits.«

Najya strahlte glücklich.

Als die beiden Frauen auf der anderen Straßenseite im Garten verschwunden waren, fragte Akram mit gespielter Fassungslosigkeit: »Versteht jemand, was das alles zu bedeuten hat?«

»Was gibt es da zu verstehen?« wollte seine Mutter wissen.

»Mutter, Chatoun sagt, daß sie dir etwas mitgebracht hat, und bittet uns alle, zu Hause zu bleiben, bis sie kommt. Dabei gehört sie gar nicht zu den Frauen, die überall herumerzählen, daß sie Geschenke machen wollen. Ramzi, warum sagst du nichts?«

»Ich gehe weg«, sagte Ramzi.

»Du bist krank!« rief seine Mutter.

»Ich gehe trotzdem.«

»Also hatte ich recht«, meinte Akram.

Ramzi biß sich auf die Lippen. Er stand auf und flüsterte: »Ich lege mich hin.«

Nach dem Essen wandte sich der Vater an Akram: »Würdest du bitte den Garten sprengen?«

»Warum?«

»Wie meinst du das – warum? Die Bäume brauchen Wasser, die Rosen auch.«

»Mag sein, daß die Bäume Wasser brauchen, Vater. Aber die reifen Früchte werden ja doch andere essen.«

»Selbst wenn sie im Mai in Erez Israel die Flagge hissen, ist noch lange nicht sicher, daß wir uns alle gemeinsam auf den Weg machen und unsere ganzen Habseligkeiten zurücklassen.«

»Vater, wir können gar nicht anders.«

Der Vater stand auf, trat an die Balustrade und sah in den

Garten hinunter. Er schob die Hände in die Taschen und zog sie – leer – wieder heraus. Fast hätte er am Schabbat geraucht! Als er die erstaunten Gesichter seiner Familie bemerkte, huschte ein verlegenes Lächeln über sein Gesicht, dann umfaßte er mit beiden Händen das Geländer.

»Was ist mit Ramzi?« wollte er wissen.

»Ramzi ist ein Idiot!« sagte Akram traurig und setzte schnell hinzu: »Sie werden ihn schnappen, ganz sicher werden sie ihn schnappen. Er bekommt mindestens zwanzig Jahre, wie die meisten seiner Freunde auch. Das heißt, wenn er Glück hat und die Richter großmütig sind.«

»Akram, was soll das heißen?« rief die Mutter wütend.

»Das soll gar nichts heißen. Aber von all den Leuten, mit denen er angefangen hat, ist er fast der letzte. Ein Wunder, und Wunder passieren nicht jeden Tag. Auf jeden Fall werden sie...«

Die Finger des Vaters glitten die Perlenschnur entlang, die er aus der Tasche genommen hatte. »Akram«, sagte er, »ich werde weder meinen Sohn im Stich lassen, noch vertrocknete Bäume hinterlassen.«

»Schon gut, Vater, schon gut. Ich sprenge den Garten.«

Baruch brach mit dem Vater zum Kasino auf. Chatoun kam allein. Najya setzte sich mit ihr hinters Haus. Die beiden Frauen versteckten ihre Verlegenheit hinter Belanglosigkeiten.

»Wie geht es deinen Söhnen?« wollte die Besucherin wissen.

»Gelobt sei der Herr!« rief Najya. »Ich kann nur beten, daß ich sie noch mit Frauen und Kindern erlebe.«

»Du bist nicht zu beneiden. Heutzutage erwachsene Söhne zu haben, ist nicht leicht.«

»Ich habe schon bessere Tage gesehen. Ramzi liegt krank im Bett.«

Chatoun hob eine Hand an die Brust. »Nichts Ernstes, hoffe ich.«

»Sein Körper ist krank, und seine Seele ist voller Schwermut. Ich wage mich kaum in seine Nähe.«

»Kann ich ihn sehen? Ich hoffe doch, daß er mich nicht davonjagt.«

Erstaunt über die Kühnheit ihrer Besucherin, murmelte Najya: »Ja, natürlich.«

Bevor sie die Tür öffnete und hineinging, nannte Chatoun ihren Namen. Ramzi zog die Decke über sich. »Mein Gott, bist du dünn«, rief Chatoun aus und versuchte, ihrer Stimme einen unbeschwerten Klang zu geben. »Bald wird nichts mehr von dir übrig sein.«

»Nimm Platz.«

»Danke.« Als sie sich gesetzt hatte, veränderte sich ihr Gesichtsausdruck. Ihre Stimme wurde ernst. »Ich möchte wissen, warum ich mich von euch da hineinziehen lasse.« Sie nahm einen Brief aus der Tasche und hielt ihn Ramzi hin. »Das ist das letzte Mal! Ich kann dieses schmutzige Spiel nicht länger dulden.«

Ihr Arm hing in der Luft. Ramzi lag unter seiner Decke und machte keine Anstalten, ihr entgegenzukommen. »Wenn das Schmutz ist, möchte ich ihn nicht berühren.«

»Sei nicht so empfindlich! Nimm ihn, nun nimm ihn schon, du Esel.« Ihre Stimme wurde weicher.

»Ich hab dir gesagt, daß ich Schmutz nicht anrühre.«

Sie brauste wieder auf. »Und wie nennst du das? Ehebrecher seid ihr.«

»Chatoun, ich danke dir, daß du gekommen bist. Gib ihr den Brief bitte zurück.«

»Wie kannst du nur so grausam und herzlos sein. Das Kind wird sterben.«

»Nein, das wird sie nicht. So leicht stirbt es sich nicht.«

»Sie wird sterben, glaub mir. Du hast sie verhext. Und bevor sie stirbt, wird sie mich ins Grab und Scha'aschoua um den Verstand bringen.«

»Ich werde ihn beweinen.«

»Was hat er dir eigentlich getan?« fragte sie zornig. »Nimmst du jetzt den Brief, oder nicht? Ich kann unmöglich zu dieser Verrückten zurückgehen und ihr erklären, daß sich Euer Ehren weigert, am Schabbat Briefe entgegenzunehmen.«

»Sag ihr, daß ich mir die Hände nicht schmutzig machen will.«

»Gut, gut, ich entschuldige mich, verdammt!«

Er lachte.

»Eins sage ich dir, mein Junge: Ich habe nicht vor, weiterhin eure Vermittlerin zu sein. Was ist los, warum starrst du mich so an? Öffne endlich den Brief, sie wartet auf Antwort.«

Während die Seiten zwischen seinen Fingern raschelten, fixierte sie zitternd vor Angst die geschlossene Tür, Dann aber gewann ihre Neugier die Oberhand. »Was schreibt sie?«

»Geht in Ordnung.«

»Was geht in Ordnung?«

»Sag ihr nur, daß es in Ordnung geht.«

»Das ist alles?«

»Ja.«

»Was heckt ihr beide nur aus? Ihr werdet noch Schande über uns alle bringen.«

»Möchtest du, daß ich dir den Brief laut vorlese?«

»Gewiß nicht!« Sie hielt sich die Ohren zu. Noch nie hatte sie einen Liebesbrief gelesen. Schon der Gedanke an einen solchen Brief versetzte eine Frau ihrer Generation in Schrecken.

Am nächsten Nachmittag um halb drei traf Ramzi am al-Watani-Kino ein. Er hatte den Weg zu Fuß zurückgelegt und war erschöpft. Er lehnte sich gegen die Wand und starrte die Frau an, die auf dem gegenüberliegenden Bürgersteig wartete. Zweimal dachte er, er habe Sucham gesehen, und überquerte die belebte al-Raschid-Straße, nur um jedes Mal enttäuscht zurückzukehren und sich wieder gegen die Wand zu lehnen. Um vier lag der Bürgersteig vor dem Kino verlassen da, und Ramzi wollte schon verzweifelt aufgeben. Noch fünf Minuten, dachte er, dann gehe ich. Er zündete sich eine Zigarette an und wollte gerade zur Bushaltestelle hinüberlaufen, als er jemanden hinter sich sagen hörte: »Ich wollte nicht zu spät kommen.«

Ramzi drehte sich um und schaute verblüfft auf eine formlose, verschleierte Gestalt in schwarzer *Abaya.* Unter anderen Umständen hätte er losgebrüllt vor Lachen … Bevor er sich auf die Zunge beißen konnte, hatte er die törichte Frage bereits gestellt: »Bist du das?«

»Ramzi, du bist nicht wiederzuerkennen.«

Sie hatten sich seit vier Monaten nicht mehr gesehen.

»Ich war krank«, brummte er mit zitternden Knien.

»Du hast dich völlig verändert«, jammerte sie.

»Sei still«, versuchte er sie zu beruhigen.

»Bist du immer noch …«

»Bist du gekommen, um mit mir zu diskutieren?«

»Nein, nein«, greinte sie. »Hast du Karten gekauft?«

»Ich habe gedacht, du willst mich auf den Arm nehmen.«

»Ich habe dich noch nie auf den Arm genommen, Ramzi.«

»Willst du wirklich reingehen? Der Film ist miserabel.«

»Ich möchte dich sehen, ich will einfach nur mit dir reden.«

Ramzi ging zum Schalter und kaufte zwei Karten für eine geschlossene Loge. Sie liefen die breiten Stufen hinauf und betraten den finsteren Vorraum. Ramzi stieß eine Tür auf und zog sie hinter ihnen zu. Bilder flimmerten über die Leinwand. Aus den angrenzenden Kabinen drang Quietschen und Flüstern zu ihnen herüber, was sie, wie schon beim letzten Mal, in Panik versetzte. Der Boden, auf dem sie standen, war klebrig und mit Zigarettenstummeln übersät. In der Loge herrschte ein unbeschreiblicher Gestank. Selbst jetzt, in der Dunkelheit, wagte es Sucham nicht, ihre *Abaya* und den Schleier abzulegen.

»Setz dich«, flüsterte Ramzi.

Sie setzte sich. Als sie ihren Kopf hob, um auf die Leinwand zu schauen, wölbte ihre Nase den Schleier vor.

»Du weinst schon wieder«, sagte er.

»Ich hör sofort auf, ich versprech's dir.«

Zögernd hielt er ihr seine Hand hin. Sie nahm sie zwischen die Falten ihrer *Abaya* und drückte sie an ihr tränenüberströmtes Gesicht.

»Ramzi«, flüsterte Sucham und brach wieder in Tränen aus. Gern hätte er sie gebeten, die Verkleidung abzulegen, die ihr so wenig entsprach, traute sich aber nicht. Er wagte nicht einmal, sie zu berühren. Die Stimmen aus den anderen Kabinen drangen nun nicht mehr zu ihm durch. Selbst die störenden Schmerzen im Hals waren verschwunden. Neben ihm saß ein weinendes Mädchen, und er wußte nicht, was er tun sollte. Ramzi fühlte sich wie ein verstörter kleiner Junge.

»Du hast mich vergessen«, sagte sie.

Er schaute nach unten in den Zuschauerraum und sah schwarze Köpfe, die im Strahl des Projektorlichts durch den Zigarettenrauch schimmerten. Zigaretten glühten in der Dunkelheit. Hier und da wurde ein Streichholz angezündet und wanderte wie von Geisterhand von einer Stelle zur anderen. Plötzlich spürte er das Verlangen, ihr Gesicht zu sehen.

Er suchte ihre Hand unter der *Abaya* und sagte: »Nimm den Schleier ab.«

Da das Licht, das von der Leinwand ausging, gegen die Dunkelheit in der Kabine nicht ankam, zündete er ein Streichholz an und schaute ihr ins Gesicht. Ihr gezwungenes Lächeln erstarb, ehe das Streichholz abgebrannt war, als habe sie Angst vor seinen prüfenden Blicken. Die Flamme blendete sie, so daß sie seine Augen nicht sehen konnte.

Ängstlich fragte sie: »Bin ich jetzt häßlich?« Im selben Augenblick bemerkte sie, daß er lächelte. Sie neigte sich zu ihm hinüber und legte ihren Kopf auf seine Schulter. Ihr Haar umhüllte sein Gesicht. Er nahm ihre Hand und küßte ihre Finger. »Hast du ...« flüsterte sie.

»Ja, ja.«

»Chatoun hat gesagt, daß du meinen Brief nicht annehmen wolltest.«

»Weil sie ihn als Schmutz bezeichnet hat.« Plötzlich durchströmte ihn ein Gefühl von Stärke und Weisheit. »Sie glaubt, wir seien immer noch Kinder, Sucham«, sagte er zuversichtlich.

»Ja«, sagte sie, glücklich darüber, daß er ihren Namen ausgesprochen hatte.

»Ich glaube, wir waren so in unsere Spiele vertieft, daß wir den Augenblick verpaßt haben, als das Glöckchen das Ende unserer Kindheit verkündete«, sagte Ramzi ernst.

»Wir sind aber keine Kinder mehr.«

Der feierliche, erwachsene Ton ihrer Stimme überraschte ihn.

»Was meinst du damit?«

»Ach, nichts«, sagte sie schüchtern.

Ihre Verlegenheit ließ ihn aufhorchen. »Was ist los?« wollte er wissen.

»Ich bin schwanger, von dir. Du bist Vater, und ich bin Mutter. Wir sind keine Kinder mehr, weil unser eigenes Kind hier bei uns ist.« Sie öffnete die *Abaya* und zeigte ihm stolz ihren Bauch.

Ramzi hatte das Gefühl, in Ohnmacht zu fallen. Als er sich wieder gefangen hatte, sagte er: »Sucham!« Dann schüttelte er den Kopf und fragte: »Woher weißt du das?«

»Eine Frau weiß so etwas. Es lebt schon da drin. Möchtest du mal fühlen?« Triumphierend nahm sie seine Hand und legte sie auf ihren Bauch.

Ramzi war so verlegen, daß er keinerlei Bewegung spürte. Er zog seine Hand weg und lehnte sich auf die Balustrade. »Und es ist unser Kind?«

»Ganz sicher. Freust du dich nicht?«

Sucham war der einzige Mensch in seinem Leben, dem er sich ganz geöffnet hatte. Jahrelang hatte er vor ihr gestanden wie vor seinem eigenen Spiegelbild und ehrlich und offen über sich selbst gesprochen. Gelegentlich hatte er sie wie eine Peitsche benutzt, um sich zu kasteien. Jetzt stand sie vor ihm, schutzlos, auf seine Gnade angewiesen. Sein Herz zog sich schmerzhaft zusammen. Jetzt hatte er Macht über sie.

»Freust du dich nicht?« wiederholte sie.

»Nein.«

»Du hast gesagt, daß du mich liebst.«

»Weil ich dachte, daß du unerreichbar für mich bist, weit weg und beschützt in Scha'aschouas Haus. Sucham, bitte, wein doch nicht.«

Sie erhob sich, und er öffnete ihr die Logentür. Nebenan war es still geworden. Sucham stand im Gang, Schleier und *Abaya* in der Hand.

Sie schaute ihm ins Gesicht und fragte beängstigend ruhig: »Damit ist also alles vorbei?«

»Was ist vorbei?«

»Wir werden uns nicht mehr treffen.«

»Das liegt an dir.«

»Ich versteh dich nicht.« Dann erst, im Schein der Glühbirne über ihren Köpfen, bemerkte sie, wie erschöpft er war. Seine Augen brannten, sie glaubte sogar, Tränen zu sehen. Sie berührte seinen Arm und fragte: »Was ist mit dir?«

»Leg deine Verkleidung an, Sucham, einer von Scha'aschouas Bekannten könnte dich sehen.«

»Ist mir egal!«

»Zieh die *Abaya* an.«

»Du hast mich nicht einmal geküßt.«

»Vielleicht in der Kutsche.«

»Du willst, daß wir Kutsche fahren?« rief sie aufgeregt.

Sie hatten vergessen, daß in diesem Teil von al-Raschid seit geraumer Zeit keine Kutschen mehr verkehren durften. Als sie aus dem Kino traten, lag die Straße verlassen vor ihnen. Die Läden waren geschlossen, geduckte Gestalten huschten an den Häuserwänden entlang. Während sie im Kino gesessen hatten, waren Demonstranten durch die Straße gezogen. Ramzi hatte keine Ahnung, ob es die Linken waren, die ihre letzten Kräfte mobilisierten, oder die fanatischen Rechten. Teehausbesitzer und Kellner lungerten in den Eingängen ihrer Lokale herum und blickten auf die ungewohnt menschenleere Straße. Ein Schuhputzjunge sammelte Fetzen von Kleidungsstücken auf, die von der Demonstration übriggeblieben waren. Er hatte blutige Füße. Kerzengerade ritt ein Polizist an ihnen vorbei, unheimlich klang das Klappern der Hufe. Einer der Kellner verlor die Nerven. Er rannte auf die Straße hinaus und schrie dem Polizisten nach: »Warum so eilig? Sie haben deine Mutter längst in den Arsch gefickt, du Hurensohn.« Als der Beleidigte nicht reagierte, drehte der Kellner durch. Er entriß dem Schuhputzjungen eine Flasche roter Schuhwichse und schleuderte sie dem Polizisten hinterher. Die Flasche zersplitterte auf dem Asphalt und versetzte das Pferd so in Panik, daß es seinen Reiter um ein Haar abgeworfen hätte. Der Polizist riß das Pferd herum und näherte sich dem Kellner, der barfüßig, mit einer kurzen weißen Hose und einem zerrissenen Hemd bekleidet, mitten auf der Straße stand. Er nahm sein Gewehr von der Schulter und ritt direkt auf den Kellner zu, der mit aufgerissenen Augen auf Pferd und Reiter starrte. Haß, Wut und Mut hatten sich verflüchtigt. Da aber überall in den Hauseingängen Männer standen und die Szene beobachteten, bewegte er sich nicht von der Stelle. Nicht die Absicht zu kämpfen zwang ihn dazu, sondern seine Angst. Etwa drei Schritte vor dem versteinert dastehenden Mann zügelte der

Polizist sein Pferd, legte das Gewehr an die Schulter und kniff sein linkes Auge zu. Es gab einen ohrenbetäubenden Knall, Splitter flogen auf die Straße. Bleich vor Zorn senkte der Polizist die Waffe.

Ausgestreckt lag der Kellner auf der Straße. Sein Chef starrte den Polizisten ungläubig an.

»Du stinkender Abschaum. Um ein Haar hättest du mit einer englischen Kugel aus einem englischen Gewehr und von einem edlen arabischen Hengst herab meinen Kellner umgebracht. Steig ab, steig sofort vom Rücken dieses edlen Tieres herunter, du Auswurf der Menschheit, du besudelst es. Steig ab, bevor mir das Blut in den Kopf steigt.«

»Er hat die Staatsgewalt verhöhnt.«

»Steck dir deine Staatsgewalt in den Arsch! Kaum hat er ein Gewehr in der Hand, da hält er sich für den Vetter des Sultans! Steig sofort von dem edlen Tier runter!«

»Ich habe einen wichtigen Auftrag.«

»Er hat einen wichtigen Auftrag!« rief der Teehausbesitzer den Männern zu, die ringsumher aus den Hauseingängen starrten. »Er hat einen wichtigen Auftrag, der räudige Hund. Um ein Haar hätte er diesen armen Burschen hier getötet. Deine Würde war verletzt, *ya baba,* durch ein bißchen Schuhwichse? Warte nur, gleich schmier ich dir Scheiße ins Gesicht!«

Diese Drohung brachte den Polizisten aus der Fassung. Er grub seinem Pferd die Hacken in die Flanken und galoppierte davon. Seinen Auftrag hatte er vergessen.

Der Teehausbesitzer wandte sich dem Kellner zu, den er aufs Pflaster gestoßen hatte, um ihn vor der Kugel des Polizisten zu retten, und schrie: »Steh auf. Wie lange willst du noch faul auf der Straße liegen? Steh sofort auf.!« Er fuhr ihn an, wie er zuvor den Polizisten angebrüllt hatte. »Ich warne dich, wenn du dich noch einmal mit einem dieser Hurensöhne anlegst, röste ich dir die Eier über der Holzkohle . . .«

Ramzi wandte seine Aufmerksamkeit wieder Sucham zu. Er erschrak. Der zurückgeschlagene schwarze Schleier betonte die Blässe ihres Gesichts. Ihrem Mund entschlüpften beunruhigende Laute. Der Teehausbesitzer kam näher und wandte sich höflich an Ramzi. In seiner Stimme lag die Autorität eines Mannes, der die Last der Verantwortung für die ganze Straße auf seinen Schultern spürte.

»Die Dame fühlt sich nicht wohl«, sagte er. »Gestatten Sie mir, ihr ein Glas Wasser zu reichen.«

»Vielen Dank«, sagte Ramzi, »ich danke Ihnen vielmals.« In seiner Bewunderung für diesen furchtlosen Mann drängte es ihm seine Nöte mitzuteilen. »Sie ist schwanger, ich mache mir Sorgen um sie.«

Auch das Gesicht des Teehausbesitzers nahm einen besorgten Ausdruck an. Vorwurfsvoll sagte er: »Wie kannst du eine solche Perle in diesen Zeiten mit auf die Straße nehmen? Vielleicht ...?«

Bevor der Mann sein großzügiges Angebot erneuern konnte, schnitt Ramzi ihm hastig das Wort ab. »Wir suchen uns ein Taxi.«

Sie liefen in Richtung al-Sa'adoun-Platz. Von Zeit zu Zeit befreite Ramzi seinen Arm aus Suchams Griff. Es galt als unschicklich, wenn Männer und Frauen sich in der Öffentlichkeit berührten.

Sucham sagte: »Er hätte ihn umgebracht, wie man eine Ameise zertritt.«

»Ja, er hätte ihn umgebracht.«

»Einfach so.«

»Er hatte ein Gewehr, und das bedeutet Macht.«

»Eines Tages werden sie dich ebenfalls umbringen.«

»So wie andere auch.«

»Und niemand wird dir helfen, denn du bist kein Kellner und hast keinen Chef, der sich um dich kümmert.«

»Stimmt.«

»Ramzi, weißt du, was ich gesehen habe? Ich habe dich daliegen sehen, unter den Hufen des Pferdes, mit einer Kugel im Kopf, und deine leeren Augen haben in den Himmel gestarrt. Du hast dort gelegen, und niemand ist gekommen, um dich zu berühren.«

Sie erreichten Bab al-Sharqui, ein Viertel voller Lichter und offener Teehäuser, voller flanierender Menschen und Straßenverkäufer, die lauthals ihre Waren anpriesen, voller Autos und Kutschen.

Ramzi sagte: »Du fährst jetzt nach Hause.«

»Hast du's schon vergessen?«

»Was?«

»Du hast versprochen, mit mir Kutsche zu fahren.«

Der Himmel bedeckte sich, plötzlich zerrte der Wind an Suchams Schleier und an ihrer *Abaya.* Der Schleier wehte ihr vom Kopf und erhob sich wie ein auffliegender Vogel in die Luft. Im Regen, der jetzt auf sie niederprasselte, flatterte ihre *Abaya* wie das Segel eines sturmgebeutelten Schiffes... Als Ramzi eine Kutsche heranwinkte, sah er, wie sich Regentropfen von ihren Augenbrauen lösten. Sie tropften auf ihre Wangen und ihren Mund, den Mund eines lachenden Kindes.

»Du bist verrückt«, sagte er kopfschüttelnd.

Zwei Pferde mit regennassen Flanken blieben vor ihnen stehen, ihr Perlenschmuck glitzerte im Regen. Der Kutscher unter seiner Ölplane klappte das Dach hoch. In der Kutsche roch es nach nassem Leder. Sucham kuschelte sich in die weichen Sitze und genoß die Dunkelheit, den Klang der Glöckchen und das Trommeln der Regentropfen auf dem Dach.

Mit der Fingerspitze berührte sie Ramzis Nase und fragte verstimmt: »Warum schaust du nach draußen?« Als er sich über sie beugte, um sie zu küssen, sah sie ihn mit großen Augen an. Dann plötzlich kam das Zittern, und sie spürte Wärme in sich aufsteigen. »Jetzt sind wir zu dritt«, flüsterte sie.

»Sie haben versucht, George umzubringen, aber George ist

verrückt vor Glück, weil er ein Mädchen gefunden hat. Er wird heiraten.«

»Das wolltest du mir sagen?«

»Das auch!« rief er gereizt.

Besänftigend legte sie eine Hand auf seine Hände. Er hatte sie zwischen den Knien zu Fäusten geballt.

»Ich hasse Mauern und Gefängnisse«, sagte er.

»Wer tut das nicht?«

»Ich habe Angst davor, Sucham.«

»Das ist doch normal.«

»Meine Angst ist alles andere als normal. Hast du je von einer Gefängnisphobie gehört? Der Gedanke, eingesperrt zu werden, ist unerträglich für mich. Schon bei der bloßen Vorstellung könnte ich verrückt werden. Lange Zeit habe ich gedacht, ich sei zu gerissen und zu clever, um geschnappt zu werden. Später war ich überzeugt, daß die Geheimpolizei mich als Köder benutzte. Ich war sicher, daß sie mich in Ruhe ließen, weil ich sie, ohne es zu wissen, auf die Spur von Genossen brachte. Deswegen hielt ich mich von den anderen fern. Seit fast zwei Monaten habe ich niemanden mehr gesehen, trotzdem fielen ihnen immer wieder Genossen in die Hände. Dann erinnerte ich mich daran, daß ich beim Eintritt in die Partei einen fiktiven Namen und eine falsche Adresse angegeben hatte. Die Polizei ist schon seit langem im Besitz dieser Mitgliederliste. Ich ging zu der Adresse, die ich angegeben hatte. Die Menschen, die dort wohnen, werden ständig terrorisiert, das Haus wird Tag und Nacht beobachtet. Einmal pro Woche machen sie eine Razzia und stellen alles auf den Kopf.«

»Und dieses Leben gefällt dir«, sagte sie vorwurfsvoll.

»Mir? Was redest du denn da?«

»Als du aus Kurdistan zurückkamst, war es noch nicht zu spät. Du hättest an dem bewußten Abend kommen, alle Tische umwerfen und die Gäste zum Teufel jagen können. Du hättest nur den Finger heben und mir zunicken müssen, ich wäre dir sofort gefolgt. Aber du hattest Angst, du könntest eines Morgens mit einem Lächeln auf dem Gesicht erwachen, und das paßt ja nicht zu einem Helden.«

»Es gab eine Zeit, da wollte ich ein Held werden«, gab er zu, »aber das ist vorbei. Vielleicht hast du recht. Vielleicht habe ich meinen Genossen etwas vorgespielt.«

»Du hast mir etwas vorgespielt. Für die ganze Welt fühlst du dich verantwortlich, nur nicht für die Frau, die ein Kind von dir erwartet.«

»Ich bin einfach nicht dafür geschaffen.«

»Ich hasse dich, Ramzi.«

»Du weinst ja schon wieder.«

»Bilde dir nur nichts darauf ein, ich weine aus einem anderen Grund. Ich habe den Schatten eines Mannes geliebt.«

»Du hast jetzt einen reichen Mann und wirst von allen Seiten bedient. Das Kind wird sein Kind sein, er baut ihm bereits einen neuen Palast.«

»Hör zu, Ramzi, ich habe ein bißchen Geld zur Seite gelegt. Laß uns zusammen weggehen.«

Er beugte sich vor und wies den Kutscher an, nicht weiter ziellos herumzufahren, sondern sie nach al-Charada zu bringen. Dann lehnte er sich zurück und zündete sich eine Zigarette an. Sucham zog sich in ihre Ecke zurück und versank in eisiges Schweigen. Die Glöckchen der Pferde klingelten, die Hufe klapperten über das Straßenpflaster.

Ramzi streckte den Kopf unter dem Verdeck hervor. »Es hat aufgehört zu regnen«, sagte er.

»Weißt du noch?« fragte sie.

»Ja.«

In ihrer Erinnerung tauchten die Regenpfützen ihrer Kindheit auf. Wieder fanden sich ihre Hände.

ACHTZEHN

»Du hast geweint und geschrien, George.« Angela war erschrocken hochgefahren und hatte sich über ihn gebeugt. Ihre Haare fielen ihm ins Gesicht. »Du zitterst ja, bist du krank?«

»Nein ... Ja.«

»Was ist mit dir? Soll ich dir ein Glas Wasser holen?«

»Ja.« Sie kletterte über ihn hinweg, dann stand sie barfuß auf dem Teppich und tastete nach dem Wasserkrug. »Mach die Lampe an«, sagte er.

Beruhigendes Licht durchflutete den Raum. Mit dem wohlig vertrauten Gefühl einer Braut, die ihre Pflicht tut, stützte Angela seinen Kopf. Er trank. Als er sah, daß sie wieder zum Schalter griff, schrie er: »Mach das Licht nicht aus!«

Die Angst in ihren Augen verdroß ihn. Es war die Angst des Gesunden, der mit einem Wahnsinnigen in einem Raum eingesperrt ist.

Mit zitternder Stimme fragte sie: »George, was ist mit dir los?«

Er gab keine Antwort.

Angela verschränkte die Arme vor der Brust. Langsam kam sie zurück und setzte sich auf die Bettkante. Mit kühlem Blick musterte sie ihn. »Ich bin stark George, du kannst mir alles sagen.« Aber ihre Stimme zitterte, und ihr Gesicht war blaß.

»Wahrscheinlich hältst du mich für verrückt.« Er versuchte zu lächeln.

»Erzähl's mir, ich höre.«

»Eigentlich ist es gar nicht so schrecklich«, sagte er traurig. »Ich habe Krebs.«

»Krebs?« schrie sie.

»Schon gut, ich wollte dich nur erschrecken.«

»Was ist es dann?«

»Es ist Angst. Ich bin ein Feigling.«

»Du lügst«, sagte sie mißtrauisch.

»Nein, wirklich, ich bin feige. Ich habe Angst, besonders nachts.«

»Ist das alles?«

»Mir genügt es.«

»Du fürchtest dich vor der Angst.«

Kluge Frau, dachte George, sie hat es erfaßt. »Ramzi und ich sind zusammen auf einer schmalen Planke über einen gähnenden Abgrund gelaufen. Er läuft weiter, aber ich bin auf halbem Weg stehengeblieben. Ich traue mich nicht vor noch zurück und habe Angst, nach unten zu schauen.«

Sie entspannte sich. »Ich verstehe kein Wort. Hast du mich geweckt, um mit mir in Rätseln zu sprechen?«

»Es ist dir egal, ob ich ein Feigling bin oder nicht«, sagte er enttäuscht.

»Nein, das ist es nicht. Nur, Angst hat jeder von uns, und nicht alle sind so verrückt wie Ramzi. Ich habe dich nicht geheiratet, um Witwe zu werden, George. Kann ich jetzt das Licht ausschalten?«

»Wenn du möchtest.«

Sie überlegte es sich anders und ließ das Licht brennen. Sie senkte die Augen, ihre Lippen glänzten feucht. Eine tiefe Röte breitete sich auf ihrem Gesicht aus. »Ich...«, flüsterte sie.

Er versuchte es, versagte aber dieses Mal. Sie legte ihren Kopf auf seine Schulter und flüsterte, ihre Enttäuschung verbergend: »Mach dir nichts draus, es ist nicht schlimm.«

»Ich muß immer an morgen denken.«

»Morgen wird ein schöner Tag.«
»Und wenn niemand kommt?«
»Wenn niemand kommt, essen wir alles allein auf. Aber sie kommen, ganz bestimmt.«
»Die Straßen sind unsicher.«
»Niemand läßt sich ein gutes Essen entgehen.«
»Ich habe Ramzi eingeladen.«
»Ich hasse ihn. Die Kugeln umschwirren ihn, und er marschiert weiter, dieser verdammte Kerl. Und du? Du läufst mit geschlossenen Augen wie ein Idiot hinter ihm her.«
»Ich habe dir gesagt, daß ich ein Feigling bin. Ich glaube an das, was er tut, und habe Angst, ihm zu folgen.«
»Du machst dich kaputt. Laß ihn, hör auf damit.«
George war noch nie mit einer Frau zusammen gewesen. Seit Tagen tauchte er wieder und wieder in Angelas Körper ein, ohne genug zu bekommen. Er war dankbar für diese feuchte, klebrige Liebe mit ihren intensiven Gerüchen, die Sonnenuntergang und Sonnenaufgang eins werden ließ. Dank Angela, die genau wußte, wie man frohen Herzens empfängt und großzügig gibt, nahm George seinen Körper so intensiv wahr, wie nie zuvor. Doch er war in einer Gesellschaft mit strenger Geschlechtertrennung aufgewachsen, einer Gesellschaft, in der die Ehe kein Ersatz für die Freundschaft zwischen Männern war. Eine solche Freundschaft hatte einen hohen Stellenwert, erforderte Hingabe und Opfer. Das alles erklärte George seiner Frau ausführlich und mit großer Geduld.
Als er schließlich schwieg, sagte Angela: »Such dir einen anderen Freund.«
»Du hast mich nicht verstanden.«
Sie blies ihm ins Gesicht und lachte: »Natürlich, ich bin ja nur ein kleines Dummchen.«
»Das habe ich nicht gesagt. Hast du dich schon einmal gefragt, warum du ihn so haßt?«

»Er schadet dir, ihm verdankst du deine ganzen Ängste.«

»Du bist eifersüchtig auf ihn, Angela.«

»Spielt es für dich eigentlich keine Rolle, daß er Jude ist?«

»Wenn ich mit Ramzi zusammen bin, ist er kein Jude, und ich bin kein Christ.«

»Du bist naiv. Du magst das so empfinden, aber die Welt denkt ganz anders darüber.« Sie verschränkte die Arme hinter dem Kopf. »Aber vielleicht ist es gut, daß es die Juden gibt. Solange sich die Moslems mit ihnen auseinandersetzen, lassen sie uns in Ruhe.«

George nickte. »Schlimm, aber so ist es.«

»Jetzt mache ich aber endgültig das Licht aus, darf ich?«

»In Ordnung«, sagte er mit fester Stimme.

Als es dunkel war, wandte sich Angela ihm zu. Das Deckbett war ein warmer Himmel, den Angela mit ihrem Duft erfüllte, und die Laute, die aus ihrer Kehle kamen, ließen die Welt ringsumher versinken. Einen Augenblick lang waren sie fast wie ein Mensch, dann zog er sich zurück, drehte seinen Kopf zur Seite und schlief ein.

Früh am nächsten Morgen platzte Rita ins Zimmer und schrie: »Hört mal! Hört mal!«

»Was ist denn los?« wollte George wissen.

Angela rieb sich mit der Handfläche über die Nase und fragte spöttisch: »Hat es ein Erdbeben gegeben?«

»Hört doch zu!« schrie Rita mit bleichem Gesicht.

Durch die offene Tür hörten sie die Stimme des Radiosprechers. »Die Eltern werden aufgefordert, das Leben ihrer Kinder nicht zu gefährden und dafür zu sorgen, daß jede Provokation der Ordnungskräfte unterbleibt. Die arabische Nation mobilisiert sämtliche Kräfte für den Kampf gegen die zionistischen Banden. Während hierzulande destruktive Elemente ihr Unwesen treiben ...«

Amira kam hereingestürmt, stieß mit ihrer Schwester zusammen und rief: »Draußen wird geschossen!«

»Gott sei Dank sind Suzanne und Abed al-Ahad schon da.«

George lauschte angestrengt, konnte aber außer dem Zwitschern der Vögel keine Geräusche hören. »Ich höre nichts«, flüsterte er.

»Vom Dach aus kann man es hören«, rief Amira, deren linkes Auge vor Aufregung zuckte.

»Du warst auf dem Dach?« fragte George überrascht.

»Ja, war ich, und ich habe Schüsse gehört, Gewehre, sogar Maschinenpistolen . . . und Schreie.«

»Hier in der Nähe?«

»Nein, an der Brücke, glaube ich.«

»Das ist weit weg«, sagte Angela erleichtert. »Dein Freund Ramzi hat sein Versprechen gehalten.«

»Schießt er auch?« fragte Amira aufgeregt. »Hat er eine Pistole?«

»Nein«, sagte George. »Die Kommunisten sind unbewaffnet.«

»Woher willst du das wissen?« fragte Angela.

»Und sie lassen sich einfach so abknallen?« fragte Amira erschreckt.

»Rita!« sagte Angela warnend.

Alle starrten George an. Seine Lippen bewegten sich schnell, ohne Worte zu formen. Mit fahrigen Händen zog er sich die Decke bis ans Kinn. Angela strich ihm über die Stirn.

Unwillig schob er ihre Hand zur Seite. »Wo ist Suzanne«, fragte er Rita.

»Ich hole sie.«

Als Suzanne hereinkam, bedeutete er ihr mit einer Handbewegung, die anderen zum Verlassen des Zimmers zu bewegen. Da sie es aber nicht wagte, seine Frau zum Gehen aufzufordern, ignorierte sie seine Geste und setzte sich auf die Bettkante, wobei sie Angela einen um Entschuldigung bittenden Blick zuwarf. »Was ist los?« fragte sie ihren Bruder.

»Ich möchte, daß du zu Ramzi gehst, um zu sehen, ob er noch lebt.«

Ihr Gesicht wurde blaß. »Ich bitte dich George, beruhige dich.«

»Gehst du oder gehst du nicht?«

Er ist verrückt, dachte Suzanne, genauso wie Ramzi und ich. Keiner bleibt sein Leben lang jung. Jugend ist nur ein Traum.

»Wahrscheinlich bist du erleichtert, wenn sie kommen, um uns mitzuteilen, daß er tot ist«, flüsterte er wütend.

Suzanne warf ihrer Schwägerin und ihren Schwestern, die sein Flüstern nicht gehört hatten, einen gequälten Blick zu. »Na gut, wenn es für dich so wichtig ist, gehe ich und versuche herauszufinden, was mit Ramzi ist.«

Angela gab sich keine Mühe, ihre Eifersucht zu verbergen. »Ich möchte nur wissen, was diese ewige Geheimnistuerei soll.«

»George hat Angst, daß er es wieder tut, wenn die Spannungen draußen zu groß werden.«

»Was?«

»Ich habe«, sagte George, »meine Genossen verraten.«

»Das ist alles?« fragte Angela und kräuselte erleichtert die Nase.

Die Kämpfe konzentrierten sich auf den Nordosten der Stadt. An anderen Stellen brannte die Straßenbeleuchtung, verkehrten die Busse, und die Teehäuser waren gut besucht. Georges und Angelas Gäste hatten keine Schwierigkeiten, rechtzeitig zur Party zu erscheinen. Ob Ramzi und Ali kommen würden? Rita sagte, sie wären zu sehr mit ihrem Krieg beschäftigt, und es sei idiotisch anzunehmen, daß sie auf einer Party auftauchen würden. George war so angespannt, daß er gar nichts sagte.

»Da sie bis jetzt noch nicht da sind«, sagte Amira, »sind sie wahrscheinlich heute morgen bei den Kämpfen in der Stadt umgekommen.«

»Ali wird Ramzis wegen nicht kommen wollen«, flüsterte Abed al-Ahad Suzanne ins Ohr.

Sie schaute ihn an, sagte aber nichts. Wenn ihr jemand gesagt hätte, Abed al-Ahad sei eifersüchtig, hätte sie das mit einem Lächeln quittiert. In Wahrheit war er nämlich nicht eifersüchtig, sondern schlicht und einfach weitsichtig, wie ihre Mutter. Ungeachtet der heftigen Kämpfe in Palästina wurden die Juden in Bagdad in Ruhe gelassen. Mehr noch, viele junge Juden galten bei denen, die gegen die Polizei kämpften, als Helden. Abed al-Ahad war sich ziemlich sicher, daß das nicht von Dauer sein würde. Der Haß der Besiegten würde dafür sorgen, daß sich die Verbrüderung ins Gegenteil verkehrte. Obwohl er eigentlich nichts gegen Juden hatte, begann er schon, sie zu hassen, weil er wußte, daß man sie in nicht allzu ferner Zukunft verfolgen würde. Abed al-Ahad war zwar von schlichtem Gemüt, besaß aber ein erstaunlich dehnbares Gewissen.

Sie kamen. Beim Anblick des bunten Schals um Alis Kopf unterdrückte Amira ein Lachen. Hastig begrüßte er die anderen Gäste und versteckte sich dann hinter Ramzi. Er lächelte heiter in sich hinein, als hätte er einen Witz gemacht, den nur er selbst verstand.

Dann strich er sich über seinen merkwürdigen Kopfschmuck, kam hinter Ramzis Rücken hervor und sagte: »George, verlang bloß nicht von mir, daß ich den Schal ablege.«

»Das tue ich nicht«, sagte George, der über ihre Anwesenheit außer sich vor Freude war.

»Nur ein Idiot würde heutzutage mit unbedecktem Kopf auf die Straße gehen, wenn er verwundet ist«, erklärte Ali laut.

»Hast du eine Schußwunde?« rief Amira.

»Glaub mir«, sagte er mit für ihn ungewöhnlicher Verlegenheit, »sie haben auf mich geschossen, aber nicht getroffen.«

»Aber du bist doch verwundet!« rief Amira.

»Ramzi, erklär's ihr.«

»Er hat mitgekämpft«, sagte Ramzi unkonzentriert, innerlich beschäftigt mit der Unsicherheit, die er Georges Mutter gegenüber empfand. »Aber er soll es dir selbst erzählen.«

»Die Wahrheit ist...«, begann Ali und verstummte.

Schließlich brach es aus ihm heraus: »Mußt du es denn unbedingt wissen?«

»Ja!« rief Amira.

»Ich wurde wie durch ein Wunder gerettet und lief nach Hause. Jeder Kämpfer erwartet, zu Hause herzlich empfangen zu werden. Nun, bei mir war das anders. Als ich nach Hause kam, stand meine Frau da und hielt eine dicke Überraschung für mich parat. Sie schlug mir einen Kupfertopf über den Schädel und empfahl mir, zurückzugehen und den Todesengel zu umarmen.« Lebhaft rief er dann: »George, ich habe seit gestern keinen Bissen mehr gegessen.«

»Freust du dich nicht für George?« wollte die Mutter von Ramzi wissen. Sie lächelte zaghaft.

»Natürlich freue ich mich, Umm-George«, sagte Ramzi erleichtert.

»Du hast ihn weder umarmt, noch geküßt.«

Er umarmte seinen Freund, brachte es aber nicht über sich, ihn zu küssen. Dann wanderte er durch den Raum, um die anderen Gäste zu begrüßen.

»Und wann heiratest du endlich?« fragte die Mutter mit nahezu überschwenglichem Wohlwollen.

»Dieser Mönch?« knurrte Ali.

Abed al-Ahad machte ein verkniffenes, starres Gesicht, während Suzanne unbekümmert lachte. Ramzi hatte sie noch nie so unbeschwert lachen gehört. Plötzlich stand sie auf und kam zu ihm herüber.

»Du mußt ein Glas auf die Hochzeit meines Bruders trinken«, sagte sie und sreifte mit der Hüfte seinen Arm. »Trink aus.«

»Danke«, krächzte er, seine Kehle war wie zugeschnürt.

»Was machst du, wenn alle Mädchen verheiratet sind, Mönch?«

»Dann ziehe ich mich in ein Kloster zurück.«

Sie drohte ihm schelmisch mit dem Finger. »Sie werden dich nicht nehmen! Bestimmt werden sie dich nicht nehmen! In einem Kloster ist kein Platz für einen, dessen Träume gestorben sind. Sind deine Träume tot, Ramzi?«

Er sah ihr in die Augen. »Nein, Suzanne, sie sind nicht tot, nur ein bißchen alt.«

»Suzanne!« rief Abed al-Ahad.

Sie beachtete ihn gar nicht. »Weißt du, daß wir uns den ganzen Tag Sorgen um dich gemacht haben? Wir wußten nicht, ob du tot oder lebendig bist.«

»Wie du siehst, lebe ich.«

»Bist du sicher?«

Obwohl er gern noch etwas getrunken hätte, stellte er sein Glas auf den Tisch, leckte sich die Lippen und sagte: »Ich glaube, ich bin betrunken.«

»Du bist nicht betrunken«, sagte sie provozierend. »Trink noch ein Glas.«

Er trank. Seine Füße schwebten in der Luft, Ameisen krochen ihm den Rücken hoch, das Lied aus dem Plattenspieler schaukelte weit weg auf den Wellen eines ruhigen Meeres.

Leise, fast flüsternd sagte Suzanne: »Traurige Menschen sollen sehr schnell betrunken werden.«

»Ich bin nicht traurig.«

»Wer macht denn da so einen Lärm in der Küche?« fragte Abed al-Ahad ungehalten.

»Der Lärm kommt nicht aus der Küche.« Die Mutter zitterte. »Er kommt von der Haustür.«

Rita gab Suzanne einen leichten Stoß in Ramzis Richtung und erhob sich. »Ich schau mal nach.«

»Nein!« rief Abed al-Ahad. Der hellerleuchtete Raum, das Essen und die Gespräche hatten ihn nicht vergessen lassen, daß draußen Gefahren lauerten. In den Straßen regierte die Gewalt. Er sah Suzanne ins Gesicht und sagte mit fester Stimme: »Ich gehe.«

Er hatte gehofft, sie werde ihn aufhalten, doch den Gefallen tat sie ihm nicht. Als er in den dunklen Flur trat, verließ ihn sein Mut. In einiger Entfernung von der Tür rief er:

»Wer ist denn da?«

Von draußen kam ein undeutliches Gemurmel. »Wer ist da?« rief er zögernd.

»Öffne bitte die Tür.«

»Aber wer bist du?«

»Ein Freund von George.«

Abed al-Ahad ging schnell in den überfüllten Raum zurück, froh, daß er nicht mehr beweisen mußte, wie stark und mutig er war. »George«, rief er, »da draußen ist jemand, der dich sprechen möchte.«

Verblüfft bemerkte er die Wirkung seiner Worte. Angelas Lippen zitterten, die Augen der Mutter wanderten von George, der wie angewurzelt auf seinem Platz saß, zu Ramzi, als sei es dessen Schuld, daß ein geheimnisvoller Fremder zu so später Stunde ihren Sohn sprechen wollte.

Als Ali Anstalten machte, sich zu erheben, schrie die Mutter: »Nein!« Sie fürchtete, Ramzi und er könnten sich davonmachen und ihren Sohn allein lassen.

Ali ließ sich auf seinen Stuhl zurückfallen, das Lächeln auf seinem Gesicht erlosch.

Wieder richtete die Mutter ihren Blick auf Ramzi, der das Gefühl hatte, im Nebel herumzutappen. Der Alkohol, Suzannes Nähe, das Kind in Suchams Schoß, die Kämpfe, die er heute erlebt hatte, die Kämpfe, die er morgen erleben würde, all das wirbelte in seinem Kopf durcheinander. Als Suzanne ihm eine Hand auf die Schulter legte, mißverstand er diese Geste, legte eine Hand auf ihre und streichelte sie.

Entsetzt hörte er Abed al-Ahad rufen: »Das geht zu weit!«

»Was ist los?« fragte er.

»Bist du übergeschnappt?« schrie Abed al-Ahad.

Mit der Geduld des Betrunkenen entgegnete Ramzi: »Du hättest die Tür öffnen sollen. Du solltest jemanden, der herein will, nicht draußen stehenlassen.«

»Warum gehst du nicht selbst?« zischte die Mutter. »Warum schaust du nicht nach, wer draußen ist?«

Suzanne machte keine Anstalten, ihre Hand von seiner Schulter zu nehmen. Als er sich erhob, rutschte sie an seinem Arm hinunter.

»Suzanne!« schrie die Mutter.

Suzanne zog ihre Hand zurück, und Ramzi ging hinaus in den Flur. Als er zurückkam, war Abed al-Asis bei ihm. Seine Wangen waren eingefallen und fiebrig rot. Er roch nach Kernseife. Seine Kleidung war tadellos. Die abgetretenen Schuhe glänzten, die Hose war gebügelt, und über seinem sauberen Hemd trug er eine verbliebene Krawatte.

Abed al-Asis trat an den Tisch, richtete seine Augen auf die Wand über Georges Kopf und deklamierte mit sonorer Stimme: »Deine Frauen sind dir gegeben wie ein Feld, das du zu bestellen hast. Bestelle es nach deinem Willen, aber tu zuerst diesen Frauen Gutes, und erfülle ihre Herzen mit Furcht vor Allah, vor den du eines Tages treten mußt. Hört die frohe Botschaft, ihr Gläubigen.«

Ramzi trat hinter Abed al-Asis, legte ihm die Hände auf die Schultern und fragte Ali: »Ich verstehe nicht, wie er den Weg hierher überleben konnte. Was sollen wir mit ihm machen?«

»Allah lenkt die Schritte der Gläubigen«, deklamierte der Kranke. »Er hat meinen Beinen Kraft verliehen, damit ich herkommen konnte, um dich, George, um Verzeihung zu bitten.

Du wirst die Engel sehen, die um den Thron des Königs versammelt sind und Gott, den Herrn, lobpreisen, der Gerechtigkeit walten läßt... Lasset uns Allah loben...«

Ali und Ramzi griffen Abed al-Asis unter die Achseln und führten ihn nach draußen in die Dunkelheit. Abed al-Asis' Worte folgten ihnen wie Steine: »Sag mir, wer deine Freunde sind, George, und ich sage dir, wer du bist.«

»Möge sich die Erde auftun und ihn verschlingen«, sagte Georges Mutter.

NEUNZEHN

Akram tauchte zum dritten Mal seine Hände in das schmutzige Wasser. Seine Schuhe machten in dem braunen Schlamm ein schmatzendes Geräusch. Etwas Aufgedunsenes, Häßliches, schwamm im aufgewühlten Wasser des Flusses vorbei, wurde von einem Strudel erfaßt und in die starke Strömung hinausgerissen. Er konnte nicht erkennen, ob es sich um eine menschliche Leiche oder einen Tierkadaver handelte. Er zog die Hände aus dem Wasser und trat einen Schritt zurück. Es gab keine Möglichkeit, sich zu verstecken. Hinter ihm war die Wand eines alten Gebäudes, vor ihm die zum Fluß abfallende Uferböschung. Die Gegend war absolut kahl. Seit Jahrhunderten trampelten nackte Füße über dieses Land und vernichteten jede Spur von Vegetation. Der Sack hinter ihm stand, für jedermann sichtbar, gegen die Mauer gelehnt, ein Magnet für neugierige Blicke. Akram, der die ganze Nacht kein Auge zugetan hatte, wollte sich eben seine vor Müdigkeit geschwollenen Lider reiben, als ihm einfiel, daß er seine Hände in das verseuchte Wasser getaucht hatte. Also fuhr er sich mit dem Ärmel seiner schmutzigen Jacke über die tränenden Augen und sagte laut zu sich selbst: »Akram, du sitzt in der Klemme.«

Ein kleines Boot kämpfte beherzt gegen die Strömung an. Mit aller Kraft ruderte ein Mann vom gegenüberliegenden Ufer auf Akram zu. Der einsame Ruderer mußte ungefähr einen halben Kilometer flußaufwärts losgerudert und von der Strömung mitgerissen worden sein, ohne auch nur die Mitte des Flusses erreicht zu haben. Akram befürchtete, er könne direkt neben ihm an Land gehen. Ach was, beruhigte er sich, er wird noch ein ganzes Stück weiterdriften, bevor er das Ufer erreicht. Er stand auf, stellte den Sack an die Wand und lehnte sich dagegen, um ihn zu verdecken. Der Sack war kostbar. Viele Menschen hatten ihr Leben riskiert, um seinen Inhalt zusammenzutragen. Obwohl das Metall mit Lumpen umwickelt war, hatte Akram das Gefühl, als brenne es auf seinem Rücken. Er durfte auf keinen Fall in Panik geraten oder etwas Unbedachtes tun. Wo war der Mann in seinem Boot? Er war verschwunden, als hätte ihm der Fluß das Boot unter den Füßen weggerissen und trüge es jetzt wie eine Trophäe auf dem Rücken seiner Wellen. Akram trat einen Schritt vor und schaute angestrengt auf das Wasser. Ein einzelnes Ruder ragte in die Luft, über den Rand des Bootes hing ein schwarzer Kopf. Der Mann war nicht von der Strömung fortgerissen, sondern erschossen worden! Vom Balkon des Muezzin bellte eine Maschinenpistole, das Geschrei der Massen schwoll an und übertönte das Rauschen des Flusses. Wieder sagte Akram laut zu sich selbst: »Du sitzt ganz schön in der Klemme!«

Die Verteidiger der Moschee und die Massen, die sich über die Brücke auf sie zu wälzten, waren ihm gleichermaßen verhaßt. Denn die Mörder, die von der Moschee herunter in die Menge feuerten, wie auch ihre Opfer auf der Brücke würden ihn in Stücke reißen, wenn sie wüßten, was in dem Sack steckte. Sollen sie sich doch gegenseitig massakrieren, dachte Akram. Er wandte den Kopf ab und erstarrte, jedoch nicht wegen der ratternden Panzer und klappernden Pferdehufe, die ihm den Weg versperrten. Vielleicht war Ramzi irgendwo in der rasenden Menge. Vielleicht war der Kopf, der über den Rand des Bootes hing, Ramzis Kopf. Idiot, Esel, Dummkopf, fluchte er ohnmächtig. Er dachte daran, daß Ramzi jünger war als er. Ein Kind, ein dummes, kleines Kind. Vielleicht war sein Kopf bereits an einem Brückengeländer zerquetscht worden, und seine toten Augen sahen starr in die aufgehende Sonne. Hier ist dein Platz, dachte Akram, hier, an meiner Seite, Schwarzgesicht, um die Gewehre zu schützen, die jüdisches Leben retten sollen. Wie kommt ein Jude dazu, über eine Moslembrücke auf eine Moschee zuzustürmen, aus der Gewehre auf Moslems feuern und ihnen die Eingeweide herausreißen? Das ist nicht dein Krieg, Schwarzgesicht.

Was hätte Ramzi mit dem Sack gemacht? Wahrscheinlich hätte er einen Revolver geladen und eingesteckt, den Sack geschultert und wäre losmarschiert.

Phantastisch. In einem Film würde sich so etwas sicher gut machen, aber das Schwarzgesicht benahm sich nie wie ein Filmstar, außer in seinen idiotischen Liebesaffären. Da schaffte er es immer wieder, ein Durcheinander anzurichten, das eines romantischen Liebesfilms würdig war. Er spielte nie den Löwen. Meistens verhielt er sich wie eine Maus, gelegentlich auch wie ein Adler, der langsam am Himmel kreist, um dann plötzlich auf seine Beute herabzustoßen, eine Maus, die durch die Dunkelheit huscht und mit ihr verschmilzt. Ramzi, dieser Rabe, war eine Adler-Maus.

Akrams Miene hellte sich auf. Raben verstecken wertvolle Dinge! Er konnte den Sack verstecken! Hier, direkt neben der Mauer.

Er hockte sich hin und begann, mit beiden Händen ein Loch zu graben, bis ihm der Schweiß in Strömen am Körper hinunterlief. Er zog seine Jacke aus und spürte, wie ihm die Sonne in den Nacken stach. Dann zerrte er den Sack in das Loch, bedeckte ihn mit Erde und trat sie fest. Es sah aus, als tanze er. Als er aufschaute, fiel sein Blick auf einen Mann mittleren Alters, der ihn erstaunt anstarrte. Er trug einen grauen Bart, aus Ohren und Nase ragten ihm Büschel grauer Haare. Der Mann stand da und lauschte auf das Geschrei der Massen auf der Brücke und das Bellen der Maschinenpistolen vom Minarett. Dann schnalzte er mit der Zunge und sagte: »Ungläubige! Einst haben sie das Grab des Propheten, gelobt sei er, zerstört und den heiligen Stein aus der Kaaba gestohlen.«

Vor den überraschten Augen Akrams begann er, seine Kleider abzulegen. Akram hatte schon oft Männer gesehen, die zum Fluß hinuntergingen, um sich zu waschen, aber das war im Sommer gewesen, nicht im Frühling, und schon gar nicht, wenn der Fluß Hochwasser führte, und ganz bestimmt nicht, wenn die Moschee Tod und Verderben über die Massen auf der Brücke brachte. Der Mann war jetzt fast nackt, und ließ sich von der Sonne wärmen, dann wandte er sich Akram zu und sagte mit einer Stimme, die keinen Widerspruch duldete: »Es gibt nichts Besseres für einen sauberen Körper und eine lautere Seele als ein morgendliches Bad im Tigris.«

Akram nickte und vermied es, auf den Unterleib des Mannes zu schauen. Der Mann streckte einen Fuß aus, um die Wassertemperatur zu prüfen, dann glitt er in den Fluß. Er schnaubte wie ein Wasserbüffel. Einen Augenblick lang schwamm er kraftvoll gegen die Strömung an, dann unterwarf er sich dem Willen des Flusses und ließ sich genießerisch ein paar Meter treiben. Schließlich kletterte er aus dem Wasser, schüttelte sich wie ein Hund, strich die grauen Haare aus dem Gesicht und kam dahin zurück, wo er in den Fluß gestiegen war. Er setzte sich, stützte das Kinn in die Hand und betrachtete nachdenklich das Wasser. Ohne dem Rattern der Maschinenpistolen Beachtung zu schenken, sah er liebevoll lächelnd auf den Fluß, als sei dieser ein Wesen voll spielerischer Übermuts. Dann hob er seine Kleider auf, legte sie ein paar Schritte vom Fluß entfernt wieder auf den Boden, nahm ein Stück Seife und trat zurück ans Wasser.

Auch Akram achtete jetzt nicht mehr auf das Bellen der Maschinenpistolen, die Schreie der Massen und das Dröhnen der Panzer. Vor seinen Augen schwoll der Fluß an. Immer weiter schob sich das Wasser die Uferböschung hinauf. Schon bald würde es die Mauer des alten Gebäudes erreichen und den Sack tief unter sich verbergen.

Der Mann sah Akram nachdenklich an, dann wies er zur Brücke, wo die Massen mit der Polizei und gegeneinander kämpften. »Bist du einer von denen?« fragte er.

»Nein.«

Voller Abscheu deutete der Mann mit dem Finger auf die Moschee: »Dann gehörst du zu denen?«

»Nein.«

In der Sonne schillerten die Seifenblasen auf dem Körper des Mannes in allen Farben des Regenbogens. Er tauchte unter und wieder auf. Die Seifenblasen verschwanden und ließen das weiße, krause Haar auf seiner Brust sehen. »Was machst du denn hier?« wollte er wissen.

Akram erhob sich und betrachtete den Mann, der bis zur Hüfte im Wasser stand. Akram hatte seit Jahren nicht mehr gekämpft. Der Mann war über Fünfzig, dünn, aber stark und muskulös, ein guter Schwimmer, den der reißende Fluß nicht schrecken konnte. Unter Akrams Füßen lag ein wertvoller Sack. Und noch etwas anderes, das nur ihm gehörte. Er hatte argumentiert, daß es jetzt an der Zeit sei, die Waffen aus dem Versteck zu holen und an die Menschen zu verteilen, die sich seit Jahren auf ihren Einsatz vorbereitet hatten. In dieser Nacht hatten sie es getan. Er wußte nicht, was mit den anderen geschehen war, aber sein Fahrer und er hatten fluchend in einem Wagen gesessen, dessen Motor trotz aller Bemühungen seinen Dienst versagte. Sie waren ausgestiegen und hatten alles Menschenmögliche versucht, vergebens. Als sie die Köpfe hoben, sahen sie den heraufdämmernden Morgen, und auf den Straßen herrschte die Gewalt. Kugeln pfiffen durch die Luft. Der Fahrer verlor die Nerven und rannte um sein Leben, während Akram den Sack ergriff und zum Fluß hinunterhastete.

Jetzt stand der Fremde da und starrte Akram an. Akram durfte auf keinen Fall weggehen, denn der Mann würde, kaum war er verschwunden, die Erde aufbuddeln und den Sack finden. Sein Kinn zitterte, nicht vor Angst, sondern weil ihn der Gedanke, einen Menschen töten zu müssen, mit Schrecken erfüllte. Sechs Jahre war es jetzt her, seit er sich dem Untergrund angeschlossen hatte. Er hatte gelernt, wie man schießt und tötet. Aber nur in der Theorie. War es nicht undenkbar, zum Fluß hinunterzugehen und einen Menschen zu erwürgen? Einen Menschen! Fleisch und Blut, feuchtes Haar, das in der Sonne glitzerte, braune, klare Augen. Akram ballte die Fäuste und ging langsam zum Flußufer.

Der Mann schaute ihn an, die Hand, die die Seife hielt, erstarrte. »Hast du Angst?« fragte er.

»Was?« Vor Erleichterung blieb Akram der Mund offen stehen.

»Du brauchst keine Angst zu haben, mein Sohn«, beruhigte ihn der Mann. »Sie kommen nicht hierher. Sie sind zwar Mörder, können aber nicht aus der Moschee heraus. Allah ist nicht aus Stein. In einer Minute wird eine Feuersäule vom Himmel kommen und sie vernichten. Du wirst sehen.«

Plötzlich wandte sich der Mann zum Fluß und stieß einen Schrei aus. Etwas Schwarzes schwamm direkt auf ihn zu und hätte ihn fast gerammt. Es war eine *Koufa,* ein rundes Boot aus teergetränkten Schilfrohren, das für den Transport von Getreidesäcken verwendet wurde. Der Mann fiel rückwärts um, der Kiel des Bootes glitt über seine Beine. Er stolperte aus dem Wasser und schirmte seine Augen mit den Händen ab.

»Das Boot ist randvoll«, sagte er. »Mein Sohn, das Boot ist ein Vermögen wert.«

Er sprang in den Fluß zurück und schwamm mit kräftigen Stößen. Als er das Boot erreicht hatte, zog er sich hoch. Gerade wollte er einen Fuß auf einen der Getreidesäcke setzen, als er sich plötzlich mit einem Entsetzensschrei ins Wasser zurückfallen ließ, als sei er auf glühende Kohlen getreten. Heftig atmend kämpfte er gegen die Strömung an, dann zog er sich auf die Uferböschung hoch. Als er sich erhob, sah Akram, daß seine Knie zitterten.

Der Mann beugte sich über seine Kleider und ergriff seine Unterhose. Sie glitt ihm aus der Hand, er setzte sich nackt in den Schlamm, vergrub sein Gesicht in den Händen und flüsterte: »Es waren drei. Im Namen Allahs, des Barmherzigen, des Mitfühlenden! So werden deine Diener in die Hölle befördert . . .«

Zu Akram gewandt sagte er: »Arme Teufel! Woher sollten sie auch wissen, daß die Kräfte der Dunkelheit für die Stadt ein Ausgehverbot erlassen haben? Sie wurden aus großer Entfernung erschossen und haben gar nicht gewußt, wovon sie da getroffen wurden. Komm, mein Sohn, machen wir, daß wir hier wegkommen.« Er begann, sich anzuziehen.

»Ich bleibe hier«, sagte Akram. »Auf der Straße ist es lebensgefährlich.«

»Bist du zu dumm oder willst du nicht verstehen? Das Wasser steigt. Es wird bald die Mauer hinter dir erreicht haben. Komm schon.«

»Ich habe gesagt, ich bleibe.«

»Was ist los mit dir?« fragte der Mann und ging langsam auf Akram zu. »Hast du deinen Vater hier begraben, oder was? Du kannst doch nicht stehenbleiben, bis dir das Wasser an den Beinen hochkriecht. Komm jetzt.«

»Was geht dich das an?« Schon mußte Akram einen Schritt zurücktreten, weil das schlammige Wasser mehr als einen halben Meter nähergekommen war. Schmutzigweiße Blasen stiegen aus dem Schlamm auf.

»Du brauchst dich nicht zu schämen, mein Sohn«, sagte der Mann aufmunternd. »Du hast Angst. An einem solchen Tag hat jeder vernünftige Mensch Angst. Wenn götzendienerische Wilde von der Moschee herunter Kinder und Frauen hinschlachten, weinen selbst die Engel. Gib mir deine Hand, mein Sohn, ich werde dich führen.«

Das schlammige Wasser stieg unaufhaltsam.

»Ich gehe meiner Wege, und du gehst deiner Wege«, schrie Akram verzweifelt.

»Du bist Jude!« rief der Mann.

In seiner Verzweiflung hatte Akram sich durch seinen jüdischen Dialekt verraten. Leugnen war sinnlos. »Ja«, sagte er, »ich bin Jude.«

»Jetzt wird mir alles klar«, rief der Mann aus. »Natürlich, jetzt verstehe ich.«

Akram trat einen Schritt zurück. Sein Fuß sank in den seichten Boden ein. Er straffte seine Schultern, um sich für den bevorstehenden Kampf zu wappnen.

»Was verstehst du?«

»Du hättest es mir ruhig sagen können«, sagte der Mann lächelnd. In seiner Stimme lag keinerlei Feindseligkeit. »Ich habe schon öfter Katzen gesehen, die auf einem Baum saßen und Angst hatten, herunterzukommen. Ein Jude, der zwischen einem steigenden Fluß und den Kugeln der Mörder gefangen ist. Du stehst unter meinem Schutz, mein Sohn. Ich werde dich unter meiner *Abaya* verstecken. Du kannst mir vertrauen, wirklich, dir geschieht nichts.«

Akram betrachtete die Wand und prägte sich bestimmte Einzelheiten ein. Er würde zurückkommen, heute noch würde er zurückkommen und den Sack holen. Die Gewehre waren gut geölt, der Sack wasserdicht. Aber der Knoten... Er konnte sich nicht erinnern, ob er den Knoten richtig festgezogen hatte.

Der Mann zog ihn die Böschung hinauf.

Sie standen in einer kleinen Gasse vor einem mit Rollläden verschlossenen Geschäft. Der Mann hielt immer noch Akrams Hand. Akram fror. Was, wenn er getötet wurde, bevor er den Sack in Sicherheit bringen konnte? Von der Moschee wurde immer noch geschossen, und die Straßen hallten wider vom Geschrei der Massen und dem Dröhnen der Panzer. Er beschloß, möglichst vielen Menschen von dem Sack zu erzählen, auch wenn das seinen Anweisungen widersprach. Vielleicht konnte einer von ihnen den Sack bergen.

»Gibt es wirklich eine ›Sperrstunde‹?« fragte er den Mann und blieb wie angewurzelt stehen.

»Du mußt vor Angst den Verstand verloren haben, Jude. Ob es eine Sperrstunde gibt? Natürlich gibt es eine. Sie wurde gestern erlassen und gilt immer noch. Hast du etwa Angst vor dem Wort ›Sperrstunde‹? Du siehst doch selbst, daß die Massen darauf spucken und gegen die Türen derer schlagen, die das Ausgehverbot erlassen haben. Schau mal da drüben, die zweite Brücke, sie ist offen, Autos können passieren, ohne angehalten zu werden. Aber die Menschen benutzen sie nicht, nein, sie müssen partout über die Brücke fahren, die von Maschinenpistolen beschossen wird. Komm weiter, oder vertraust du mir nicht mehr?«

Akram wollte ihn loswerden und sagte: »Wenn du's genau wissen willst: Nein, ich traue dir nicht. Woher soll ich wissen, wohin du mich führst?«

»Ihr Juden seid so verdammt mißtrauisch!« Der beleidigte Mann verlor die Geduld. »Dann geh doch und laß dich vom Teufel holen! Ich versuche ihn zu beschützen, und er hält mich für einen Halsabschneider!«

Akram ließ ihn wortlos stehen.

Durch die Straße, in die Akram einbog, wälzte sich eine dunkelhäutige Menschenmenge, die ihn an den Fluß erinnerte, den er gerade verlassen hatte. Dort strömten die braunen Fluten von Norden nach Süden, hier die schwitzenden Menschen von Süden nach Norden, auf die Moschee zu, die Tod und Verderben auf die Brücke spie. Die beiden gegnerischen Parteien, die auf der Straße und die auf der Brücke, strebten aufeinander zu, ohne es zu wollen, viele Menschen wußten nicht einmal von der Existenz des anderen Lagers. Als Akram aus der Gasse trat, wurde er plötzlich von den Füßen gerissen und von der Masse mitgeschleppt. Wütend trat und schlug er um sich, um dem menschlichen Strudel zu entkommen und ins jüdische Viertel zu gelangen. Niemand nahm Notiz von ihm, denn es gab keine Menschen mehr, nur noch einen aufgewühlten Mob. Die Schreie verschmolzen zu einem Gebrüll, in dem einzelne Stimmen nicht mehr auszumachen waren, nicht einmal die in seiner unmittelbaren Nähe. Akram sah nichts als schreiende Männer, die Eisenstangen, Äxte und Stuhlbeine in den Händen hielten.

Als er einsah, daß er nichts tun konnte, ergab er sich schließlich in sein Schicksal. Vage erinnerte er sich an den Sack, der unter der steigenden Flut vergraben lag, und er versuchte, seine Gedanken von dem Mob abzulenken, der ihn fortschwemmte wie einen Strohhalm. Sie kamen an Geschäften vorbei, die mit den herrlichsten Dingen vollgestopft waren. Die primitiven Waffen in den Händen der Männer hätten ohne weiteres zum Plündern und Stehlen benutzt werden können. Ganz gewiß waren bitterarme Menschen unter ihnen. Und selbst in friedlicheren Zeiten herrschte in den Straßen Bagdads kein Mangel an Kriminellen und Antisemiten. Trotzdem blieben die jüdischen Geschäfte unbehelligt, und das, obwohl in Erez Israel zwischen Arabern und Juden Kämpfe tobten. Das gibt es doch gar nicht, dachte Akram und war fast erleichtert, als er direkt vor sich die eingeschlagene Tür eines jüdischen Uhrmachers sah. Angesichts der brutalen Schlägertypen, die mit Eisenstangen in den Händen in der offenen Tür des Geschäfts standen, war er sicher, daß das Geschäft ausgeplündert worden war. Doch die Männer standen mit dem Rücken zum Geschäft, ihre drohenden Gesichter dem vorbeiströmenden Mob zugewandt.

»Du Tier!« Jemand packte von hinten Akrams Kragen. »Du Tier! Was machst du hier?«

Die Ereignisse der Nacht und des Morgens hatten Akrams Nerven zum Zerreißen gespannt. Aufgebracht fuhr er herum, um dem unverschämten Fremden den Kiefer zu zerschmettern – und sah sich zu seiner Bestürzung Ramzi gegenüber, einem Ramzi, den er so noch nie gesehen hatte. Seine Kleider waren verschwitzt, seine Augen blickten irre, sein Gesicht war verzerrt, seine Brust hob und senkte sich stoßweise. Es war ein haßerfüllter, abstoßender Ramzi, ein Ramzi, der Akram vor seiner Absicht, einem vermeintlich Fremden die Faust ins Gesicht zu rammen, nicht zurückschrecken ließ. In diesem Augenblick hätte er Ramzi sogar für die steigenden Fluten des Flusses verantwortlich gemacht. Doch ehe er zuschlagen konnte, packten ihn viele Hände am Arm, und bevor er wußte, wie ihm geschah, lag er auf der Straße und wurde von drei bulligen Typen festgehalten.

Einer von ihnen fragte: »Sollen wir ihn fertigmachen, Genosse Ramzi?«

»Er ist mein Bruder!« brüllte Ramzi.

Dieselben Hände, die ihn auf die Straße geschleudert hatten, halfen Akram jetzt auf die Beine, klopften den Straßenstaub aus seinen Kleidern und wischten ihm den Schweiß vom Gesicht.

Angewidert wehrte Akram die fremden Hände ab. »Schöne Freunde hast du, Schwarzgesicht!«

Niemand hörte ihn. Ramzi packte ihn wieder beim Kragen und schob ihn vor sich her. Akram kam es wie ein Wunder vor, daß sich die rasende Menge vor ihnen teilte, bis er die Leibwächter sah, die seinen Bruder wie ein stählerner Ring umgaben. Ramzi stieß Akram in Richtung Bürgersteig, und Akram ließ es mit sich geschehen. Plötzlich fühlte er sich schwach und ausgebrannt. Daß er den Befehlen seines jüngeren Bruders gehorchte, wurde ihm gar nicht bewußt. Die

Leibwächter, von denen sie umringt waren, hatten ihre Arme ineinander gehakt. Die Gesichter der Brüder berührten sich fast.

»Was machst du hier?« wollte Ramzi wissen. »Diese Angelegenheit geht dich überhaupt nichts an.«

Akram erholte sich soweit, daß er sagen konnte: »Ich scheiße auf dich und deine Angelegenheiten!«

»Was soll ich jetzt mit dir machen?« fragte Ramzi.

»Du machst überhaupt nichts mit mir«, sagte Akram und schüttelte Ramzis Hände ab.

»Ich muß hier weg«, sagte Ramzi.

»Dann geh doch«, schrie Akram, »geh zur Hölle, du Esel. Geh und stirb für deine Moslems.«

»Geh nach Hause, Akram.«

»Halt den Mund! Behandle mich nur nicht wie ein besorgter Vater. Nimm deine Hände weg. Du erteilst hier Befehle... Was werden sie sagen, deine Mörder, wenn sie erfahren, daß ein Jude Moslems dazu anstiftet, moslemische Polizisten in einer Moschee zu töten?«

Wütend zog Ramzi einen der Leibwächter zu sich heran. »Abed al-Wahab, dieser Mann glaubt nicht, daß ich Jude bin.«

Abed al-Wahab lächelte und zwirbelte seinen Schnurrbart. »Er ist Jude, stimmt schon. Der jüdische Sohn eines jüdischen Vaters.« Plötzlich verschwand sein Lächeln. Er packte Akram an der Jacke und fragte: »Und wer bist du?«

Akram schlug mit aller Kraft auf die Hand, die ihn festhielt. Der Schlag ließ den Leibwächter unbeeindruckt. Er wandte sich an Ramzi, als erwarte er weitere Befehle. Erst als Ramzi seine Hand berührte, ließ er Akram los und reihte sich wieder in den Schutzring ein.

Akram schüttelte den Kopf und sagte: »Bravo! Es ist dir wirklich gelungen, ein paar Katzen so zu zähmen, daß keine Mäuse mehr fressen. Was glaubst du, wie lange sie ihre Abstinenz durchhalten?«

Jemand durchbrach den Ring und kam auf Ramzi zu, atemlos, als hätte er einen langen Lauf hinter sich. Aufgeregt schrie er: »Genosse! Genosse! Die Armee weigert sich, die Regierung zu schützen. Die Minister fliehen aus Bagdad...« Er stockte. »Was ist, Genosse«, fragte er erstaunt, »freust du dich nicht?«

»Phantastisch«, sagte Ramzi auffallend lahm und schob seinen Arm unter den Arm seines Bruders. »Das ist eine phantastische Nachricht.«

Akram war alles andere als sicher, daß er sich wirklich freute. Ramzi schob Akram auf den Bürgersteig, immer noch umgeben vom Ring der Leibwächter.

Neugierig fragte Akram: »Was ist los, Schwarzgesicht?«

»Die Macht ist in unsere Hände gefallen, und keiner weiß, was er damit anfangen soll.« Dann fuhr er fort: »Aber es werden ein paar gute Monate kommen. Wir werden unsere Kräfte sammeln können, und beim nächsten Mal...«

Wäre da nicht der Sack gewesen, der unter dem Wasser vergraben lag, Akram hätte gebrüllt vor Lachen.

ZWANZIG

Der Frühling war vorbei, brütende Hitze erfüllte jetzt den Hof vor dem Pferdestall. Namir legte eine Planke über die Pfütze, stellte sich breitbeinig vor den Wasserhahn, um seine Schuhe nicht zu bespritzen, und trank gierig. Er zog ein sauberes Taschentuch aus der Hosentasche und wischte sich über den Mund. Als er über dem Dach ein Flügelschlagen hörte, schaute er kurz auf um dann minutenlang den Vogel zu verfluchen. Denn durch die plötzliche Bewegung hatte er das Gleichgewicht verloren und war von der Planke abgerutscht. Nun stand er mit seinen schwarzen Schuhen knöcheltief im grauen Schlick. Er trat wieder auf die Planke, zog Schuhe und Strümpfe aus und fing an, sie zu reinigen. Schweren Herzens hielt er sein makellos sauberes Taschentuch in den Wasserstrahl und machte sich ans Säubern seiner Hosenaufschläge. Dann sprang er, immer noch barfuß, auf den trockenen Boden, setzte sich auf einen Stuhl und kratzte mit einem Streichholz den Schlamm von den Rändern seiner Schuhsohlen, bis sie seiner Vorstellung von Reinlichkeit entsprachen.

Als die Hitze stärker wurde, stand er auf und trat in die kühle Dämmerung der fensterlosen Hütte. Abed al-Asis lag auf seiner Matte, seine Reglosigkeit ließ nur einen Schluß zu.

»Wenigstens hast du aufgehört zu husten«, sagte Namir.

Abed al-Asis öffnete weder den Mund, noch lächelte er. Namir beugte sich mit zusammengekniffenen Augen, die Stirn in tiefe Falten gelegt, nachdenklich über ihn. Er wandte sich Abed al-Asis' Kleiderhaufen und danach zwei morschen Körben zu und unterzog alles einer gründlichen Prüfung.

Bewundernd rief er Abed al-Asis zu: »Mann! Auf dich kann man sich verlassen! Ich wußte, daß du es tun würdest. Du hast alles vernichtet.«

Reglos nahm Abed al-Asis das Kompliment entgegen. Namir bedauerte, daß der Freund seine anerkennenden Worte nicht mehr hören konnte. Eine merkwürdige Ausbuchtung in der Matte erregte seine Aufmerksamkeit. Er bückte sich und zog ein abgegriffenes Buch hervor. Er trat zur Tür, um mehr Licht zu haben, dann sagte er vorwurfsvoll: »Mann, das ist ja ein Koran! Versuchst du, die Leute hinters Licht zu führen, oder hast du deinen Glauben verloren?«

Tiefes Schweigen. Namir hielt das heilige Buch mit spitzen Fingern hoch, dann versteckte er es in dem Kleiderhaufen. Er zündete sich eine Zigarette an und sagte mit erhobenem Zeigefinger in Richtung Matte: »Ich habe Hunderte von Leuten eingeladen, und sie kommen alle, selbst verwundete Genossen, die von ihren Verletzungen noch nicht genesen sind. Sie kommen, weil sie dich geschätzt haben und dir durch ihre Anwesenheit Respekt erweisen wollen. Und du versteckst so etwas unter deiner Matte.«

Der Tote gab keine Antwort.

Namir fuchtelte mit seiner Zigarette in der Dämmerung herum und begann, gemessenen Schrittes um die Matte herumzuwandern. »Selbst jetzt bestehst du noch darauf, dich an die Rockzipfel Allahs zu klammern! Angenommen, es gibt ihn wirklich. Nur mal angenommen! Was schuldest du ihm? Was schuldet ihm die Welt? Hätte ein Herrscher aus Fleisch und Blut eine solche Katastrophe angerichtet, er wäre schon auf dem Marktplatz gesteinigt worden. In Wirklichkeit aber ist Allah weder gesteinigt noch erdrosselt worden. Die Erinnerung an ihn ist nur aus einem einzigen, einfachen Grund nicht schon vor Generationen aus den Köpfen der Menschen getilgt worden: Er existiert nicht. Darum konnte auch sein Leichnam nie zur Schau gestellt werden.«

»Mutter!«

Namir wandte den Kopf. Er brauchte eine Weile, um aus der Höhe seines Gedankenfluges auf die Erde zurückzufinden und zu erkennen, daß die schwarze Gestalt in der Tür Farhiyah war. Sofort rief er sich zur Ordnung und berichtigte: »Ich bin sein Bruder, du Hure.«

Da Farhiyah spürte, daß sie Namirs Verwirrung mehr zu fürchten hatte als körperliche Gewalt, sagte sie mit fester Stimme: »Ich habe die schlimme Nachricht heute morgen erhalten.«

»Massud, dein Liebhaber, hat es dir erzählt«, erwiderte Namir barsch.

»Du mußt es ja wissen«, gab sie zurück und zuckte mit den Schultern. Sie überwand ihre Furcht und trat in die Hütte. Die Glöckchen an ihren Knöcheln klingelten. Sie zog ihre *Abaya* aus und ließ sie am Fußende der Matte fallen, kniete sich hin, nahm ihre perlenbesetzte Kopfbedeckung ab und legte sie neben die *Abaya.* Sie sah Namir an, überlegte kurz, hob, nachdem sie eine Entscheidung getroffen hatte, die Hände und riß sich mit einer einzigen Bewegung das Kleid auf. Ihre braunen Brüste glänzten im dämmrigen Licht der Hütte. Dann schlug sie auf ihre nackten Brüste ein, raufte sich die Haare und heulte wie ein Schakal.

»Das reicht!« herrschte Namir sie an.

»Was reicht?« rief sie überrascht.

»Abed al-Asis war ein tapferer Kämpfer, er kann auf das Gekreische einer Hure verzichten.«

»Und wenn ich eine Hure bin«, sagte sie mit blitzenden Augen. »Haben Huren etwa keine Tränen?«

»Ich sage es noch mal: Abed al-Asis, mein teurer Freund, braucht keine falschen Tränen.«

»Meine Augen«, sagte sie sanft, »weinen Tränen, die aus dem Herzen kommen.«

Wie um jeden Zweifel aus seinem Herzen zu tilgen, begann sie erneut, sich ihre Haare zu raufen und mit den Fäusten auf ihre Brüste zu hämmern.

»Mach, daß du rauskommst«, fuhr Namir sie an.

»Warum, mein Herz?«

»Du ... du entweihst durch deine Gegenwart sein geheiligtes Andenken.«

»Willst du damit sagen, daß Abed al-Asis, würde er jetzt die Augen öffnen, nicht froh wäre, daß Farhiyah um ihn trauert?«

»Nach allem, was du ihm angetan hast?«

»Was ich ihm angetan habe?« zischte sie, hatte sich aber sofort wieder in der Gewalt. »Es war die Auszehrung, Vetter, die Armut. Wir waren beide hungrig. Allah hat seine Augen geschlossen und uns nicht beachtet. Während aus seinem Mund Blut floß, strömten aus meinen Augen Tränen. Viele Nächte haben wir zusammengesessen, haben unser Blut und unsere Tränen miteinander vermischt und sind hungrig zu Bett gegangen.« Farhiyah stemmte sich mit den Händen hoch und stand auf. Ihre Brüste wippten vor seinen Augen, die Glöckchen klingelten leise. Eine Art Stolz, den er an den Frauen dieses Viertels nie bemerkt hatte, blitzte in ihren Augen. »Zumindest ist er nicht verhungert. Ja, es stimmt, ich war bei Massud. Aber Abed al-Asis ist nicht Hungers gestorben.«

Die Schande, die sie zu seinen Lebzeiten über Abed al-Asis gebracht hatte, war schlimm genug. Mußte sie jetzt auch noch durch ihre Gegenwart seinen hilflosen Körper beschmutzen? Abed al-Asis war tot, hatte aufgehört, sich auf seinem Leidensweg Stück für Stück die Lunge herauszuhusten. Statt die Schande, die Farhiyah über ihn gebracht hatte, schweigend zu ertragen, hätte er ein Messer tief zwischen ihre braunen Brüste stoßen sollen, hätte er ihr Herz und die Glöckchen an ihren Füßen für immer zum Schweigen bringen sollen. Aber er hatte es nicht getan. Er hatte nichts in seinem Leben wirklich zu Ende gebracht, sondern alles nur zur Hälfte: Er war ein halber Brotverdiener, Kommunist, Moslem, Denunziant und ein halber Mann. Wie entstanden solche Kreaturen? Namir mußte seinem Freund einen letzten Dienst erweisen, mußte seinen toten Körper von ihrer Anwesenheit befreien, mußte Farhiyah mit einem Knüppel aus dem Stall jagen.

»Verschwinde!« flüsterte er rauh. »Auf der Stelle!«

»Warum?« fragte sie.

»Das werde ich dir zeigen!« Er sah sich um. Sein Blick fiel auf einen Lederriemen, hastig ergriff er ihn. Schon beim ersten Schlag zerfiel das ausgetrocknete, verrottete Leder zwischen seinen Fingern. Erneut baute er sich drohend vor ihr auf. Der Verdacht, daß sie ihn lächerlich finden könnte, verstärkte seine Wut. »Ich habe dir gesagt, du sollst verschwinden. Du beschmutzt diesen Ort durch deine Gegenwart, du beschmutzt den Körper eines toten Mannes.«

Sie wischte sich mit dem Ärmel die Tränen aus dem Gesicht und sagte: »Ich beschmutze ihn? Ich habe ihn soeben mit meinen eigenen Händen gewaschen. Wie ein Baby habe ich ihn mit klarem Wasser gesäubert.«

»Du hast ihn berührt?«

»Ja, Licht meiner Augen.«

»Schade, daß ich nicht sein Bruder bin.«

»Er hat dich geliebt wie einen Bruder.«

»Vor Gericht zählt eine solche Liebe nicht. Wäre ich sein Bruder, ich hätte dich getötet und wäre für fünf Jahre ins Gefängnis gegangen.«

»Töten, töten«, sagte sie. In ihrer Stimme lag ein nachdenklicher Klang. Sie hegte keinen Groll gegen Namir, denn sie wußte, daß sich eines Tages jemand finden würde, der ihn tötete. Sie schaute ihn an und sagte: »Du platzt vor Gesundheit und redest ständig vom Tod und vom Töten. Abed al-Asis lag im Sterben und hat nie vom Tod gesprochen.«

»Weil er... weil er kein richtiger Mann war.«

»Jetzt kannst du so etwas sagen, er kann dich ja nicht mehr hören. Als er noch lebte, hat er alles für dich getan. Du hast dich einen Dreck um seine Krankheit gekümmert, hast ihn losgeschickt, um irgendeinen armen Teufel zu töten.«

»Hat er mit dir darüber gesprochen?«

»Ja, das hat er«, sagte sie. »Hier, nimm das.« Sie hielt ihm ein sauberes, sorgfältig gefaltetes Taschentuch hin.

»Was ist das?«

»Hundert Dinar. Ich habe sie für sein Begräbnis gespart. Ich möchte, daß er seinen letzten Weg geht wie ein König. Gib das den Klagemännern, die an der Spitze der Prozession gehen, sorg dafür, daß man ihre Stimmen hört. Ich möchte, daß die ganze Nachbarschaft sieht, daß Abed al-Asis die Welt wie ein König verläßt.«

»Du Hure! Deinetwegen ist er wie ein Schatten durch die Straßen geschlichen. Und jetzt möchtest du, daß er wie ein König zu Grabe getragen wird? Warum hast du nicht vorher daran gedacht?«

»Eine hungrige Frau mit einem todkranken Mann denkt nicht viel, Licht meiner Augen.«

»Ich weiß nicht, wovon du sprichst.«

»O doch, das weißt du sehr wohl. Schließlich bin nicht ich in ein Haus eingebrochen, in dem ich nichts zu suchen habe. Abed al-Asis war mein Mann, und er ist tot. Laß mich allein!« Sie brach in Tränen aus.

»Es wird eine Menge bedeutender Menschen kommen. Ich möchte nicht, daß sie dich hier sehen«, sagte Namir.

»Sie werden mich hier nicht sehen. Und jetzt geh!«

Im Teehaus fand Namir die üblichen Gäste vor, für die selbst ein Tod wie der von Abed al-Asis ein willkommener Anlaß war, sich der Knochenarbeit zu entziehen, zu der die meisten hier im Viertel verdammt waren. Die Mehrheit der Männer, die morgens im Teehaus saßen, taten ihre Arbeit in den dunklen Stunden der Nacht. Der Tod hat manchmal die Eigenschaft, Spannungen zu lösen, und so hockten sie heute morgen zusammen, um über eine ungewöhnliche Frage zu debattieren, statt wie üblich Backgammon oder Domino zu spielen.

Als Namir sich mit feierlicher und geheimnisvoller Miene auf einen Stuhl fallen ließ und darauf wartete, daß Mamduch den Tisch abwischte, bevor er das rote Buch darauf legte, strich sich Jawdat über seinen Schnauzbart, zwirbelte die Enden zwischen den Fingern und sagte: »Woher bekommt ein Mann die Schwindsucht, Namir? Du bist ein belesener Mann und schreibst viel, du mußt doch die Antwort kennen.«

»Ja«, drängelte Burchan, »sag uns, woran das liegt.«

»Bazillen«, sagte Namir und legte sein Buch auf den abgewischten Tisch.

»Mann«, sagte der ›Richter‹ erbost, »wir stellen dir eine ernsthafte Frage, und du behandelst uns wie unwissende Kinder. Was meinst du mit Bazillen?«

»Bazillen«, erklärte Namir, »sind winzige Lebewesen, kleiner als Fliegen, selbst kleiner noch als die Blutklümpchen, von denen der Koran behauptet, aus ihnen sei der Mensch erschaffen worden.«

»Allah schütze uns vor diesem verfluchten Teufel!« Abu-Jassem wusch sich die Hände, um sich von dieser Gotteslästerung zu befreien.

Jawdat war weder fromm, noch hatte er einen Hang zur Mystik. Er hatte dem Tod schon oft ins Auge geschaut. Für ihn zählte nur das, was er sehen und anfassen konnte. »Hast du diese Bazillen, von denen du sprichst, schon einmal gesehen? Hast du sie in der Hand gehalten?«

»Das ist unmöglich. Ich habe euch doch gesagt, sie sind so klein, daß kein menschliches Auge sie sehen kann.«

»Erkläre uns, was du meinst«, sagte Jawdat grob. »Unsere Augen und Ohren sind offen.«

»Sie dringen mit der Atemluft in den Körper des Menschen und nisten sich in seiner Lunge ein. Dort saugen sie sein Blut auf und zersetzen sein Fleisch. Das ist der Grund, warum Schwindsüchtige Blut spucken.«

»Unsinn«, sagte der ›Richter‹.

Die Bemerkung machte keinen Eindruck auf Namir. Er war aus seinem Besuch bei dem Toten im Stall als ein Mann hervorgegangen, der das Andenken an seinen Freund im Herzen trug, und konnte das dumme Geschwätz dieser Männer gelassen hinnehmen.

Er streckte seine Beine aus, sog die trockene Sommerluft ein und sagte zu dem Jungen: »Dein Tee kommt heute aus dem Garten Eden.«

Der Junge ließ einen Goldzahn zwischen den Lippen blitzen, warf kokett den Kopf zurück und sagte: »Es ist Abu-Jassems Tee.«

Jawdat weigerte sich, das Thema zu wechseln.

»Du atmest«, sagte er zu Namir.

»Natürlich tue ich das.«

»Und du hast auch geatmet, als du neben dem toten Mann gesessen hast.«

»Mann«, sagte Namir und verzog sein Gesicht zu einem seltenen Lächeln, »hast du vielleicht schon einmal einen lebendigen Menschen gesehen, der nicht atmet?«

»Dann«, schrie Jawdat, »müssen deine Lungen voll sein von diesen winzigen Lebewesen, die du Bazillen nennst!«

»Vielleicht.«

Jawdat erhob sich von seinem Stuhl und trat zu Namir. Er beugte sich über ihn und sagte: »Spuck aus, mein Freund, spuck in meine Hand.«

»Warum?« fragte Namir überrascht.

»Tu mir den Gefallen, spuck schon.«

»Setz dich wieder hin und beruhige dich.«

»Ihr, die ihr Allah verehrt«, wandte sich Jawdat an seine

Kumpels, »seht ihr das? In seinem Mund ist kein Blut. Wenn die Luft voller Bazillen ist und er diese Luft eingeatmet hat, warum zerreißen sie dann nicht seine Lungen, wie sie es bei Abed al-Asis getan haben?«

»Was regst du dich auf?« sagte der ›Richter‹ beschwichtigend. »Du weißt doch so gut wie ich, daß das alles dummes Geschwätz ist. Schwindsucht«, fuhr er fort und betonte jedes Wort, »Schwindsucht bekommt man, wenn das Herz sich quält, wenn es in Verzweiflung gegen die Lunge schlägt. Du hast doch schon einmal die Lunge einer Kuh gesehen, oder? Sie besteht nicht aus richtigem Fleisch, sie ist wie ein Schwamm. Wie viele verzweifelte Schläge des Herzens kann ein solcher Schwamm aushalten?«

»Ihr wart schon immer Sturköpfe«, sagte Namir, »und ihr werdet es auch bleiben.«

»Sturköpfe sind wir also«, sagte Jawdat, »weil wir uns weigern, deine jüdischen Geschichten zu glauben.«

»Was hat das mit den Juden zu tun?«

»Alles«, sagte Jawdat und fuchtelte mit dem Arm vor Namirs Gesicht herum. »Dieser Jude ist gekommen wie eine Schlange und hat deine Seele vergiftet, Namir. Drei Männer, drei gläubige Moslems, wurden von Moslem-Kugeln durchbohrt, als sie über die Brücke rannten. Nur ein Jude konnte eine solche Katastrophe über uns bringen.«

»Hört endlich auf!« schaltete sich Abu-Jassem ein. »Nicht weit von hier liegt ein toter Mann, und ihr habt nichts anderes zu tun, als euch gegenseitig zu zerfleischen und dummes Zeug zu reden. Beruhigt euch, ich bitte euch.«

»Ich bin ruhig«, sagte Jawdat erstaunlich gelassen. »Hast du gedacht, wir streiten uns wirklich, Abu-Jassem? Das war doch nur eine freundschaftliche Auseinandersetzung zwischen Brüdern.« Er hielt Namir eine Hand hin.

Namir erhob sich und schüttelte ihm die Hand.

»Wann beginnt der Leichenzug?« fragte der ›Richter‹.

»Willst du etwa kommen?« fragte Namir überrascht.

»Was hast du denn gedacht? Wenigstens am Tag seines Todes wollen wir ihm Ehre erweisen. Er hat sie verdient. Allah hat sein Herz verhärtet, und die Gläubigen haben ihn gequält. Armer Bursche.« Der ›Richter‹ erhob sich mühsam und stützte beide Hände auf den wackligen Tisch. »Hört mich an, alle, die ihr hier seid. Gelehrte und bedeutende Menschen kommen heute zu uns, um einem von uns die letzte Ehre zu erweisen. Ihr werdet in dieser Straße Männer sehen, die mit der Stimme von Löwen sprechen und deren Schweigen das Schweigen der Weisen ist. Ich schwöre bei meinem Bart, Mohammed und seine Familie mögen meine Zeugen sein, daß jeder, der es wagt, während der Beerdigung Schande über unser Viertel zu bringen, bis zu seinem Todestag bereuen wird, den Schoß seiner Mutter verlassen zu haben. Habt ihr verstanden? Vergeßt, daß ihr Diebe seid. Schlagt eure Augen nieder, wenn ihr dem Sarg folgt. Sorgt dafür, daß Trauer auf euren Gesichtern liegt. Und noch etwas. Geht nach Hause und wascht euren Mund mit Seife aus. Ich möchte nicht, daß auch nur ein einziger Fluch über eure Lippen kommt. Die Gelehrten und Honoratioren Bagdads sollen nicht glauben, daß hier wilde Tiere leben.«

Der Teehausbesitzer war von diesen Worten so tief bewegt, daß ihm Tränen der Rührung in die Augen traten. Er nickte ernst und bemühte sich krampfhaft, etwas zu sagen, um die edlen Worte des ›Richters‹ zu würdigen, doch seine Kehle war vor Ergriffenheit wie zugeschnürt. Schließlich sagte er: »Mamduch, bring den Herren noch einen Tee!«

EINUNDZWANZIG

Ramzi hatte sich wieder einmal mit der Führung angelegt und war von allen Aktivitäten ausgeschlossen, von den Genossen isoliert worden. Er suchte Halt bei den einfachen Dingen des Lebens. Vor etwa zwei Wochen hatte er im al-Alawiya-Viertel ein ruhiges Café entdeckt, das er seitdem regelmäßig aufsuchte. Dort saß er an einem Tisch neben dem Zaun, weit weg vom Radio, über sich das sanfte Licht des sternenübersäten Himmels, unter seinen Füßen frisches, weiches Gras. Er betrachtete die in der abendlichen Brise flatternde Tischdecke und gestand sich ein, daß er sich, trotz einer gewissen Niedergeschlagenheit bei Einbruch der Dunkelheit, wohl fühlte. Niemand würde ihn hier stören. Das Café wurde ausschließlich von Juden besucht. Wegen seines dunklen Teints, seines in sich gekehrten Gesichtsausdrucks und seines beharrlichen Schweigens hielten ihn alle für einen Moslem und waren auf der Hut. Als er den Kellner bat, seinen Tisch dicht an den Zaun zu stellen, quittierten sie dies mit einem Seufzer der Erleichterung. Da sich der Tag, an dem der Staat Israel proklamiert werden sollte, rasch näherte, übten die Juden größte Vorsicht. Der Traum von der Unterstützung, die ihnen die Kommunisten in ihrem Enthusiasmus zugesichert hatten, war wie eine Seifenblase zerplatzt. Wenn die Zeit reif war, würden die Kommunisten bezahlen müssen: Sie hatten es gewagt, die Machthaber herauszufordern, die ihrerseits bereits damit beschäftigt waren, sich für die kommende Schlacht zu rüsten. Auch der zionistische Untergrund trug wenig dazu bei, die regelmäßigen Besucher des Cafés in Sicherheit zu wiegen. Sie wußten, daß junge Männer schon seit Jahren in geheimen Lagern Waffen sammelten und an diesen Waffen ausgebildet wurden. Aber Bagdads Juden besaßen die Erfahrungen von Generationen. Natürlich waren sie den jungen Männern dankbar, auch wenn sie nie offen darüber sprachen. Doch sie wußten nur zu gut, daß die versteckten Waffen und die Hingabe der Jungen zu nichts anderem führen würden als zu ein paar Selbstmordmissionen.

Daß sich ein Moslem in dieses Café im jüdischen Viertel eingenistet hatte, verstärkte ihr Mißtrauen. Sie unterhielten sich nur noch im Flüsterton und beschränkten sich auf Andeutungen. Ramzi tat nichts, um ihr Mißtrauen zu zerstreuen. Sein beharrliches Schweigen, die Tatsache, daß er allein saß, und die Beflissenheit, mit der ihn der Kellner bediente, beschworen die Feindseligkeit der anderen Gäste herauf. Lauthals verfluchten sie ihn im Dialekt der Juden Bagdads, aber Ramzi beachtete sie nicht. In dieser Woche hatte eine weitere Verhaftungs- und Folterwelle begonnen. Von seinen alten Freunden befanden sich nur noch George und Ali auf freiem Fuß. Die Jahre des Kampfes im verborgenen, die Einsamkeit, die er selbst dann empfand, wenn er mit den neuen Kämpfern zusammen war, all das hatte seinen Preis gefordert. Ramzi war jung, aber er fühlte sich ausgelaugt. Selbst zu Hause fand er keine Unterstützung. Er wußte, daß die schlimmste Zeit die der Verhöre sein würde, und er betete darum, sie mit Würde zu überstehen. Er zweifelte nicht daran, daß sein Verhör etwas Besonderes sein würde. Die Geheimpolizei kannte ihn bereits. Was sie noch nicht wußten, waren sein vollständiger Name und seine Anschrift. Aber ganz sicher würden sie auch das herausbekommen. Gleichgültig schlürfte er seinen Kaffee. Er dachte oft an Sucham.

Von ihr zu träumen war zu einer Zuflucht für ihn geworden. Er wußte: Wenn er es schaffen würde, die Schwelle zur Folterkammer zu überschreiten, bevor ihn seine innere Kraft verließ, war es Sucham, der er Dank dafür schuldete. Er konzentrierte sich darauf, die in ihm schwelende Glut anzufachen, bis er sich schließlich leidenschaftlich nach ihr sehnte. Mit einem an Lüsternheit grenzenden Gefühl leckte er sich die Lippen, während er sich Alis erotische Geschichten ins Gedächtnis rief und in Gedanken Sucham streichelte.

Als er seine braunen Finger nach den samtenen Blütenblättern der am Zaun rankenden Rosen ausstreckte, drangen plötzlich saftige, auf ihn gemünzte Flüche an sein Ohr. Ein dicker Mann, der in seiner Nähe saß, hatte sie ausgestoßen. Ramzi ließ sich nicht irritieren und träumte weiter mit offenen Augen von Sucham.

»Schaut euch nur an, wie er uns beobachtet«, sagte der Dicke. »In seinen Augen glüht der Haß auf Israel. Mögen sein Name und die Erinnerung an ihn ausgelöscht werden.«

»Beachte ihn einfach nicht«, riet ihm ein elegant gekleideter Mann mit Brille, der Scha'aschoua ähnlich sah.

»Kannst du ein Furunkel ignorieren, das sich in deiner Achselhöhle eingenistet hat? Seine Augen sind schwarz, sein Blick ist schwarz, und seine Ohren sind so scharf wie die einer Maus. Er ist ein Spitzel, glaubt mir. Er wird uns alle ans Messer liefern.«

»Aber wir haben nichts Unrechtes getan.«

»Es reicht, daß wir Juden sind. Sie sind doch nie um eine Beschuldigung verlegen.«

»Warum mußt du nur immer so schwarzsehen?«

»Ihr werdet noch erleben, daß ich recht habe.«

Vielleicht war es Sucham, die ihn hinter dem Rosenstrauch mit provozierender Schüchternheit anlächelte und nur darauf wartete, sich ihm hinzugeben. Jedenfalls dauerte es ein paar Sekunden, bis Ramzi merkte, daß die Gestalt, die sich zwischen ihn und den Dicken geschoben hatte, George war. Er fuhr hoch und errötete, als er merkte, daß ihn die Gäste an den Nachbartischen anstarrten.

Er stammelte: »Setz dich, George, setz dich.«

»Sie kommen, um dich zu holen, Ramzi.«

Der merkwürdig drängende Ton in Georges Stimme beunruhigte ihn.

»Setz dich!« befahl er. »Das ist nichts Neues. Sie sind schon lange hinter mir her. Ich habe mich daran gewöhnt.«

»Du bist verrückt!«

»Komm, setz dich, nur für eine Minute. Kellner...«

»Sie haben Namir geschnappt. Und Ali auch. Sie wissen alles über dich, alles. Sie wissen sogar, daß du in diesem Augenblick hier sitzt. Ali hat seine Frau zu mir geschickt, um mich zu warnen. Ich weiß nicht, wie sie unser Haus gefunden hat. Sie muß den ganzen Weg gerannt sein. Bestimmt sind sie schon auf dem Weg hierher. Ich dachte, sie hätten dich bereits geschnappt.«

»Du sagst, Namir und Ali sind geschnappt worden?«

»Ramzi, du machst mich wahnsinnig. Flieh!«

»Wohin?«

»Keine Ahnung«, sagte George mit gebrochener Stimme. »Ich würde dich mit zu mir nehmen, aber sie suchen dich bestimmt auch da. Ich weiß es nicht. Ich weiß es wirklich nicht, aber du mußt fliehen, Ramzi. Steh auf, Ramzi, was ist los mit dir? Bist du krank?«

Der flehende Ton in der Stimme seines Freundes bewegte Ramzi, endlich aufzustehen. Und während er sich erhob, dachte er bei sich: »Nichts ist wunderbarer als der Mut eines Feiglings.« Um ein Haar hätte er die Arme ausgestreckt, um den Mann zu umarmen. Statt dessen rief er laut: »Kellner!«

In diesem Augenblick kam auf der Straße mit kreischenden Reifen ein Auto zum Stehen, man hörte schwere Schritte, Befehle wurden gebellt. Im Café herrschte Totenstille, alles erstarrte. Wie versteinert saßen die Juden auf ihren Stühlen. Einen Augenblick lang waren nur die Zikaden in den Rosenbüschen zu hören. Selbst der Kellner stand regungslos auf dem Rasen. Sein Mund stand offen, wie der eines Stummen, der zu schreien versucht.

George berührte Ramzi an der Schulter und sagte: »Um Gottes Willen, Mann, hau ab!«

Ramzi bahnte sich einen Weg durch die Rosenbüsche und erklomm eine Betonwand, indem er sich an den Eisenrohren festhielt, die aus der Mauer ragten. Einen Moment lang blieb er oben sitzen und starrte in die Dunkelheit. Ein schmaler Pfad führte zur Hauptstraße und zum Eingang des Cafés. Auf der Straße standen zwei Autos und ein Motorrad. Vier oder fünf Polizisten rannten in das Café, der Kellner, der wie angewurzelt auf dem Rasen stand, zeigte stumm auf den vor Angst gelähmten George. Ramzi schlich den Pfad entlang. Als er auf die Straße trat, zündete er sich mit zitternden Händen eine Zigarette an, steckte sie zwischen die Lippen und schob die Hände in die Hosentaschen. Die Polizisten versperrten den Bürgersteig. Zurück konnte er nicht. Wenn er es gewagt hätte, sich umzudrehen, hätten sie keine Sekunde gezögert zu schießen. Vor seinen müden Augen tanzten kleine schwarze Punkte. Am liebsten hätte er sich vor ihnen aufgebaut und geschrien: »Ich bin Ramzi, verhaftet mich, damit alles ein Ende hat!« Aber die Polizisten gingen kein Risiko ein. Einer hielt ihm die Mündung seines Gewehrs auf die Brust und stieß zwischen zusammengebissenen Zähnen hervor: »Mach, daß du weiterkommst. Aber ein bißchen plötzlich!«

»Was ist denn hier los?« fragte Ramzi und tat ein wenig beleidigt.

»Sie verhaften einen gefährlichen jüdischen Kommunisten. Mach, daß du wegkommst, ich sag's nicht noch einmal!«

»Dann lassen Sie mich durch.«

Der Polizist zögerte einen Augenblick, als überlegte er, ob

er Ramzi einen Tritt versetzen sollte, um ihn anzutreiben. Als er die Gewehre passiert hatte, hob Ramzi einen Arm und winkte ein Taxi herbei.

Er trat auf den Wagen zu, beugte sich herunter und sagte leise durch das geöffnete Fenster: »Hör zu, Bruder, alle diese Polizisten mit ihren Gewehren haben es auf meine Haut abgesehen.«

Die Augenlider des Taxifahrers zuckten. Mit rauher Stimme fragte er: »Warum?«

»Ich gehöre zu den Kommunisten.«

Ramzi sah dem Fahrer ins Gesicht und kam endlich zu sich. Es war als hätte er bis jetzt geträumt. Er sah, wie die Angst aus den Augen des Fahrers verschwand und Wut an ihre Stelle trat. »Verflucht seien die Fotzen ihrer Mütter!« brüllte er. »Steig ein, Bruder, steig ein.«

Das Taxi setzte sich in Bewegung. Ramzi fiel ein, daß er nicht genug Geld bei sich hatte, um den waghalsigen Fahrer zu bezahlen. »Wieviel kostet die Fahrt?« fragte er.

Der Fahrer, der sein Kinn fast aufs Lenkrad gedrückt hatte, als flögen ihnen bereits die Kugeln um die Ohren, brachte ihn mit einer Handbewegung zum Schweigen, als wollte er andeuten, Ramzi möge ihn nicht stören, solange sie nicht in Sicherheit waren.

In dieser Nacht klopfte Ramzi an eine mit dicken Nägeln beschlagene Tür. Die Gasse, in der das Haus lag, war weniger als einen Meter breit, so daß sich Ramzi an die gegenüberliegende Hauswand lehnen und die Füße an der Schwelle abstützen konnte. Die Fenster über seinem Kopf berührten fast das Haus auf der anderen Seite der Gasse. Auf einem schmalen Stück Himmel waren ein paar Sterne zu sehen. In einem der Höfe krähte ein Hahn, andere Hähne antworteten. Ramzi fluchte. Von oben schwebte die sanfte Stimme seiner Tante Toufaha herab: »Wer ist da?«

»Ramzi«, knurrte er, wütend, daß man ihn so lange warten ließ.

»Bist du ein Mensch oder ein böser Geist, der den Schlaf ehrlicher Menschen stört?« fragte die alte Dame.

Ramzi knirschte mit den Zähnen. »Tante Toufaha«, schrie er, um den Chor der aufgebrachten Hähne zu übertönen, »vielleicht hat jemand die Güte herunterzukommen, um diese verfluchte Tür zu öffnen!«

Seit er sich erinnern konnte, lebte Tante Toufaha in einer ganz eigenen Welt. Als Kind hatte er sich in ihren Schoß gekuschelt, hatte ihren guten Geruch und ihre erstaunliche Wärme genossen. Trotz ihrer konfusen Gemütsverfassung konnte sie einem das Gefühl unendlicher Liebe vermitteln. Sie glaubte mit der Unschuld eines Kindes an das Gute im Menschen, betrachtete aber mit Argwohn die hinter den Menschen stehenden Kräfte. Eine dieser bösen Kräfte war die Dunkelheit.

Tante Toufaha drehte sich um und rief ihrem Schwiegersohn zu: »Avraham, Avraham, steh auf. Ein schwarzer Teufel hat vor unserem Haus sein Haupt erhoben.«

Weitere Köpfe tauchten vor dem schmalen Stück Himmel auf. Jemand erhob die Stimme und heulte wie ein Wolf: »Allah, gelobt und gepriesen sei sein Name...«

Avrahams Stimme zitterte vor Angst: »Wer ist da?«

Eine Frau schrie: »Ich schütte einen Eimer über ihn!«

Eine ängstliche männliche Stimme schalt sie: »Hast du deinen Verstand verloren, Frau? Möchtest du, daß deine Hand auf immer erstarrt?«

»Wenn ihr es wagt, mich mit Dreck zu bewerfen«, schrie Ramzi, »kratze ich euch die Augen aus!«

»Ich habe euch gesagt, es ist ein Teufel«, verkündete Tante Toufaha und wandte entsetzt ihren Blick von der Straße ab.

»Avraham, würdest du bitte die Güte haben, die Tür zu öffnen?« bat Ramzi.

»Wer ist da?«

»Ramzi, Abu-Baruchs Sohn, das habe ich doch schon gesagt.«

»Und der Teufel?«

»Von welchem Teufel redest du?«

»Von dem, der mit dem Hahn gesprochen hat.«

»Ich war es, der mit ihm gesprochen hat.«

»Dann sag ›Schma Israel‹«, schrie Avrabam, ganz erfreut über seine Schläue.

Ramzi war gezwungen, in der düsteren Gasse zu stehen und zu deklamieren: »Höre, Israel, der Ewige ist unser Gott, der Ewige ist einzig…« Seine Stimme brach. Gleichzeitig hörte er seine Cousine Simcha: »Das ist Ramzi! Schnell, Avraham! Geh und öffne die Tür. Wer weiß, wie lange der Arme schon dort unten steht.«

Und während Avraham versuchte, seine Angst vor der Dunkelheit zu bezwingen, fuhr Tante Toufaha mit ihrem Verhör fort. Die Dinge waren noch nicht zu ihrer Zufriedenheit geklärt. »Warum bist du mitten in der Nacht hierhergekommen?«

Ramzi war mittlerweile so gereizt, daß er beschloß, der alten Dame einen gehörigen Schrecken einzujagen. »Die Polizei ist hinter mir her, und wenn du nicht auf der Stelle den Mund hältst, wimmelt es hier in der Gasse bald von Gewehren und Bajonetten.«

Eine tiefe männliche Stimme erkundigte sich aus der Höhe: »Ist er einer von denen?«

»Nein, er ist einer von jenen«, schaltete sich Simcha ein, um die Angelegenheit zu Ende zu bringen.

Knarrend öffnete sich die schwere Tür. Avraham hielt ein Sturmlicht in der Hand, zerrte Ramzi hastig ins Haus, und schloß schnell die Tür, als habe er Angst, andere, ungebetene Gäste könnten eindringen.

»Wissen deine Eltern, daß du hier bist?«

»Keine Ahnung. Kann ich mich waschen?«

Die Tante lehnte sich über das Hofgeländer: »Bist du von Sinnen? Möchtest du dir zu deinen ganzen Schwierigkeiten auch noch eine Erkältung holen?«

»Nimm die Lampe und geh aufs Dach«, sagte Ramzi zu Avraham.

Hastig suchten Avrahams Augen die dunklen Ecken des Hofes ab. »Aber dann stehst du hier im Stockfinsteren.«

»Ich möchte meine Kleider ablegen und mich am Wasserhahn waschen, aber nicht, wenn mir alle von oben zuschauen.«

»Was stört dich daran?« fragte Avraham überrascht. An sich waren die Männer es gewöhnt, nackt vor den Augen der Frauen und Kinder in die Badewanne zu steigen.

»Mach schon«, sagte Ramzi ungeduldig.

»Nimm Seife.«

Unter dem lauwarmen Wasserstrahl schwand Ramzis Müdigkeit. Was für ein Glück, dachte er bei sich, und brachte sogar ein Lächeln zustande. Das Wasser belebte seinen Geist. Er seifte sich noch einmal ein und drehte den Wasserhahn auf so weit es ging. Er glaubte, Mitleid mit George haben zu müssen, der an seiner Stelle verhaftet worden war – aber George war jetzt sehr weit weg. Das Wasser rieselte so sanft und erregend auf seinen Körper, daß er an Sucham denken mußte.

Es hatte eine Zeit gegeben, da Avraham nicht so ängstlich gewesen war. Vielleicht täuschte er sich aber auch. Der acht Jahre alte Ramzi hatte von solchen Dingen wenig verstanden und nie gewußt, wer wem den Hof machte oder welches Paar Zuflucht in der Dunkelheit suchte, um sich ein wenig Liebe zu stehlen. Er erinnerte sich an den Kanal und an die Sterne, die auf der Oberfläche des brackigen Wassers zitterten. Das Quaken der Frösche fiel ihm ein, auch der Geruch von nassem Gras und das Bellen der Hunde in der Ferne. Er sah die schwarze Gestalt seiner Cousine Simcha vor sich, die selbst bei Nacht auf dunklem Feld mit Schleier und *Abaya* bekleidet war. Avraham hatte der Familie einen Heiratsvermittler geschickt, der aber unverrichteter Dinge abziehen mußte. Avraham war Angestellter einer Schuhfabrik, und die angesehene Familie reagierte auf seine Unverschämtheit mit Empörung. Selbst Ramzis Vater meinte: »Niemals wird die Tochter meiner Schwester diesen Nichtswürdigen heiraten. Mir war klar, daß in den Augen dieses Mädchens ein Höllenfeuer brennt, aber daß sie eine solche Wahl treffen würde...«

Drei Tanten und zwei Großmütter schlugen die Hände vors Gesicht und jammerten: »Schande wird sie über uns bringen. Noch nie hat es in dieser Familie eine Liebesheirat gegeben.«

Zwei Onkels sagten mit zusammengekniffenen Augen: »Wir werden ihr schon zeigen, was Liebe ist! Was sie will, ist eine Beerdigung und keine Hochzeit.«

Aber Simcha hatte damals einen Verbündeten gefunden und nicht den Tod. Durch beharrliches Überreden gewann sie den acht Jahre alten Ramzi als Begleiter und Vertrauten. Mit ihm an ihrer Seite wagte sie es, mit dem Schuhmacher Avraham durch dunkle Felder zu streifen.

Der tiefblaue Himmel und das träge durch den Kanal strömende Wasser schienen auf das Kind eine größere Wirkung auszuüben als auf den Liebhaber. Der furchtsame Avraham vergaß keine Sekunde lang, daß er mit einer guterzogenen Tochter aus ehrbarem Hause zusammen war, und behandelte sie mit übertriebener Behutsamkeit. Sich selbst erlegte er strengste Zurückhaltung auf. Ramzi hatte kein einziges Mal gesehen, daß er sie berührte. Manchmal fuhr Sinchas Hand aus der *Abaya* und tastete nach dem Arm des rauchenden Avraham. Ihr Flüstern mischte sich mit dem Quaken der Frösche. Ramzi liebte Simcha und empfand keinerlei Eifersucht auf den ängstlichen, ungelenken Avraham. Das gemeinsam gehütete Geheimnis verstärkte die Zuneigung, die er und das Mädchen füreinander empfanden, bis sich eines Tages Zweifel in ihrem Herzen einnisteten. Als sie allein zu Hause waren, drückte sie ihn an sich und kitzelte ihn, als sei er noch ein Baby. Dann nahm sie ihn bei der Hand, setzte ihn auf einen Stuhl und sprach zu ihm mit ernster Stimme, als habe sie einen Erwachsenen vor sich. Denn sie hatte plötzlich erkannt, daß er ja noch ein Kind war, und konnte nicht glauben, daß ein Kind ein Geheimnis so lange für sich behalten konnte. Sie schimpfte mit ihm und behauptete, er verbreite Gerüchte über sie. Es würde ein schlimmes Ende mit ihr nehmen, weil er so schwatzhaft sei, und selbst seine geballten Fäuste und die Tränen, die in seinen Augen brannten, konnten ihr Mißtrauen nicht zerstreuen. Ein andermal brach er in Tränen aus, so daß sie ihn an ihren Busen preßte und mit warmen, feuchten Küssen überschüttete. Eines Tages, es war mitten im Winter, bat er seinen Vater, einige Tage im Hause seiner Tante Toufaha verbringen zu dürfen. Die Erlaubnis wurde erteilt. Da es nachts sehr kalt war, nahm Simcha ihn mit in ihr warmes, duftendes Bett. Er kuschelte sich an sie wie ein kleines Tier und ließ sich von ihrem Körper umfangen.

»Dein Gesicht ist eiskalt«, flüsterte sie und zog ihr Nachthemd ein wenig herunter. Er vergrub sein Gesicht zwischen ihren Brüsten und erstickte das wohlige Schnurren in seiner Kehle. Sie drückte mit einer Hand sein Knie weg und flüsterte: »Streck die Beine aus, du stößt mir die Knie in den Bauch.«

»Laß das Kind schlafen«, schimpfte ihre Mutter.

Simcha antworte: »Ich tue ja alles, damit er einschläft.«

Doch Schlaf war das letzte, woran Ramzi denken konnte. Simchas Lippen berührten seine brennenden Ohren.

»Liebst du Simcha?«

Er schüttelte den Kopf. Eine steife Brustwarze bohrte sich in seine Wange.

»Sag es mir!« forderte sie leidenschaftlich.

Tante Toufahas Schnarchen dröhnte durch den Raum.

Sie murmelte etwas im Schlaf, die beiden erstarrten. Dann hob sie von neuem an zu schnarchen, und Simchas Körper entspannte sich. Ramzi aber krümmte sich zusammen. »Du spießt mich schon wieder mit deinen Knien auf«, flüsterte sie mit heiserzärtlicher Stimme. »Kannst du dich nicht ausstrecken?«

Ramzi spürte, daß er einen Körper besaß, vielleicht zum ersten Mal in seinem Leben. Eine Art dumpfer Scham lähmte seine Glieder. Aber Simchas Finger bahnten sich einen Weg durch sein Nachthemd und taten so wunderbare Dinge, daß sich sein Unbehagen schnell verflüchtigte. Und wieder fragte sie ihn: »Liebst du mich?«

Er befreite sein Gesicht aus ihren Brüsten und schaute auf, aber sein Mund war so ausgedörrt, daß er keinen Ton hervorbrachte.

Sie legte ihm die Hand auf den Kopf und drückte ihn wieder in die Wärme ihrer Brüste. »Weißt du, warum du solche Angst davor hast?«

»Warum?«

»Du wirst dich nicht mehr daran erinnern, aber du hast die Brüste deiner Mutter mit deinen spitzen, kleinen Zähnen gequält, und nichts konnte dich davon abbringen. Du warst schon zwei Jahre alt, ein großer, strammer Junge. Schämst du dich nicht«, murmelte sie und bedeckte sein Gesicht mit Küssen. »Du mußtest um jeden Preis entwöhnt werden. Deine Mutter klebte sich schwarze Federn von euren Hühnern an die Brüste, um dich zu erschrecken, aber das konnte dich nicht beeindrucken. Du hast die Federn abgerissen und bist über sie hergefallen wie eine halbverhungerte Maus. Sie wußte sich nicht anders zu helfen, als ihre Brustwarzen mit scharfem Pfeffer einzureiben. Du hast gebrüllt, daß die Wände zitterten, aber schließlich warst du doch entwöhnt, mein kleiner Ramzi. Simcha hat keine Milch, noch nicht, mein Liebling. Ich verspreche dir, daß kein Pfeffer auf meiner Brust ist. Du kannst saugen, Licht meiner Augen, du kannst unbesorgt saugen.«

Seine zitternden Lippen teilten sich und umschlossen ihre Brustwarze. Er schlief ein, und Simchas Stöhnen klang in seinen Ohren so süß wie das Säuseln des Windes.

Am Morgen wurde er aus dem Schlaf gerissen, als sich Tante Toufaha, einer unangenehmen Gewohnheit frönend, leise zu ihrem Bett schlich und mit einem kurzen Ruck die Decke herunterriß, um nachzusehen, ob sie beide noch gesund und munter waren.

Simcha kannte diese nervtötende Gewohnheit ihrer Mutter seit ihrer Kindheit, Ramzi aber wurde jedes Mal aufs neue fuchsteufelswild. Er konnte nicht verstehen, warum sich seine Tante so benahm, und als er es seinen Eltern erzählte, schüttelten sie den Kopf und seufzten: »Arme Frau, arme Frau.«

Als sich Ramzi schließlich von seinem Schrecken erholt hatte, spürte er wieder das Verlangen in sich aufsteigen, und sein Körper suchte den Körper seiner erwachsenen Cousine. Doch jetzt wurde er schnell mit der rauhen Wirklichkeit konfrontiert. Simchas Körper war abweisend, ihre Augen feindlich, ihre Lippen wutverzerrt.

»Verräter«, zischte sie.

Ramzi zuckte vor ihren wütend entblößten Zähnen zurück. »Du siehst aus wie ein Esel«, sagte er verächtlich.

»Und gleich werde ich schreien wie ein Esel. Du bist ein Verräter, ich werde dich beißen.«

»Was habe ich dir denn getan?« Insgeheim hoffte er, daß sie nur ein Spiel mit ihm trieb.

»Du hast es deiner Mutter erzählt, du hast ihr von Avraham und mir erzählt!«

»Das stimmt nicht, ich habe es niemandem erzählt.«

»Sie hat mir selbst gesagt, daß du es ihr erzählt hast.«

»Dann lügt sie«, sagte er und brach in Tränen aus, als ihm klar wurde, daß er seine Mutter eine Lügnerin genannt hatte.

Zu seinem Erstaunen drückte Simcha ihn an sich und küßte ihn. Aber dieses Mal reagierte sein Körper nicht.

Plötzlich stieß sie ihn von sich und schrie: »Du Schlange! Du Skorpion! Du wirst mich verraten!«

Ramzi errötete, weil er wußte, daß sie recht hatte, sagte aber nichts und reagierte auch nicht auf ihre Zärtlichkeiten.

»Vergib. Das tust du doch, oder? Ich wollte dich nur prüfen. Jetzt bin ich sicher, jetzt vertraue ich dir. Du bist mein kleiner Liebling. Ich küsse deine schwarzen Augen.«

Die Gelegenheit dazu ergab sich schon bald. Am Samstagabend kam die Familie in Ramzis Haus zusammen. Draußen regnete es. Sie saßen im warmen, gemütlichen Zimmer, schlürften Tee und aßen Kuchen. Der Vater legte eine Umm-Koultoum-Platte auf. Ramzi konnte seinen Tee nicht genießen, weil er außer sich vor Erregung war.

Als es für einen Moment still wurde, fragte er seine Mutter mit lauter, deutlicher Stimme: »Mutter, sag die Wahrheit, habe ich dir jemals erzählt, daß sich Simcha nachts mit ihrem Schuster in die Felder schleicht?«

Niemals hatte er die schallende Ohrfeige nicht vergessen, die Simcha von seinem Vater erhielt. Simchas Augen sprühten vor Wut. Sie blitzte ihn an, als würde sie ihn am liebsten töten. Und während sie in Begleitung zweier Onkel aus dem Raum geführt wurde, versammelte sich ein Kreis neugieriger Frager um Ramzi. Auch als das Verhör vorbei war, ließ man die jammernde Simcha nicht wieder ins Zimmer, und Ramzi durfte ungeachtet der Proteste seiner Mutter seinen Stuhl nicht verlassen. Zwei Stunden lang saß er in der gespannten Atmosphäre, bis er schließlich einnickte. Er wurde erst wieder wach, als er ein Ächzen und Stöhnen hörte. Es erinnerte ihn an eine gefällte Palme, die langsam auf den Boden sinkt.

Mitten im Zimmer stand Avraham und rollte beim Anblick der versammelten Familie in Schabbatkleidern verlegen die

Augen. Ramzi sah an Avrahams Hosenbeinen, daß ihm die Knie zitterten. Er selbst begann auch zu zittern. Er war sicher, daß der Schuhmacher und er dieselbe harte Strafe erleiden würden.

»Setz dich!« befahl der Vater.

Avraham ließ sich unsicher lächelnd auf einem Sessel nieder und nahm sofort die Füße hoch, als habe er Angst, den roten Samtteppich zu beschmutzen.

»Abu-Baruch«, krächzte er, »ich schwöre auf meine Gebetsriemen, daß ich Eure Nichte niemals berührt habe. Ihre Ehre ...«

»Schweig!« donnerte der Vater.

Avraham schien in seinem Sessel zu schrumpfen. Ramzi hatte das Gefühl, er könne jeden Augenblick wie eine Ameise zwischen den Polstern verschwinden.

»Wie bestreitest du deinen Lebensunterhalt?« wollte der Vater wissen.

»Wie Ihr wißt, Abu-Baruch, gehe ich einer angesehenen und ehrlichen Arbeit nach. Ich bin Schuhmacher, meine Arbeit ist so sauber wie mein Gewissen.«

»Ich wollte wissen, ob du deinen Beruf genauso beherrschst wie das nächtliche Herumschleichen in dunklen Feldern.«

»Abu-Baruch ...«

»Und ich wollte wissen, ob du in der Lage bist, eine eigene Werkstatt zu führen.«

»Wie meint Ihr das, Abu-Baruch?« stotterte Avraham. Eine wilde Hoffnung keimte in ihm auf.

»Steh auf!« rief Ramzis Vater. »Die Verlobung findet noch heute nacht statt.«

Als Simcha ins Zimmer geführt wurde, verstand sie zunächst nicht, was vor sich ging. Ihre blitzenden Augen suchten zuerst Ramzi, als sie aber Avraham entdeckte, begriff sie. Sie schwankte, so daß alle dachten, sie werde in Ohnmacht fallen oder einen hysterischen Anfall bekommen.

Dann schüttelte sie grob und mit bleichem Gesicht ihre Bewacher ab, ging zu Ramzi und flüsterte: »Ich weiß nicht, ob ich dich erwürgen oder küssen soll, du Schlange.«

Keiner verstand, warum Ramzi aufsprang, ihr in die Augen sah und rief: »Ich bin kein Verräter!« Dann stürzte er aus dem Zimmer.

ZWEIUNDZWANZIG

Ramzi nahm die *Daschdaschah,* die ihm Avraham auf den Stuhl gelegt hatte, und streifte sie über. Dann blickte er sich im dunklen Hof um und im noch dunkleren Flur, der zu den Zimmern führte. Das Haus seiner Tante hatte schon bessere Tage gesehen. Einziges Überbleibsel aus glorreicher Vergangenheit war die eindrucksvolle Eingangstür. In diesem Haus war er zur Welt gekommen, so wie vor ihm sein Vater und sein Großvater. In seiner Glanzzeit hatte das Haus zehn Familien beherbergt. Jetzt standen die meisten Wohnungen leer. Tante Toufaha, Avraham, Simcha und ihre drei Kinder nahmen nicht viel Platz in Anspruch.

Er kletterte die Stufen zur mittleren Terrasse hinauf und stieg von dort die wackelige Holztreppe zum Dach hoch. Trotz der späten Stunde erwarteten ihn nicht nur seine Tante, ihre Tochter und ihr Schwiegersohn, sondern auch einige Nachbarn, deren Köpfe dreist über den Brüstungen der umliegenden Dächer auftauchten. Sie wirkten wie Wassermelonen, die auf dem Tigris treiben. Hier hatte so etwas wie ›Untergrund‹ keinen Sinn, ganz gleich ob er sich nun zionistisch oder kommunistisch nannte. So bitter die Bewohner der Häuser auch untereinander stritten, so einig waren sie sich in ihrer unbeirrbaren Feindschaft gegen die Behörden. Da Ramzi ihre Eigenheiten kannte, wappnete er sich innerlich gegen die Fragen seiner Familie und der Nachbarn.

»Wie viele Polizisten waren hinter dir her?«
»Ich hatte keine Zeit, sie zu zählen.«
»Wie bist du hierhergekommen.«
»Bin Christ, hat mich gerettet.«
»Möge der Schoß seiner Mutter gesegnet sein, möge Allah ihr ein langes Leben schenken.«
Ramzis Lächeln verschwand, als er Toufahas Gestalt auf ihrem Bett entdeckte. Selbst im Dunkel der Nacht sah er den merkwürdigen Glanz in ihren Augen. Er hob warnend einen Finger und rief zu ihr hinüber: »Ich verspreche dir, daß du mich morgen früh gesund und munter vorfindest.«
Auf den faltigen Lippen der alten Frau breitete sich ein süßes Lächeln aus. »Gewiß. Warum solltest du nicht gesund und munter sein und deine Arme öffnen und dem Himmel für den Sonnenaufgang danken? Bei meiner Seele, wie sehr du ihm ähnelst...«
Ein Schauer überlief Ramzi. »Wage es nicht, morgen früh meine Decke zu berühren, Tante Toufaha. Ich bin müde und will ausschlafen. Und noch etwas: Ich ähnele ihm überhaupt nicht. Schlag dir diesen Gedanken aus dem Kopf.«
»Warum sagst du das? Du bist genau in seinem Alter. Alles, was dir fehlt, ist der stolze Schnauzbart und der seidige Bart.«
»Hör zu, Tante Toufaha. Ich bin Ramzi, verstehst du?«
»Natürlich verstehe ich. Alle sind hinter dir her. Sie wollen dich töten. Möge Allah ihre Hände lähmen.«
»Ich werde dafür sorgen, daß sie dich nicht stört«, versprach Simcha.
»Und wie willst du das anstellen?« wollte der erschöpfte Ramzi wissen. »Sobald du die Augen schließt, wird sie sich zu mir schleichen, um mir ihre Hand aufs Gesicht zu legen.«
»Das wird sie nicht«, sagte Avraham.
»Schau dir ihre Augen an. Sie weiß gar nicht, daß ich es bin. Sie hält mich für ihren Ephraim, der sein Leben im Ersten Weltkrieg verloren hat.«

»Ich bleibe wach«, sagte Avraham, »und passe auf, daß sie dich nicht stört.«

»Möchtest du deine Tante Toufaha nicht begrüßen?« Aus der Kehle der alten Dame erklang die kokette Stimme eines Mädchens.

»Ich habe dich schon dreimal begrüßt.«

»Du traust dich nicht in meine Nähe.«

Als er an ihr Bett trat, drehte sie sich behende auf ihre Knie. Ramzi beugte sich zu ihr hinab und ließ sich einen Kuß auf dic Augenbraue geben.

»Von allen Söhnen meines Bruders bist du der hübscheste«, flüsterte sie.

»Gott sei Dank weißt du wenigstens, wer ich bin.«

»Was hast du denn gedacht? Ephraim hat sich hingelegt und ist nie wieder auf die Beine gekommen. Du aber wirst dich mit der Morgendämmerung erheben wie ein Vogel.«

»Simcha«, wandte sich Ramzi flehend an seine Cousine, »erlöse mich.«

»Er steht da wie eine Statue und trotzt den Kugeln!« brach es unvermittelt aus Simcha hervor. »Er schreibt Zeitungsartikel und hält Reden vor gebildeten Menschen. Weißt du, was du bist? Du bist ein verwöhntes Kind!«

»Ich glaube, du wirst mir die Ohrfeige, die du von meinem Vater bekommen hast, niemals verzeihen.«

»Was hat denn das mit Ohrfeigen zu tun?«

Sie setzte sich auf das Bett, das für ihn bereitet war, und stützte ihr Kinn in die Hand. Die Kinder murmelten im Schlaf.

»Was ist eigentlich los mit dir?«

»Sucham«, flüsterte sie.

Unversehens schlüpfte Ramzi in die angenehme Rolle des Gekränkten. »Er hat sie mir gestohlen, Simcha«, sagte er.

»Du meinst wohl, du hast zugelassen, daß sie dir durch die Finger schlüpft. Du hast früher nie etwas Schmutziges getan, Ramzi. Sie ist jetzt eine verheiratete Frau.«

»Warum stehst du nicht auf? Du könntest dich schmutzig machen.«

»Schlaf gut.«

»Verbindlichen Dank«, sagte er sarkastisch und spuckte einen Wassermelonenkern in die Dunkelheit der Gasse. »Verschone mich in Zukunft bitte mit Bemerkungen über Schmutz und Sauberkeit.«

»Du wirst sie zu hören bekommen, ob du willst oder nicht.«

Ramzi lag *auf* dem Bett und grübelte. Ihm war klar, daß die Haustür für die Polizei kein Hindernis sein würde. Außerdem war die Dachterrasse mit Wellblech bedeckt, so daß sie ohne Probleme auch von dort kommen konnten. Er war erschöpft, sein Körper verlangte nach Schlaf, aber er hatte Angst, die Augen zu schließen. Avraham und Simcha, die versprochen hatten, wach zu bleiben, um ihn vor seiner Tante zu schützen, schliefen fest. Er war umringt von Juden, die nie mit den Behörden in Kontakt gekommen waren, die Angst vor der Dunkelheit hatten, vor Geistern, vor dem bösen Blick, vor dem langen Arm des Gesetzes und vor allem vor dieser Polizei. Er kannte die Geschichte der Gasse. Hier hatte sich nie jemand eines schweren Vergehens schuldig gemacht. Ihnen war gar nicht klar, wie schwer sein Vergehen in den Augen der Behörden wog.

Nach einer Weile wurde er ruhiger. In dieser Gasse hatte seit Menschengedenken kein Anwohner einen der ihren den Behörden ausgeliefert. Niemand hier würde ihn verraten. Und sollte die Polizei in die Gasse eindringen, dann würde sich ein Schrei erheben, der laut genug war, die Toten zu erwecken. Beruhigt streckte er die Beine aus, schaute zu den Sternen hoch, die hinter dem dünnen Schleier der vom Fluß heraufziehenden Nebelschwaden zu sehen waren, und schlief ein.

Das Erwachen war jäh und schmerzhaft. Ein Beben lief über das Dach, versetzte sein Bett und seinen Körper in Schwingungen. Ramzi öffnete die Augen und sah, wie sich

Toufaha über sein Bett beugte. In seiner Angst zischte er sie an, als wolle er eine Katze verscheuchen: »Schsch! Schsch!« Trotz der Dunkelheit bemerkte er ihr verwundertes Lächeln. Auf keinen Fall wollte er die anderen wecken, so als wäre er für Toufahas absonderliches Verhalten verantwortlich.

»Geh weg«, flüsterte er, »laß mich in Ruhe.«

»Du hast dein Gesicht bedeckt, ich dachte ...«

»Verschone mich mit dem, was du gedacht hast. Schau, dort drüben steht dein Bett. Geh und leg dich wieder hin.«

Sein Flüstern schreckte sie keineswegs ab, im Gegenteil, es schien sie noch zu ermutigen. Sie breitete die Arme aus, als wolle sie sie auf sein Kissen legen und sagte: »Ihre Herzen sind voll von der Gewißheit des Bösen.«

Ramzi setzte sich auf »Tante Toufaha, ich bin Ramzi!«

»Jawohl, von der Gewißheit des Bösen, der sich an meinem Unglück weidet.«

»Was redest du für einen Unsinn?«

»Ephraim, du hast früher nie in so barschem Ton mit deiner Frau gesprochen«, flüsterte sie wie ein gemaßregeltes Kind.

Als Ramzi zum ersten Mal verkündet hatte, seine Tante Toufaha sei verrückt, verlor sein Vater die Beherrschung. Verblüfft hatte er mitangesehen, wie sein Vater einen japanischen Porzellanteller über den Tisch schleuderte.

»Nenn meine Schwester nicht verrückt!«

»Simcha meint auch, sie sei verrückt. Sie hat sich aber an das sonderbare Benehmen ihrer Mutter gewöhnt.«

»Sie ist nicht verrückt.«

»Abu-Baruch«, schaltete sich die Mutter ein, »er ist doch noch ein Kind.«

»Halt den Mund!« herrschte der Vater sie an.

Ramzi schaute auf die geballte Faust seines Vaters und sagte etwas, das er gar nicht hatte aussprechen wollen: »Vater, ich werde Fremden gegenüber nie ein Wort darüber verlieren.«

Da ihm klar war, daß er mit dieser Bemerkung störrisch auf

seiner Meinung bestanden hatte, zog er den Kopf zwischen die Schultern und wartete auf den Schlag. Zu seiner Überraschung sah er, daß die Faust auf dem Tisch sich öffnete. Er wagte es nicht, seinem Vater ins Gesicht zu schauen, erkannte aber am Gesichtsausdruck seiner Mutter, daß er nichts mehr zu befürchten hatte.

»Vor vielen, vielen Jahren...« begann sein Vater.

»Das arme Ding, das arme Ding...« murmelte seine Mutter.

Sfirones die erste oder zweite saß, das Kinn in die Hände gestützt, in der Ecke wie die blinden Männer am Eingang zur Synagoge und lauschte.

Während des Ersten Weltkrieges hatte sich die Lage für die Türkei so dramatisch zugespitzt, daß sogar die Juden eingezogen wurden, denen seit Jahrhunderten jede Form von Gewalt fremd war. Sie mußten zu Fuß marschieren. Wenn einer von ihnen Schwäche zeigte oder hinfiel, zog sofort ein türkischer Offizier die Pistole und jagte ihm eine Kugel durch den Kopf. Wenige nur erreichten, barfuß und heruntergekommen, die Front. Ungeübt im Umgang mit Waffen, starben sie vor Kälte, noch ehe die Kugeln der Russen sie erreichen konnten. Verzweifelt suchten die Männer nach Möglichkeiten, diesem fremden Krieg auf fremdem Boden im Dienste verhaßter Fremder zu entgehen. In den Kellern wurden Löcher gegraben, mit Decken und Wasser ausgestattet und unter Strohmatten versteckt. Als Ephraim sich gezwungen sah, sich im Keller des Hauses mit der nägelbeschlagenen Tür sich in einem solchen Loch zu verbergen, waren Toufaha und er gerade vier Monate verheiratet. Ein Jahr lang hockten er und die anderen Deserteure in diesem dunklen und stinkenden Loch. Es gab ein dichtes Netz von Kundschaftern, die rechtzeitig warnen sollten, wenn die Männer herauskamen, um ein bißchen frische Luft zu schnappen. Ephraim war stets der erste, der aus der Grube kletterte, wenn das Signal reine

Luft verkündete. Dann lief er zu Toufaha und klammerte sich an sie, ohne sich um seine Umgebung zu scheren. Kam das Warnsignal, mußte man die beiden oftmals mit Gewalt trennen und Ephraim in sein Loch zurückschaffen. Einmal, nachdem er bereits monatelang dort gesessen hatte, überkam Ephraim das dringende Bedürfnis, ein Bad zu nehmen. Es war ein heißer, trockener Sommertag, und Toufaha stellte eine große Wanne in den Hof. Ephraim hockte sich nackt auf ein Brett und planschte wie ein Kind im Wasser, als plötzlich das Warnsignal ertönte. Die Deserteure rissen ihr Essen an sich und huschten flink wie Mäuse in ihr Versteck. Ephraim rutschte in der Badewanne aus. Als er wieder auf die Beine kam, hatte man die Grube bereits verschlossen. Drei Frauen saßen auf der Abdeckung, sortierten Reis und waren nicht dazu zu bewegen, ihren Platz zu verlassen. Sie hockten dort mit dem ganzen Gewicht ihrer Körper und beschützten ihre Männer, die sich in die Grube duckten.

Toufaha begann zu schreien, während der nackte Ephraim panisch hin und her rannte. Der Großvater kippte mit einem Tritt die Wanne um und warf eine Matte auf die Fliesen. »Leg dich hin!« befahl er und zwang Ephraim, sich unter die Matte zu legen.

Von der nagelbesetzten Tür kam wütendes Klopfen. Toufaha begann zu kreischen: »Sie schnappen ihn! Sie schnappen ihn! Ephraim wird sterben ...«

Ihr Vater sah sie an und sagte: »So ist es richtig. Weine um deinen Mann, Frau.« Er bedeckte seinen Schwiegersohn mit einer Decke und stieß seine Tochter auf die Fliesen. »Und jetzt reiß dir die Haare aus. Ich möchte dich klagen hören. Frauen, helft ihr. Ephraim ist tot.«

Als die Tür schließlich nachgab und sich ein Strom schmutziger Uniformen und unflätiger Flüche in den Hof ergoß, hatte sich der Kreis der Trauernden um Ephraim geschlossen.

Beim Anblick der Frauen, die sich auf die Brüste schlugen,

blieben der türkische Offizier und seine Männer abrupt stehen.

Der Großvater fiel dem Offizier um den Hals, als sei dieser vom Himmel geschickt worden, damit er sich an seine Schulter lehnen und weinen konnte. Schluchzend sagte er: »Mein lieber Schwiegersohn ist soeben zu seinem Schöpfer zurückgekehrt.«

Dem Offizier wäre fast die Pistole aus der Hand gefallen. Mit der Linken fummelte er nervös an seinem Degen herum. Dann faßte er sich und befahl seinen Männern, das Haus zu verlassen.

Als sich die Tür hinter den Soldaten schloß, hörte der Großvater auf zu weinen. Glücklich schrie er: »Toufaha, befreie deinen Mann von der Decke, ihm wird heiß sein.«

Aber Ephraim bewegte sich nicht.

Es dauerte lange, bis sie begriffen, daß Ephraim einen Herzschlag erlitten hatte.

Die Geschichte beeindruckte Ramzi sehr. Trotzdem ertrug er es nicht, daß sich die alte Frau mitten in der Nacht an sein Bett schlich, mit den Fingern nach ihm tastete und ihm die Decke wegriß. Heute nacht war er zudem müde und nervös. Er beruhigte sich auch nicht, als Avraham und Simcha aufwachten. Sie schimpften mit der Alten und sorgten dafür, daß sie wieder zu Bett ging.

Ramzi schlang die Arme um die Knie und verkündete: »Ich werde nach unten gehen und bei euren Kakerlaken schlafen.«

Simcha herrschte ihn an: »Bei unseren Kakerlaken schlafen! Und so einen wie dich hat Abu-Baruch an seinem Busen genährt...«

Der acht Jahre alte Schlomo stieg aus dem Bett seiner Schwester und trippelte über das Dach, wobei er sich mit beiden Fäusten die Augen rieb. Er kletterte auf Ramzis Bett, das eigentlich seines war. Plötzlich war er hellwach: »Wer bist du?« fragte er ernst.

»Er ist ein Kommunist, der es vorzieht, bei unseren Kakerlaken zu schlafen statt in Gesellschaft deiner Großmutter Toufaha.«

Schlomo schaute seine Mutter verständnislos an. »Du bist Ramzi«, sagte er.

»Ja«, sagte Ramzi mürrisch.

Der kleine Junge ließ seinen Kopf auf das Kissen fallen und kuschelte seine Beine an Ramzis Bauch, dann schob er eine Faust unters Kinn und schlief ein. Auf dem Dach breitete sich eisige Stille aus. Ramzi hatte das Gefühl, daß Simcha, die mit gefalteten Armen neben seinem Bett stand, bis zum Morgen dort stehenbleiben würde.

Er legte sich hin und sagte: »Geh wieder schlafen.«

Das Bett zitterte sacht, als sie sich zu ihm legte.

»Du bist immer noch derselbe, Ramzi.«

Er versuchte, ihre Bemerkung mit einem Lachen abzutun. Es gelang ihm nicht. »Natürlich bin ich das.«

»Ich weiß nie, woran ich bei dir bin. Man sagt, du könntest eine Stunde reden, ohne daß man auch nur einen Satz versteht. Es heißt auch, du bist mehr mit Moslems zusammen als mit Juden. Selbst deine Mutter kennt dich nicht mehr. Du schaust uns nicht einmal mehr richtig an. Als ich das letzte Mal bei euch war, hast du kaum ein Wort mit mir gewechselt.«

Diese letzte Bemerkung gab ihm einen Stich. »Und ich mußte diesen blöden Satz über eure Kakerlaken sagen.«

Ihre Augen funkelten. »Eigentlich war es deine Bemerkung über die Kakerlaken, die mir klargemacht hat, daß du immer noch der alte Ramzi bist. Du blinder Esel. Ist dir eigentlich klar, wie sehr wir uns alle um dich sorgen?«

»Macht euch lieber um Akram Sorgen.«

»Er ist ganz anders. Er hat mehr Verstand und kann auf sich selbst aufpassen. Akram wartet nur auf eine Gelegenheit, den Fängen des Monsters zu entkommen. Er wird nicht mehr lange hierbleiben. Aber du? Du nimmst deine Zahnbürste und putzt dem Monster die Zähne. Trotzdem wirst du es nicht schaffen, aus ihm ein menschliches Wesen zu machen. Dieselben Zähne werden dich eines Tages zerfleischen.«

Mit erstaunlicher Leichtigkeit glitt sie aus seinem Bett und huschte zum Doppelbett hinüber. Auf halbem Wege kam sie noch einmal zurück und strich ihm mit der Hand über die Stirn. »Ich werde nicht zulassen, daß Sucham dieses Haus betritt.«

Ramzi war wie vom Donner gerührt. »Was, zum Teufel, soll das heißen?«

Er legte sich zurück und sah ihr nach, bis sie unter ihrem Moskitonetz verschwand. Schlomos Körper war warm. Ramzi schloß die Augen und genoß ein unerklärliches Gefühl großer Freude. Sein Herz klopfte, und ihm war, als schwebte er, als hätten sich die Sterne des Himmels unter seinen Augenlidern versammelt. Als er aufwachte, war er verärgert, weil ein so süßer Schlaf zu Ende gegangen war.

Simcha war bereits auf den Beinen, während Avraham auf allen vieren in der Dunkelheit hockte, als wolle er jeden Augenblick losjagen. Von einem der weiter entfernten Dächer, vielleicht von dem Haus am Ende der Gasse, waren Schreie zu hören. Über den Brüstungen tauchten Köpfe auf.

Abu-Yitzhak legte sich die Hand auf den kahlen Schädel und flüsterte beruhigend: »Keine Angst, ich glaube nicht, daß es die Polizei ist.«

Simcha trat an die Brüstung und sagte: »Abu-Yitzhak, ich möchte, daß ihr euch klarmacht, daß es sich hier nicht um ein Spiel handelt.«

Abu-Yitzhak war beleidigt und sagte vorwurfsvoll: »Avraham, deine Frau spricht mit mir wie eine schlechtgelaunte Katze.«

»Naji!« rief er einem anderen Nachbarn zu. »Naji! Kannst du mich hören? Was ist denn da los?«

»Da ist jemand auf Harouns Dach gesprungen und von seinem rüber auf unsers. Er sagt, er sei Jude und heiße Akram.«

Als Simcha hinüberwinkte und laut »Akram!« schrie, herrschte plötzlich Stille auf den Dächern.

Ein paar Häuser weiter tauchte Akrams Kopf vor dem Himmel auf. »Ja, Simcha. Eure Nachbarn sind wie wilde Tiere. Sie haben mir die Kleider vom Leib gerissen!«

»Du bist ein Idiot!«

Diese Beleidigung eines Mannes aus dem Mund einer Frau rief auf den Dächern ein Murmeln des Protestes hervor, aber für Akram gab es Wichtigeres, als seine Würde zu verteidigen. »Ist das Schwarzgesicht bei euch?«

»Ja, er ist hier. Wie kannst du es wagen, herzukommen? Vielleicht hast du die Monster zu uns geführt.«

»Keine Angst, liebe Cousine, dein Schwarzgesicht ist nicht der einzige, der weiß, wie man ihnen entgeht.«

»Bist du sicher?«

»Simcha«, bat Akram flehentlich, aber in seiner Stimme lag ein leicht belustigter Ton, »würdest du bitte euren Nachbarn sagen, daß sie mich gehen lassen. Ich sage es nicht gern, aber zwei von ihnen halten mich an den Armen fest, während ein dritter, ich muß mich so drastisch ausdrücken, dabei ist, mir die Eier abzureißen.«

»Simcha«, rief Naji, »sollen wir ihn loslassen?«

»Warum sagst du nichts?« schrie Akram. »Glaub mir, die kastrieren mich, und wie es aussieht, haben sie auch noch Spaß daran.«

»Gut, komm herüber.«

Kaum hatten sie ihn losgelassen, da raste er über die Dächer und sprang über Betten und Brüstungen, als wären alle Teufel der Hölle hinter ihm her. Simcha wußte, daß nur wahnsinnige Wut solche Kräfte verleihen konnte. Sie ging zum Doppelbett und zwang Avraham aufzustehen, damit sie ihn gegen den drohenden Sturm wie einen Schild vor sich halten konnte.

»Wo ist sie, wo ist dieses Luder?«

»Hör auf, den wilden Mann zu spielen«, sagte Ramzi.

Akram stürzte sich auf ihn. »Das ist kein Witz, Schwarzgesicht. Um ein Haar hätten sie mich umgebracht.«

»Das reicht«, sagte Avraham mit einem Lächeln auf den Lippen. »Die Begrüßung, die deinem Bruder zuteil geworden ist, war auch nicht besser. Ihn haben sie in der Gasse stehen und ›Schma Israel‹ deklamieren lassen.«

»Tatsächlich«, sagte Akram kichernd. »Und, konnte sich der Ungläubige noch erinnern?«

»Du wärst überrascht gewesen. Wie geht es deinem Vater?«

»Vater macht sich Sorgen um das Schwarzgesicht, Mutter steht kurz vor einem Nervenzusammenbruch, das Haus wird von Polizisten und Kriminalbeamten belagert. Er hat uns ruiniert, der Scheißkerl.«

Ausgerechnet Toufaha schaffte es, die Gemüter zu beruhigen. »Simcha, der unverschämte Junge ist wahrscheinlich halb verdurstet, weil er wie ein Verrückter durch die Dunkelheit gerannt ist. Schneide ihm eine Wassermelone an, und gib ihm ein paar Gurken.«

»Ramzi«, sagte Akram, »du wirst hier keine Langeweile haben.«

»Laß uns die Plätze tauschen.«

»Ich werde bei der erstbesten Gelegenheit von hier verschwinden und drüben über euch lachen. Gestern habt ihr die Regierung in die Flucht geschlagen, und heute sitzt du hier und versteckst dich wie eine Maus. Wo sind denn all die Araber, denen du den Arsch geleckt hast? Du wirst hier verrotten, Schwarzgesicht. Sag mir die Wahrheit: Was ist dir lieber, eine Kugel oder eine Schlinge?«

Während sich die Brüder gegenüberstanden, mußten beide daran denken, daß sie sich vielleicht nie wiedersehen würden. Für einen kurzen Moment schloß sich die Kluft zwischen ihnen. Sie waren wie zwei Menschen, die sich nach dem Untergang ihres Schiffs an eine Planke klammerten, während mächtige Wellen versuchten, sie auseinanderzureißen. Doch sie hatten all die Jahre so viel Mühe darauf verwendet, den Eindruck von Härte zu erwecken, daß sie sich nicht umarmten. Sie berührten einander nicht einmal.

»Ich gehe«, sagte Akram.

»Ja«, sagte Ramzi.

Als Ramzi am nächsten Morgen aufwachte, spürte er sofort, daß er sich in einer veränderten Welt befand. Die Mensehen, die hier wohnten, hatten den Sturm nicht erwartet, und nun, da er wütete, taten sie ihr Bestes, ihn nicht zu beachten. Es war Freitag, das allein zählte. Auf den Dächern, in den Höfen und Küchen, in den Gesprächsfetzen, die er von den hastig frühstückenden Menschen aufschnappte, war ein fiebriges Erwachen aus dem müßiggängerischen Leben zu spüren, das an den anderen Wochentagen hier herrschte. Ruhige Gespanntheit, in die sich die Vorfreude auf den bevorstehenden Schabbat-Abend mischte, breitete sich aus. Ramzi wußte, daß die verborgene Uhr auch in seinem Viertel tickte, allerdings nach einem anderen Rhythmus. Dort genossen die Menschen die Freuden des Lebens auch an anderen Wochentagen. Entsprechend schwächer fiel die Vorfreude auf den Schabbat-Abend aus. Er und Akram und viele ihrer Altersgenossen ignorierten den Schabbat-Abend ganz offen und nahmen nur selten am Schabbat-Essen ihrer Familien teil.

Die Hitze auf dem Dach wurde größer. Ramzi bemerkte, daß Schlomo ihn erstaunt anstarrte. Er berührte den pummeligen kleinen Jungen an der Wange. Das Kind nahm seinen Finger und küßte ihn. Ramzi trug den Jungen auf den Schultern die hölzerne Treppe hinunter. Einen Moment lang schmolz Simcha beim Anblick der beiden dahin, dann steckte sie ihre Arme wieder in die kleine Wanne und fuhr fort, Hühner zu rupfen. Avraham trank bereits seine zweite Tasse Tee.

Auf einem Brett, das seit vielen Jahren dazu benutzt wurde, war Toufaha damit beschäftigt, einen Fisch auszunehmen. Ramzi wußte nicht, wie lange er hier bleiben würde, aber sein Herz sagte ihm, daß er sich an ein ganz anderes Leben gewöhnen mußte.

Nach dem Frühstück zog er sich vor den lärmenden Kindern und der mit zunehmendem Tageslicht stets schärfer werdenden Zunge seiner Tante in die kühle Dämmerung des Kellers zurück. Da er nichts zu tun hatte, legte er sich auf die Holzbank und stellte sich vor, die Familie habe vergessen, daß er hier war. Wieder und wieder beschäftigte er sich mit einer schwerwiegenden Frage, dankbar für die im Keller herrschende Stille, obwohl die Folgerungen aus seinen Gedanken ihn erschreckten. Schließlich wurden seine Grübeleien durch Schritte auf der Treppe unterbrochen. Er schaute zum Fenster hoch, durch das gleißend hell die Sonne fiel.

»Hast du geschlafen?« fragte Simcha.

»Nein.«

»Eines Tages wirst du dich mit deinen Zigaretten umbringen.« Sie legte ihm eine *Pitta* und ein Stück gebratenen Fisch, garniert mit Tomatenscheiben und Minzeblättern, auf den Tisch. Dann schob sie seine Beine zur Seite und setzte sich auf die Kante der Bank. »Wir haben bereits einen liebeskranken Freier hier, mehr als einer in derselben Gasse ist unerträglich, Ramzi.«

»Keine Sorge«, sagte Ramzi scharf.

Zu seiner Überraschung lag Enttäuschung in ihrer Stimme. »Ach ja? Schämst du dich, es zuzugeben? Warum eigentlich. Du solltest dich wirklich schämen, Ramzi.«

»Hast du keine anderen Sorgen, Simcha?«

»Willst du mir etwa weismachen, du hättest nicht hier gelegen und dir lüsterne Gedanken gemacht? Hast du das arme Mädchen bereits abgeschrieben?«

»Ach, jetzt ist sie auf einmal ein armes Mädchen.«

»Ich weiß nicht, was ich von dir halten soll. Du bringst mich ganz durcheinander. Schon als du noch ein Kind warst, konnte man sich nur schwer vorstellen, was hinter deiner schwarzen Stirn vor sich ging.«

»Ganz einfach, ich habe auf dieser Bank gelegen und nicht an Sucham, sondern an Ramzi gedacht.«

»Ja, ja, genau das meinte ich. Du bist in dich selbst verliebt.«

»So, wie es ist, kann es nicht weitergehen. Man kann nicht tagaus, tagein im Dunkeln sitzen und darauf warten, daß einem jemand Zeitungen und Zigaretten bringt. Der Mensch ist schließlich kein Maulwurf. Aber soll ich das Haus verlassen und mich ergeben? Soll ich mich zu den stolzen Helden ins Gefängnis begeben? Weißt du, was mir als einziges noch bleibt?«

»Lach nicht so, du machst mir angst.«

»Sieh dir Akram an. Er bereitet sich darauf vor, dieses Land auf Jahre hinaus zu verlassen. Er hat von dieser letzten Reise geträumt, bis er krank vor Sehnsucht war. Ich hingegen habe mir gesagt: Ich bin hier geboren, dies ist mein Land, und was ich tue, tue ich hier. Und was geschieht jetzt? Ich gehe noch vor Akram, ich mache mich noch vor ihm auf diese letzte Reise.«

Simcha zog die Augenbrauen zusammen und legte ihm eine Hand auf die Hüfte. »Weißt du, worin du dich von den anderen unterscheidest? Keiner sonst spricht mit den Frauen über wichtige Dinge und vermittelt ihnen dadurch das Gefühl, daß auch sie zählen. Ein paar Minuten lang hatte ich das Gefühl, ich sei wichtig, ein intelligentes Wesen. Verdammt, Ramzi, deine Worte verhexen mich. Und jetzt bin ich einfach sprachlos und kein bißchen wichtig oder intelligent: Ich habe kein Wort von dem verstanden, was du gesagt hast.«

»Ich werde den Irak verlassen. Für immer. Ich werde nie wieder den Tigris sehen. Ich werde in einer fremden Straße stehen, in einer fremden Stadt, werde laut nach jemandem rufen, und niemand wird mich hören. Wie in einem Traum. Ich habe jetzt schon Heimweh, obwohl ich noch gar nicht weggegangen bin. Ich fühle mich wie ein Toter.«

»Noch ist nicht alles verloren. Sicher, du hast die schwarzen Monster gegen dich aufgebracht, sie wollen dich haben. Aber wenn du bei uns bleibst und dich still verhältst, beruhigen sie sich schließlich.«

»Nein, Simcha. Die Situation hat sich grundlegend geändert. Wenn der jüdische Staat erst einmal gegründet ist, werden wir in dem Land, in dem unsere Ahnen begraben sind, verhaßte Fremde sein. Ich bin kein Narr, ich muß hier raus.«

»Laß mich«, rief sie und schüttelte seine Hand ab.

»Wein doch nicht.«

»Esel! Ich weine deinetwegen, und du lachst mich aus. Iß deinen Fisch.«

»Ja.«

»Nun, soll ich sie holen lassen?«

»Bist du wahnsinnig?«

»Du bist so schwer zu durchschauen, man weiß nie, woran man bei dir ist. Ich dachte die ganze Zeit, du wolltest mein Mitleid erregen.«

»Ich möchte sie hier nicht sehen, auf keinen Fall.«

»Hast du Angst vor ihr?«

»Ich weiß es nicht.«

Wäre er ein Kind gewesen, sie hätte sich über ihn gebeugt und ihn geküßt. Aber die Frauen, die hier wohnten, küßten keine Männer, nicht einmal die eigenen. »Ich werde Wasser für dich warm machen, damit du vor dem Schabbat baden kannst«, sagte sie. Als sie sein Lächeln sah, fuhr sie wütend auf: »Oh, tut mir leid, ich hatte vergessen, daß du ja ein reicher Junge bist, der jeden Tag badet.«

Am Schabbat-Abend saßen die Bewohner der Gasse gewöhnlich auf ihren Dächern beim Festmahl. Wer das Glück hatte, an das Stromnetz angeschlossen zu sein, und nicht zu streng auf religiöse Gebräuche achtete, schaltete seine Lampen ein und die strenggläubigen Nachbarn profitierten davon. An allen mit Fisch, Salat, Klößen und einer kleinen Flasche Arrak gedeckten Tischen saßen die Familienoberhäupter am Kopf der Tafel. Einige tauschten über die Brüstungen hinweg Segenswünsche aus, die meisten aber vergaßen im Schoße ihrer Familien die Welt um sich herum. An diesem Abend jedoch war alles anders. Es fing damit an, daß von Abu-Yitzhaks und Najis Dach leise Stimmen zu hören waren, die nach und nach lauter wurden. Schließlich standen die beiden auf ihren Betten und schauten über die Brüstung. Abu-Yitzbak räusperte sich, während Naji sich schüchtern im Hintergrund hielt.

Avraham rief: »Aber natürlich, was für eine Frage!«

»Stören wir auch ganz bestimmt nicht?« fragte Abu-Yitzhak, während Naji seinen Kopf über die Brüstung streckte.

»Wir fühlen uns durch eure Anwesenheit geehrt«, antwortete Avraham höflich, ohne sich seine Überraschung anmerken zu lassen.

»Wir bringen unseren eigenen Arrak mit«, sagte Abu-Yitzhak.

Avraham kicherte verlegen. Daß Gäste ihren eigenen Likör mitbrachten, war eigentlich unerhört, aber Avraham hatte nur eine kleine Flasche gekauft, zuwenig für sich und seine Nachbarn.

Simcha und ihre Mutter setzten sich auf das Doppelbett, um für die Besucher Platz zu schaffen.

Naji schlürfte stumm seinen Arrak.

»Ich würde am liebsten auf die Brüstung klettern, wie ein Vogel hinunterfliegen und der Welt Lebewohl sagen. In den Tod springen. Was sagst du dazu?« wollte Abu-Yitzhak plötzlich von Ramzi wissen. Seine Stimme klang völlig nüchtern.

»Was soll ich dazu sagen?«

»Du bist ein sehr belesener Mann.«

»Die Gasse ist so schmal, daß sich die Häuserwände fast berühren. Du wirst dir die Kleider zerreißen, deine Haut abschürfen und mit gebrochenen Beinen auf dem Boden landen.«

»Also ist mir nicht einmal der Tod vergönnt«, jammerte Abu-Yitzhak.

»Warum willst du sterben? Du würdest dir nur den Genuß versagen, den das Trauern mit sich bringt.«

»Meinst du etwa, das macht mir Spaß? Meine Herren, habt ihr das gehört? Der Junge denkt, ich genieße das alles.«

Naji war das ewige Gejammer gründlich leid. »Irgendwann verschwindet alles wie eine Handvoll Nebel«, sagte er zu Ramzi.

»Das verstehe ich nicht.«

»Wir haben hier gesessen und uns darüber gefreut, daß du mit deinen Freunden auf der Straße warst, um uns gegen die Hasser Israels zu schützen, die uns am liebsten in Stücke reißen würden. Und jetzt bist du, der Größte von allen hier und versteckst dich bei uns armen kleinen Juden. Was bleibt da für uns noch zu tun?«

»Noch ist nicht alles verloren«, sagte Ramzi. Es klang nicht sehr überzeugend.

»Nicht darum trauere ich, mein Sohn. Was mich bedrückt, ist der Traum, der sich verflüchtigt bat.«

DREIUNDZWANZIG

Burchan war obenauf und arroganter Laune. Der Taschendieb, ein Mann in der Blüte seiner Jahre, war flink und scharfsinnig. Abu-Jassem versuchte zwar, Burchan zu ignorieren, doch obgleich er alle Hände voll zu tun hatte, gelang es ihm nicht so recht. Mit den Demonstrationen und Gegendemonstrationen war das öffentliche Leben praktisch zum Erliegen gekommen. Die Juden hatten ihre geschäftlichen Aktivitäten weitgehend eingestellt, das Baugewerbe lag brach, und so füllte sich das Teehaus von morgens bis abends mit Gästen. Abu-Jassem hatte einen zusätzlichen Tisch aufgestellt, auf dem eine Schale für die Einnahmen stand, die dreimal täglich geleert wurde. Er saß persönlich neben der Schale, strich sich mit dem Mundstück seiner *Nargileh* über die Unterlippe und hatte ein Auge auf Mamduch, der zwischen den Gästen herumtanzte. Burchan stützte die Hände auf den Tisch und rief in unverschämtem Ton: »Abu-Jassem, in deinem Teehaus gibt es nur eine Palme, und die wird bald ihren Geist aufgeben. Sie trägt den Samen des Todes in sich. Beim nächsten Erdstoß, morgen oder übermorgen, wird sie zu Boden stürzen wie ein erschöpftes Kamel.«

Abu-Jassem war außer sich. »Du willst Araber sein«, fuhr er seinen Gast an. »Du redest wie ein Fremder, der von Palmen keine Ahnung hat. Ein Esel bist du, der einen Hut auf dem Kopf trägt!«

»Du bist betrunken. Es ist wohl besser, du hältst den Mund«, sagte der ›Richter‹ zu Burchan. Er sprach mit der Würde des Einbrechers, der sich niemals in die Niederungen des Taschendiebstahls begeben würde. »Abu-Jassem, hör nicht auf das Blöken dieses dummen Kalbs.«

Doch Abu-Jassem konnte sich nicht beherrschen. Er erhob sich, fuchtelte mit den Händen vor Burchans Gesicht herum und schrie: »Diese Palme hat schon Früchte getragen, als dein Großvater wie ein räudiger Hund zu ihren Füßen verreckt ist, und sie wird noch Früchte tragen, wenn deine Enkel wie Flöhe im Schmutz der Gasse herumspringen – es sei denn, die Pest kommt und rafft deine Brut dahin, du Schwein...«

Es wurde still. Nur der Nachrichtensprecher im Radio ließ seine Stimme ertönen, aber niemand hörte zu.

Als die Nachrichten vorbei waren, hörte man das Quietschen der Stalltür. Der neue Knecht, ein barfüßiger alter Mann in einer zerlumpten *Daschdaschah,* angezogen vom Licht des Teehauses, stand im Eingang. Als er sah, daß bis auf die harten Burschen bereits alle Gäste gegangen waren, schreckte er zurück und wandte sich zum Gehen.

Hassan sah ihn und rief: »Abu-Na'afi, hast du Angst, dich anzustecken?«

»Nein, Herr«, sagte der verängstigte Alte unterwürfig.

»Und warum stehst du da wie angewurzelt? Komm rein, wir fressen dich schon nicht.«

»Ja, mein Herr«, sagte der Alte.

Seine Knie zitterten unter der *Daschdaschha.* Er wußte, daß die derben Instinkte der Männer durch Zeichen der Angst nur noch angeheizt wurden, konnte aber nichts gegen seine Furcht tun.

»Fehlt nur noch, daß du vor uns kriechst wie ein Jude«, sagte Jawdat verächtlich.

»Bist du Moslem oder Jude?« fragte Burchan.

Abu-Na'afi kam näher. Ein paar Schritte vor den Männern

blieb er stehen und sah ihnen in die Gesichter, als versuchte er berauszubekommen, wer ihn als erster schlagen würde.

»Möge Allah uns vor den verfluchten Teufeln schützen«, flüsterte er. »Ich bin Moslem, Bruder, gläubiger Moslem.«

»Mohammed, er sei gesegnet, liebte Sauberkeit, Abu-Na'afi, und verlangte von denen, die ihm folgten, daß sie rein waren.«

»Das stimmt, mein Sohn.«

»Und trotzdem behauptest du, gläubiger Moslem zu sein? Ja, weißt du denn nicht, daß du die Gesetze des Propheten mißachtest?«

»Was wollt ihr von mir?«

»Der Tisch ist dreckig!« schrie Burchan. »Er starrt vor Taubenscheiße, Teeflecken und Hassans Speichel. Siehst du das nicht? Bitte, meine Herren, lassen Sie ihn näher treten.«

Der alte Mann kam heran. Als er sich über den Tisch beugte, zeichnete sich sein knochiges Gesäß durch den Stoff der *Daschdaschah* ab. Er schloß die Augen, streckte seine Zunge heraus und begann, den Tisch abzulecken.

Hassan ließ die Faust auf seinen Rücken krachen. »Du beleidigst mich mit Absicht, Jude.«

»Ich bin Moslem«, protestierte Abu-Na'afi.

»Du hast meine Ecke ausgelassen.«

Das faltige Gesicht beugte sich wieder hinunter. Während seine Zunge über das rauhe Holz fuhr, rang Abu-Na'afi nach Atem.

Abu-Jassem sagte spöttisch: »Wäre Namir hier, er würde es nicht zulassen, daß ihr den alten Mann quält.«

Jawdat sprang auf, nahm Haltung an und schrie, so laut er konnte: »Meine Herren, das Hohe Gericht!«

Abu-Na'afi schrak zusammen. Zu seinem Erstaunen sah er, wie sich der Gesichtsausdruck des ›Richters‹ veränderte, wie er das Kinn vorschob und die Augen grimmig über die anderen wandern ließ, während er die Spitzen seines Schnauzbarts zwischen den Fingern zwirbelte. Am meisten beeindruckte ihn, daß sich dieser Mörder vor seinen Augen in einen ›Richter‹ verwandelte, der die Macht hatte, seine Kumpanen zu verurteilen. Seit er als Nachfolger von Abed al-Asis für Massud arbeitete, hatte Abu-Na'afi viele Geschichten über den ›Richter‹ gehört. Er wußte, daß dieser im Gefängnis auf Verlangen der anderen Gefangenen, die wissen wollten, welche Strafe sie erwartete, Gerichtsverhandlungen abgehalten hatte, deren Urteile den später vom offiziellen Gericht gefällten verblüffend ähnlich waren.

Jawdat wandte sich an den ›Richter‹ und sagte ehrerbietig: »Wenn Euer Ehren keine Einwände hat, werde ich die Anklagevertretung übernehmen.«

Als der ›Richter‹ zum Zeichen seines Einverständnisses mit dem Kopf nickte, wirkte das so feierlich und souverän, daß Abu-Na'afi einen Augenblick lang das Gefühl hatte, er säße tatsächlich vor einem Vertreter jener Behörde, die er und seine Ahnen zu Recht fürchteten. Der ›Richter‹ senkte seinen Kopf in Burchans Richtung, der eifrig aufsprang und sagte: »Wenn Sie damit einverstanden sind, Euer Ehren, übernehme ich die Verteidigung.« Er war mittlerweile einigermaßen nüchtern und wirkte sehr dynamisch.

Jawdat wies auf Hasan und Mamduch und sagte: »Ihr seid die Zeugen der Anklage. Du, Abu-Jassem, magst für den Angeklagten aussagen.« Dann wirbelte er herum, musterte Abu-Na'afi und schrie: »Du bist Namir!«

»Was ist? Wer ist das, Namir? Warum soll ich Namir sein?« rief der entgeisterte Abu-Na'afi bestürzt.

»Erhebe dich. Du stehst vor dem Hohen Gericht.«

»O schwarze Nacht«, jammerte der Alte. «Warum mußte ich nur den Stall verlassen, ihr, die ihr Allah verehrt? Wären doch meine Beine gelähmt ...«

»Schweig, du giftiger Wurm. Jetzt spielst du uns hier den Unschuldigen vor, was? Wo bleibt deine Überheblichkeit?

Eine Vogelscheuche wolltest du aus dem Propheten machen. Euer Ehren, diese verabscheuenswürdige Kreatur, die hier den harmlosen, alten Mann spielt, hat geplant...«

»Eins nach dem anderen«, dämpfte der ›Richter‹ Jawdats Eifer.

»Wie Sie wünschen, Euer Ehren. Erstens: Der Angeklagte leugnet die Aussagen des heiligen Koran und die Gebote des erhabenen Propheten und behauptet, Juden und Moslems seien gleich...«

»Euer Ehren«, unterbrach Burchan, »der Vertreter der Anklage versucht, Verwirrung zu stiften. Wir sprechen hier nicht nach dem Koran Recht. Es gibt ein Gesetz...«

»Schuft«, konterte die Anklagevertretung, »Gleich und gleich gesellt sich gern! Der Koran ist der Vater aller Gesetze. Der Herr Anwalt scheint selbst ein Ungläubiger zu sein. Wir werden ihm schon bald die schwarze Advokatenrobe herunterreißen und den Revolutionär entblößen, der sich darunter verbirgt. Zweitens: Der Angeklagte hat die zionistischen Banden in Palästina in ihrem Krieg gegen die edle arabische Nation aktiv unterstützt.«

»Was soll das heißen – aktiv? Ich bitte um mehr Präzision«, sagte Burchan.

»Er bittet um mehr Präzision«, grollte der Vertreter der Anklage. »Haben Sie das gehört, Euer Ehren. Er möchte, daß ich deutlicher werde! Als wäre die Schwere seines Verbrechens nicht so klar wie das Licht des Tages. Die Regierung mobilisiert die Nation zum Kampf gegen die zionistischen Banden, während der Angeklagte nichts unversucht läßt, die Autorität der Regierung zu untergraben. Aber er bittet um mehr Präzision! Drittens: Es besteht der begründete Verdacht, daß der Angeklagte Kontakt mit den Streitkräften aufgenommen hat, um sie zur Rebellion zu verleiten.«

»Meine Herren«, verkündete der ›Richter‹, »so geht das nicht.«

»Was heißt das, so geht das nicht?« protestierte Jawdat und stellte enttäuscht fest, daß der amtliche Ausdruck vom Gesicht des ›Richters‹ verschwand.

»Alle Erfahrung und alle Weisheit, die ich in meinem Richteramt erworben habe, sind hier ohne Nutzen. Wenn es um Revolutionäre geht, gibt es kein Gesetz, keinen ›Richter‹ und keinen normalen Sterblichen, der die Moral der Bestechung in ihrer ganzen Größe zu würdigen wüßte. Ich kann in diesem Fall kein Recht sprechen. Es tut mir leid, meine Herren. Abu-Na'afi, ich muß dich um Vergebung bitten. Du kannst dich setzen und Tee bestellen.«

Der Alte stand eine Zeit lang zitternd und schwitzend da, ehe er in der Lage war, den Mund zu öffnen: »Ich... ich bitte um Verzeihung... Ich gehe wieder in den Stall. Ich wünsche euch eine gute Nacht. Verzeiht einem schwachen, alten Mann...« Seine Stimme wurde immer leiser, während er die Gasse hinunterstolperte und schließlich in der Dunkelheit verschwand.

»Hat jemand was von Namir gehört?« fragte Abu-Jassem laut.

»Er lebt«, sagte Burchan.

»Was du nicht sagst!« rief der ›Richter‹ verwundert aus. »Die Geheimpolizei hat ihn gnadenlos zusammengeschlagen, die Gefängnisinsassen sind mit Messern über ihn hergefallen...«

»Dieser Namir«, sagte Burchan bewundernd, »ist, wie sein Name sagt, ein Tiger. Mit einer zerbrochenen Flasche hat er sie abgewehrt. Er hat keine Schande über uns gebracht, im Gegenteil, er hat sich gegen ausgekochte Mörder behauptet, und er hat sie besiegt.«

»Wer hätte gedacht, daß wir ihn eines Tages...«

»Das hat damit nichts zu tun!« Burchans Begeisterung kannte keine Grenzen. »Hier geht es ausschließlich um Überzeugungskraft, um die Stärke der Seele.«

Der Teehausbesitzer breitete die Arme aus. »Du scheinst ja eine Menge über ihn zu wissen, also müßtest du doch in der Lage sein, ein Urteil über ihn zu fällen. Ich hätte nicht gedacht, daß ihr beide solche Freunde seid. Ich muß sagen, ich bin überrascht.«

Burchan lief rot an. »Recht so, Abu-Jassem, sprich nur weiter. Verzerr alles so, daß keiner mehr den wahren Sachverhalt erkennt. Noch ein paar Minuten, und du wirst behaupten, ich sei ebenfalls ein Revolutionär und judenfreund.«

»Keine Sorge«, sagte der ›Richter‹.

Der Teehausbesitzer sah ihn fragend an.

»Sag's ihm, ›Richter‹«, keuchte Burchan.

»Ich habe es heute abend schon einmal gesagt. Wenn es um Revolutionäre geht, ist unsere Polizei so unbefleckt wie frischgefallener Schnee. Ein Polizist würde seine Mutter für einen halben Dinar verkaufen, einem Revolutionär hingegen würden selbst die Diamanten des Sultans nicht helfen.« Der Richter stützte sich mit dem Ellbogen auf den Tisch und sah dem Teehausbesitzer direkt ins Gesicht. »Auch das genaue Gegenteil ist richtig. Für einen, der von revolutionären Ideen unberührt ist, interessieren sie sich nicht. Denk immer daran, Abu-Jassem. Wer einen Mann der Polizei ausliefert, der kein Revolutionär ist, wird nicht lange die ehrenvolle Aufgabe des Denunzianten und Spions spielen können.«

Abu-Jassem räusperte sich: »Ich ...«

»Es ist bereits vergessen«, sagte der ›Richter‹ großzügig.

»Das ist also das Ende der Kommunisten«, meinte Hassan.

»Jetzt sind die Juden dran. Erinnert ihr euch noch an das Pogrom vor sieben Jahren? In ein paar Tagen, wenn die Juden in Palästina ihren Staat proklamieren, werden wir hier in Bagdad eine Menge Spaß haben.«

»Freu dich nicht zu früh«, meinte der ›Richter‹. »Noch sind die Kommunisten nicht alle ausgelöscht. Und die Juden sind keine so leichte Beute, wie du denkst.«

VIERUNDZWANZIG

Ramzi wurde vom Lärm einer Auseinandersetzung unter dem Moskitonetz des Doppelbetts geweckt.

Wütend sagte Simcha: »Und wer soll eigentlich heute Schuhe bei dir kaufen?«

Ramzi hielt diese Frage für ungerecht. Warum sprach sie so abfällig über die Arbeit ihres Mannes, woher kam dieser arrogante Ton einer Frau aus besserer Familie? Er warf seine Decke zur Seite und wartete interessiert auf die Retourkutsche Avrahams. Der aber war auf seine Frau genauso stolz wie auf seine Werkstatt.

»Ich muß gehen«, sagte er entschuldigend.

Simcha atmete heftig.«Heute abend wird der jüdische Staat proklamiert, allc warten begierig auf ein Massaker. Bleib zu Hause.«

»Meine Tochter«, sagte Avraham in einem Ton, als wolle er einem Kind etwas erklären, »es gibt gewisse Dinge…«

»Ich bin nicht deine Tochter und verspüre keineswegs den Wunsch, Witwe zu werden.«

»Du übertreibst«, sagte Avraham, dem die Fürsorge seiner Frau schmeichelte. Er blieb aber standhaft und änderte seine Meinung auch dann nicht, als er bereits im Hof stand und vergeblich auf sein Frühstück wartete. Als seine Frau seine versöhnlichen Blicke mit störrisch vorgerecktem Kinn und blitzenden Augen parierte, zündete er sich eine Zigarette an, ging hinaus und schloß die nagelbeschlagene Tür hinter sich.

Simcha setzte das Baby auf Toufahas Schoß und stieß Schlomo fort. Sie umrundete dreimal den Hof, dann pflanzte sie sich mit vor der Brust verschränkten Armen vor Ramzi auf.

Bevor sie aber etwas sagen konnte, ergriff er die Initiative: »Meine Geduld mit dir ist erschöpft, du Hexe.«

Sofort wurde ihm klar, daß er einen Fehler gemacht hatte, und schweigend ließ er die wütenden Kommentare, die aus ihrem Mund strömten, schweigend über sich ergehen.

Als ihr Zorn verraucht war, sagte er: »Ich brauche eine sehr alte *Daschdaschah.*« Damit stand er auf, beugte sich über den Lehmofen, nahm eine Handvoll Asche, zog seine Sandalen aus und streute sich die Asche über die Füße. »Ich werde mich verkleiden.«

»Was, zum Teufel, hast du denn jetzt schon wieder vor?«

Er stand vor dem Spiegel und fuhr sich durch die Haare. Laut fragte er sich: »Wie verändert man nur seinen Kopf?« Dann nahm er eine Schüssel, stellte ein Gemisch aus Asche und Seifenflocken her und beschmierte sich damit die Haare. Nachdem er eine Zeitlang in der Sonne gesessen hatte, wurden sie steif und grau. »Was ist, gibst du mir jetzt eine *Daschdaschah?*«

Simcha starrte ihn an. »Jetzt siehst du nicht einmal mehr wie ein Moslem aus, sondern wie ein debiler Bettler.«

»Gut. Ich muß für ein oder zwei Stunden weg.«

Sie lachte und sagte: »Kannst du denn barfuß in der Sonne laufen? Nach wenigen Schritten werden deine verwöhnten Füße verbrannt sein! Du verläßt dieses Haus nur über meine Leiche! Du bist mir anvertraut worden, ich lasse dich nicht gehen. Ich kratze dir die Augen aus, wenn du diese Tür berührst.«

Ein lautes Klopfen ließ die beiden erstarren. Simcha wurde blaß, Ramzi raste zur Treppe, die aufs Dach hinaufführte.

»Wer ist da?« fragte Simcha mit zittriger Stimme.

»Ich bin's«, sagte Baruch, Ramzis ältester Bruder.

Simcha war so erleichtert, daß sie gleich zur Tür laufen und sie öffnen wollte, aber Ramzi hielt sie zurück. »Warte. Ich gehe auf's Dach und vergewissere mich.«

»Traust du deinem eigenen Bruder nicht?«

»Mach die Tür erst auf, wenn ich es dir sage.«

Als ihr Ramzis steifer Haarschopf über die Brüstung hinweg zunickte, strich sie sich das Kleid glatt und die Haare zurück und öffnete. »Komm bitte herein«, sagte sie förmlich. Sie mochte Baruch nicht besonders, und auch er verhielt sich ihr gegenüber reserviert.

Baruch trat an ihr vorbei in den Hof und blieb mit nachdenklicher Miene stehen. Er zündete sich eine Zigarette an, warf seiner Tante Toufaha einen strengen Blick zu und rief: »Ramzi, hör auf, mit mir Verstecken zu spielen. Komm runter!« Als er die schmutzige, barfüßige Gestalt erblickte, zuckte er zusammen. »Ramzi, bist du das?« fragte er angewidert.

»Ich habe mich maskiert. Was willst du?«

»Ramzi, die Zeit der Kinderspiele ist vorbei. Zieh dich an, ich muß dich der Polizei übergeben.«

»Hast du deinem Verstand Urlaub gegeben?«

»Halt den Mund!« herrschte ihn der ältere Bruder an. »Sie haben Vater als Geisel mitgenommen.«

Ramzi näherte sich seinem Bruder und wollte ihn eben an den Aufschlägen der eleganten Jacke packen, doch dann machte er einen Satz zurück, als habe er sich die Füße an den brennend heißen Fliesen verbrannt. Schnell zog er sich in den Schatten zurück und sagte, ohne sich um den vorwurfsvollen Blick seines Bruders zu kümmern: »Haben sie ihm etwas getan?«

»Sie haben ihn nicht zu einer Teegesellschaft eingeladen. Sie haben ihn getreten und ins Gesicht geschlagen. Komm endlich, sorg dafür, daß du wieder wie ein menschliches Wesen aussiehst, und laß uns gehen.«

»Und Mutter?« fragte Ramzi.

Baruch sah den Blick in den Augen seines Bruders und antwortete mit weicher Stimme: »Ihr geht's gut. Sie wird fast wahnsinnig vor Angst, aber sonst geht's ihr gut.«

Simcha postierte sich zwischen den beiden Brüdern und sagte: »Sie muß wirklich wahnsinnig sein, wenn sie dich schickt, um deinen Bruder dem Henker zu übergeben.«

»Ich will dir mal was sagen«, gab Baruch zurück. »Meine Mutter will nicht, daß Ramzi sich stellt.«

»Und wer ist dann auf die glorreiche Idee gekommen?«

Baruch warf ihr einen verächtlichen Blick zu. »Das hätte ich mir ja denken können«, sagte er. »Sie haben Vater. Da ist es doch wohl völlig klar, daß sich dieser Kriminelle stellt, um ihn zu retten, oder? Schließlich ist das alles seine Schuld.«

Im nächsten Augenblick raste Baruch um den Hof herum, Simcha dicht auf seinen Fersen. »Ramzi!« brüllte er. »Rette mich vor dieser Verrückten! Sie hat ein Messer in der Hand, sie bringt mich um!«

Ramzi ergriff Simcha von hinten und legte ihr die Arme um die Hüften. Sie brach in Tränen aus und warf ihren Kopf gegen seine Schulter. Das Messer lag auf seinem Arm. »Ramzi«, flüsterte sie, »laß mich diesen Idioten umbringen. Hat man so etwas schon einmal gehört? Kommt hierher, um seinen Bruder wie ein Lamm zur Schlachtbank zu führen, dieser Idiot! Sag deinem Vater und deiner Mutter, daß sich Ramzi in meiner Hand befindet. Wenn einer von euch den Mund aufmacht und der Polizei verrät, daß er hier ist, wirst du, Baruch, der erste sein ... Und jetzt geh! Mach, daß du hier rauskommst!«

Baruch wandte sich zur Tür. »Ramzi, denk dran, dein Vater ist in brutale Hände gefallen – deinetwegen!«

»Verschwinde!« Simcha stampfte mit dem Fuß auf.

Die Tür schlug hinter Baruch zu.

»Simcha«, sagte Ramzi, »du hast recht, ich kann nicht barfuß nach draußen.«

Sie sah ihn an und fragte: »Willst du dich etwa stellen, wie dein Bruder es verlangt?«

»Dann hätte ich mich nicht maskiert. Ich verspreche dir, daß ich mich nicht stelle.«

Besänftigt berührte sie seine Schulter. »Wohin gehst du?« fragte sie, gewiß daß er jetzt nichts mehr vor ihr verbergen würde.

»Zu ihr.«

Trotz ihrer Überraschung lächelte sie. »Was bist du doch für ein Teufel, Ramzi!« Dann änderte sich ihr Ton: »Während dein armer Vater …«

»Das eine hat mit dem anderen nichts zu tun. Bekomme ich jetzt Sandalen oder nicht?«

»Warum mußt du dich denn von ihr verabschieden? Du schuldest ihr nichts, und sie schuldet dir nichts.«

Er wußte nicht, wie er erklären sollte, daß er etwas begonnen hatte, das er zu Ende führen mußte. Er wußte selbst nicht genau, was er tun sollte. Aber Suchams Hand lag immer noch in seiner, er wollte sie ihr zurückgeben, das war alles.

Simcha öffnete ihm die Tür und bemerkte mit Sorge, daß er loszog, ohne sich davon zu überzeugen, daß die Luft rein war. Als er um die Ecke verschwunden war, blieb sie noch an der Schwelle stehen. Naji kam die Gasse herunter.

»Die Welt steht kopf«, sagte er nervös. »Ist Avraham zu Hause?«

»Er ist zur Arbeit gegangen. Du kommst früh nach Hause.«

»An einem Tag wie diesem bleiben kluge Menschen daheim. Du hättest den Ausdruck in den Augen der Moslems sehen sollen. Jeder Blick ist wie ein Messer in die Nieren, meine Liebe. Unser Problem mit uns ist, daß wir das Schicksal herausfordern, daß wir zu weit gehen. Nehmen wir zum Beispiel deinen Cousin. Ein Cousin ist ein Cousin, Fleisch vom eigenen Fleisch, das will ich nicht leugnen. Seine Seele ist rein und seine Stirn makellos. Möge meine Hand verdorren, wenn ich diesen Burschen nicht mag. Aber er läuft herum, reißt die Menschen aus dem Schlaf und schreit ihnen in die Ohren, daß bald der Messias kommt. Und die Menschen öffnen die Augen und sehen, daß er ihnen nichts bringt als Träume. Schlimmer noch, der Tod, möge Allah uns vor dem Bösen beschützen, folgt ihm auf Schritt und Tritt. Warum ich mich in die Angelegenheiten anderer Leute mische? Du hast einen Mann und Kinder, Simcha. Dir ist wahrscheinlich gar nicht bewußt, in welche Gefahr ihr euch begeht, wenn ihr ihn bei euch versteckt, meine Tochter. Wir haben vergessen, daß wir nur kleine Juden sind, wir haben vergessen, wo unser Platz ist. Die Behörden herauszufordern ist gefährlich, besonders an einem schwarzen Tag wie diesem, an dem die Regierung dabei ist, Erez Israel den Krieg zu erklären.«

»Alles wird gut, Naji.«

»Möge Allah deine Worte hören«, sagte Naji und wischte sich mit dem Ärmel den Schweiß von der Stirn. Dann ging er seiner Wege. Simcha floh in die Küche.

Zwei Stunden später klopfte es an die Tür, und Schlomo rief: »Es ist Papa!«

Simcha eilte zur Tür, riß sie auf, packte die zerlumpte *Daschdaschah* mit beiden Händen und zog Ramzi ins Haus, als zöge sie einen Ertrinkenden aus dem Wasser. Sie blickte in sein ausdrucksloses Gesicht und reichte ihm wortlos ein Glas Wasser. Er wollte in den Keller hinunter, um sich neben dem Ventilator auf die Bank zu legen. Sie ließ ihn gewähren und schloß sich wieder in der Küche ein.

Erst als Avraham nach Hause kam, verließ Ramzi seinen Zufluchtsort. Avraham zog die Schuhe aus und hielt seine Füße in eine Wanne mit kaltem Wasser, die ihm seine Frau hingestellt hatte.

»Sie haben Abu-Baruch verhaftet«, sagte sie.

»Ich weiß, auf dem Markt war heute von nichts anderem die Rede. Gott sei Dank haben sie ihn schnell wieder freigelassen.« Als er den Ausdruck auf ihren Gesichtern sah, sagte er: »Was denn, habt ihr etwa nicht gewußt, daß sie ihn freigelassen haben? Er ist schon wieder zu Hause. Ramzi, Ramzi, weißt du, was ihn seine Freiheit gekostet hat? Genug, um zwei Werkstätten zu kaufen, wie ich eine habe. Ist es nicht ein Jammer um das Geld?«

»Was glaubst du, was deine Werkstatt in einer Zeit wie dieser wert ist. Vater ist noch billig davongekommen. Sie haben ihn überhaupt nur aus einem Grund verhaftet: um Geld aus ihm herauszupressen. Ich wußte, daß sie ihn laufenlassen würden, sonst hätte ich mich gestellt. Bis morgen früh muß ich auf freiem Fuß bleiben.«

»Bis morgen früh? Ramzi, möchtest du, daß ich etwas für dich tue?«

»Ich bin froh, daß du fragst. Du warst heute morgen nicht in deiner Werkstatt.«

»Was geht dich das an?«

»Du hast dir eine Pistole gekauft.«

»Sei nicht kindisch.«

»Du bist es, der kindisch ist und alberne Spiele spielt, Avraham, nicht ich.«

»Ich habe das Massaker im Jahre 1941 nicht vergessen. Du magst es vergessen haben, ich nicht. Schlomo war noch ein Baby. Kannst du dir vorstellen, wie schlimm das ist: ein Baby zu haben und es nicht verteidigen zu können? Ich trug deine Tante auf den Schultern und mußte mitansehen, wie Simcha das Baby im Arm hielt und sich an die Brüstung klammerte. Ich hatte nur einen Gedanken: Womit soll ich sie töten? Ich hatte keine Waffe. Selbst ein Mann mit einem Herzen aus Stein bringt es nicht fertig, seine Frau mit bloßen Händen zu erdrosseln, wenn sie sein Kind in den Armen hält.«

»Avraham, sie dürfen in unserem Haus keine Pistole finden.

Sie sind im Kampf gegen die Kommunisten sehr tüchtig. Keiner kann uns garantieren, daß sie nicht auch hierher kommen.«

»Es ist nicht meine Schuld, daß du ins Feuer springen willst.«

Ramzi hörte ihn nicht. »Sie werfen mir vor, drei Polizisten getötet und die Armee zur Rebellion angestiftet zu haben. Wenn Sie hier eine Pistole finden, Avraham, wirst du neben mir hängen.«

»Sollen sie mich aufhängen, sollen sie mich töten. Wenigstens kann ich dann in dem Bewußtsein sterben, wie ein Mann in den Tod gegangen zu sein. Die Pistole bleibt heute nacht hier.«

»Ich bitte dich nur zu deinem Besten, heute nacht nicht den Schlauen zu spielen.«

»Das sagst ausgerechnet du?« fragte Avraham aufgebracht. »Du und deine Kumpane, ihr habt doch so getan, als hättet ihr alles begriffen. Was habt ihr eigentlich in all den Jahren erreicht, kannst du mir das sagen?«

Ramzi steckte sich eine Zigarette an. »Ich bin wie du der Ansicht, daß die heutige Nacht die gefährlichste in der Geschichte der Juden dieses Landes ist. Aber ich verkehre schon sehr lange mit Nichtjuden. Du hörst nur das Gegeifer im Radio und liest, was in der Zeitung steht. Ich aber kenne Leute, denen ich genauso traue wie dir oder meinem Bruder.«

»Du bist naiv.«

»Sie werden kämpfen, Avraham, sie werden kämpfen, wenn die Regierung den Mob losläßt. Davon bin ich überzeugt. Ich habe die Luft geatmet, die sie geatmet haben, Tag und Nacht. Noch sind nicht alle besiegt. Solange noch ein paar Hundert von ihnen übrig sind, wird es kein Massaker geben. Sie sind überall, selbst in der Armee. Du kannst deinen Nachbarn bitten, die Pistole für dich aufzubewahren.«

»Simcha, was sagst du dazu?«

Sie lachte mürrisch. »Er hat sie gekauft, um mich zu töten,

und jetzt endlich fällt es ihm ein, mich um meine Meinung zu fragen.«

Wären sie allein gewesen, hätte er ihr vielleicht gesagt, daß er sie liebte. So aber sagte er verärgert: »Du bist eine Närrin.«

»Du bist hier der Narr!« gab sie unerschrocken zurück. »Glaubst du wirklich, es macht für mich einen Unterschied, ob ich durch eine Kugel aus deiner Pistole sterbe oder durch das Messer eines Moslems?«

»Simcha, du weißt, was sie mit Frauen machen.«

»Was glaubst du, machen sie mit dir? Fürchtest du um meine Ehre? Ist das wichtig für dich, jetzt, wo du bereits mit einem Fuß im Grab stehst? Ich pfeife auf dein Mitgefühl. Ich will leben und meine Kinder heranwachsen sehen!«

»Was soll ich also deiner Meinung nach tun?«

Sie ließ den Kopf sinken, ihr Kampfgeist hatte sie verlassen. »Vielleicht hat Ramzi recht.«

»Ich werde heute nacht nicht hier sein«, sagte Ramzi.

Simcha starrte ihn mit offenem Mund an. »Gehst du heute nacht zu den Moslems?«

»Ja, Simcha.«

»Nur ein Idiot geht freiwillig in den sicheren Tod«, sagte Avraham.

»Er hat sich heute von ihr verabschiedet. Und wann erfahren wir, ob du noch lebst?«

»Morgen früh, Simcha.«

»Hoffentlich stirbst du auf der Straße, ohne daß je einer erfährt, was mit dir passiert ist.«

»Simcha!« rief ihr Mann mißbilligend aus.

»Laß mich in Ruhe.«

Die Männer, die früh von der Arbeit nach Hause gekommen waren, sprachen selbst im Schoß ihrer Familien nur noch im Flüsterton. Ängstlich sahen die Juden der Stadt zur Sonne, die langsam hinter dem Horizont verschwand. Sie hatten seit vielen Generationen Schläge hinnehmen müssen, in Kriegen, die nichts mit ihnen zu tun hatten. Aber heute abend sollte etwas nie Dagewesenes geschehen. Jenseits der Grenzen würden sich Juden und Araber in einem echten Krieg gegenübertreten. Haß und Furcht, verletzter Stolz und der Wunsch nach Rache regierten in Bagdad. Die intensive Stille war fast unerträglich. Jeder wartete darauf, daß der erste Schuß abgefeuert wurde, daß das Gebrüll der Angreifer erscholl, daß die ersten Opfer schrien. Auf den verlassenen Straßen erloschen die Lichter. Nur in wenigen jüdischen Häusern brannten Lampen.

Der Himmel war wie schwarzer Samt und erschreckend leer. Nicht Feuer und Schwefel, keine mächtige Hand, die ihre Feinde zerquetschte, kein gnädiger und barmherziger Gott. Nicht nach dem Holocaust in Europa. Nicht, nachdem die Nazis Gott vergast und verbrannt hatten und seine Asche auf die Köpfe der Juden Bagdads gerieselt war. Und auf den jüdischen Staat, der heute nacht das Licht der Welt erblicken und fortan eine Heimstatt für Juden sein würde. Niemand hatte eine Wiege bereitgestellt, niemand hatte eine herzliche Umarmung für ihn. Statt dessen würden sich riesige Arme ausstrecken, ihn zu erwürgen, bevor er noch seinen ersten Schrei tun konnte. Von dort erwarteten die Juden Bagdads keine Rettung.

Simcha und ihre Familie stiegen mit schweren Schritten zum Dach hinauf. Avraham zog sich schweigend ins Bett zurück, das neben der Brüstung stand, und hielt Schlomo im Arm.

Das Kind sagte: »Papa, Abu-Yitzhak weint.«

»Ja, mein Sohn, er hat Zahnschmerzen.«

»Nein, er sagt, er habe Herzschmerzen.«

Avraham gab keine Antwort. Er sah zu Simcha hinüber, die sich fern von ihrer Mutter hingelegt hatte. Als sie noch einmal aufstand, verhärtete sich der Ausdruck in seinen Augen, so als sei sie eine Last für ihn. Er sah, wie sie sich ein Glas Wasser eingoß und es wie ein kleines Mädchen in winzigen Schlucken austrank.

»Warum macht ihr euch nur solche Sorgen«, fragte Toufaha mit klarer Stimme.

»Du hast uns gerade noch gefehlt«, murmelte Avraham.

»Sogar die Toten, mögen sie in Frieden ruhen, werden uns beschützen.«

»Die Toten«, sagte Simcha, »haben sich nicht einmal selbst verteidigt, als sie noch lebten.«

»Sie werden sich erheben wie Engel«, fuhr die alte Frau fort, »und uns mit einem Ring heiliger Flammen umgeben.«

»Hat er wirklich vor, heute nacht zu den Moslems zu gehen?« flüsterte Avraham.

Simcha zuckte mit den Schultern. »Soll er doch.« Einen Augenblick später trat sie an die Brüstung und schaute in den Hof hinunter.

»Was macht er gerade?« wollte Avraham wissen.

»Er wäscht sich.«

»Ich kann seinem Vater mit sauberen Händen und reinem Gewissen gegenübertreten«, sagte Avraham gereizt.

»Du sprichst, als stündest du schon an seinem Grab«, schimpfte seine Schwiegermutter und fuhr sich mit einem Tuch über die Stirn. »Wenn der Fluß über die Ufer tritt, suchen manche Menschen auf den Dächern Zuflucht, andere gehen zum Fluß, springen hinein und schwimmen.«

»Ramzi«, rief Simcha in den Hof hinunter, »kannst du nicht uns zuliebe zu Hause bleiben?«

»Die Welt steht kopf«, verkündete Abu-Yitzhak laut. »Ausgerechnet in der Nacht, in der ihr Staat das Licht der Welt erblickt, trauern die Juden. Abu-Schlomo, laß nicht zu, daß der Junge das Haus verläßt. Sie töten ihn, noch ehe er die Hauptstraße erreicht.«

»Simcha!« schrie Avraham.

Aber Simcha rannte blindlings die Treppe zum Hof hinunter. Makellos gekleidet, stand Ramzi vor dem Spiegel und kämmte sich. Sogar eine Krawatte hatte er umgebunden. Das eng am Kopf anliegende, nasse Haar gab ihm ein jungenhaftes Aussehen.

»Ramzi«, fragte sie, »gehst du ihretwegen?«

»Nein. Und auch nicht, weil ich sterben will.«

Sein melancholischer Ton rührte sie. »Komm her, nur für eine Minute.« Sie nahm ihn bei der Hand und zog ihn, ohne eigentlich zu wissen, warum, unter das Vordach, so daß neugierige Augen sie nicht sehen konnten. Sie saßen, die Schultern aneinandergelehnt, auf der Bank. »Du bist mittlerweile größer als ich. Warum kann ich nicht endlich einsehen, daß du kein Kind mehr bist?«

»Weil wir damals glücklich waren.«

»Ich bin auch jetzt glücklich. Aber du, du bist unglücklieb.« Sie verstummte und lief rot an. »Warum hast du dich schon wieder gewaschen?«

»Mir war heiß.«

»Du gehst also nicht hinaus, weil du den Tod suchst?«

»Simcha, du treibst mich noch zum Wahnsinn. Es ist doch nicht alles verloren, auch wenn du davon überzeugt zu sein scheinst. Ich gehe nicht hinaus, um mich auf die Straße zu stellen und darauf zu warten, daß sie mich erschießen. Es gibt Menschen, die brauchen mich jetzt, so wie wir sie brauchen.«

Sie sah zu, wie er sich eine Zigarette ansteckte. »Du hast immer noch etwas Kindliches an dir. Ich... ich kenne jeden Zentimeter deines Körpers. Das sage ich, ohne mich zu schämen. Wir haben oft genug gespielt, und es gab Momente, da dachte ich, ich sterbe vor Lust.«

»Simcha!«

»Sieh mich an, ich zittere. Ich habe alles in mir verschlossen, und ich...«

»Simcha, bitte nicht!«

»Weißt du, wie oft wir...«

»Heute abend bist du wirklich verrückt.«

»Kannst du dir nicht vorstellen, warum? Weil ich sehe, wie der Körper, den ich so gut kenne, auf dem schmutzigen Pflaster liegt. Sie werden dich töten, Ramzi, diese Menschen, von denen du glaubst, sie seien deine Freunde.«

»Wenn das passieren sollte, wäre wirklich alles sinnlos. Dann hätte mein ganzes Leben keinen Sinn gehabt.«

»Hast du soviel Vertrauen zu ihnen?«

»Ich vertraue ihnen.«

»Wie erfahre ich, daß du noch am Leben bist?«

»Ich klopfe morgen an eure Tür. Und laßt mich nicht wieder ›Schma Israel‹ deklamieren.«

Plötzlich nahm sie seinen nassen Kopf zwischen beide Hände und zog ihn zu sich herunter.

»Was ist denn bloß in dich gefahren?« flüsterte er mit tränenverschleierten Augen.

Auch in ihren Augen glänzten jetzt Tränen. »Wenn du noch ein Kind wärst, würde ich dich beißen.«

Er stand auf, sein Körper fühlte sich schwer an. »Alles wird gut.«

Dann ging er. Simcha ließ den Kopf sinken und preßte beide Arme an die Brust. Als die Tür sich quietschend hinter Ramzi schloß, brach eine große Angst über sie herein.

FÜNFUNDZWANZIG

Ali entdeckte George, löste sich aus dem Kreis seiner Freunde und schlenderte zu ihm hinüber. Er war frisch rasiert, sein Schnauzbart getrimmt. Sein Gesicht verzog sich zu einem breiten Lächeln, wie immer strömte er eine ansteckende Heiterkeit aus, die ihn auch hier, hinter Mauern, nicht verließ. Aber George wollte ihn nicht sehen. Er hatte von Ali und allem, wofür er stand, ein für allemal die Nase voll.

Auf dem von Hunderten von Gefangenen wimmelnden Gefängnishof hatte George sich stets abseits gehalten. Nur gelegentlich hatte er den Schatten aufgesucht, den das Blechdach spendete. Die Revolutionäre wandten sich verächtlich von ihm ab, und für die Kriminellen war er ein Kommunist.

»Über dich sind die Nichtpolitischen also auch hergefallen«, sagte Ali, als er sich neben George setzte und die Beine in den Schatten streckte.

George rückte mit mürrischer Miene weiter, bis seine Beine schließlich der stechenden Sonne ausgesetzt waren. Sein Kopf über dem verwundeten Nacken berührte beinahe Alis Schulter. Er sah Alis Gesicht, und fragte sich, wie es jemand fertigbringen konnte, in dieser Gluthitze zu lächeln.

»Ist die Wunde tief?« fragte Ali.

»Es geht.«

»Was haben die Kriminellen eigentlich gegen dich?«

»Es war Namir.«

»Willst du mich auf den Arm nehmen?«

»Es war Namir«, wiederholte George ohne Groll.

»Hör mal, wir alle wissen, daß du mal ein bißchen verrückt warst. Fängst du jetzt etwa wieder an zu spinnen?«

»Wie du meinst. Wahrscheinlich habe ich mir die Wunde selbst beigebracht. Namir war nur so nett, mir die zerbrochene Flasche zu reichen, die er in diesem Moment zufällig in der Hand hielt. Den Rest habe ich dann selbst besorgt. Hier wird viel Blut vergossen, da wollte ich mich nicht ausschließen und habe meinen Beitrag geleistet.«

»Scheint, daß Namir endgültig übergeschnappt ist.«

»Keineswegs. Er hatte das schon lange vor. Er hat einfach die Chance genutzt, die sich ihm bot.«

»Haben die Nichtpolitischen dir ebenfalls zugesetzt?«

»Nicht der Rede wert. Deine Genossen waren jedenfalls die ersten. Während des Verhörs haben sie mich nicht angefaßt. Sie haben gefragt, ich habe geantwortet. Das war's. Da du schon hier sitzt: Ich wollte dir sagen, daß es mir leid tut.«

»Mach dir keine Gedanken, mein Freund. Das Leben ist viel zu kurz, als daß man Zeit hätte, jedermann zu sagen, daß es einem leid tut.«

»Ich habe deine Frau denunziert.«

»Hältst du mich für blöd? Ich wußte sofort, daß du es warst.«

George war niedergeschlagen. »Ich bin wahrscheinlich der erste Denunziant in der Geschichte des Iraks, der eine Frau verraten hat.«

Ali schlug George halb spielerisch, halb erzürnt aufs Knie. »Und – hast du Ramzi ebenfalls denunziert?«

George ließ den Kopf hängen. »Sie haben mich nicht nach ihm gefragt. Sie wollten nur eins wissen: wer mich geschickt hat, um ihn zu warnen.«

»Und du hast dich nicht gefragt, wer ihn verraten haben könnte?«

»Es ist mir egal.«
»George?«
»Ich schwöre dir...« sagte George, dann verstummte er.
»Von mir aus können sie den Scheißkerl in Stücke reißen.«
»Fluch nicht auf ihn, bitte.«
»Wie schafft er es nur, wie ein Aal allen Netzen zu entgehen, die man für ihn auslegt. Verflucht sei die Möse seiner Mutter!«
»Ali«, sagte George flehentlich, »fluch nicht, bitte.«
»Warum verteidigst du ihn? Er ist ein Hurensohn.«
»Als ich ihn das erste Mal verraten habe, bat er mir ein Eis spendiert.«
»Hast du noch mehr Witze auf Lager?«
»Namir ist dahintergekommen und hat zweimal versucht, mich umzubringen.«
»Und Ramzi hat dir verziehen?«
»Die Frage hat sich ihm nie wirklich gestellt. Er sagte, daß er nicht wüßte, ob er selbst in der Lage wäre, einem Verhör standzuhalten, und daß er es vorzöge, von anderen denunziert zu werden, als selbst zu denunzieren.«
»Ich habe ja gesagt, daß er ein Hurensohn ist. Wenn du mich fragst, steckt der verdammte jüdische Größenwahn dahinter.«
»Er ist nicht mehr Jude, als ich Christ bin.«
»Bist du denn kein Christ?« fragte Ali überrascht.
»Nur wenn du darauf bestehst, mir ein Kreuz um den Hals zu hängen.«
»Willst du damit sagen, daß er, wenn er geschnappt wird, hier mit mir sitzen und reden würde, als wäre nichts passiert?«
»Warum nicht? Ich habe deine Frau denunziert, trotzdem sitzt du neben mir, rauchst eine Zigarette und verteidigst mich sogar.«
»Das ist etwas ganz anderes.«
»Red nicht so einen Blödsinn, Ali. Ich weiß nicht, ob wir je

wieder lebend hier rauskommen. Du kannst mir also sagen, was du willst.«

»Warum hältst du nicht einfach die Klappe?«

»Du glaubst, ich bin ein Wurm, und von einem Wurm erwartet man einfach, daß er andere denunziert. Aber Ali, der Furchtlose? Ali, der Moslem, der jahrelang versucht hat, den Juden zu zeigen, aus welchem Holz moslemische Kommunisten geschnitzt sind? Ich sag's dir noch mal, du irrst dich. Dein Lachen und deine ständige gute Laune haben Ramzi nicht beeindruckt. Er hat dich nie bewundert. Er liebt dich als Freund.«

»Aber einem Moslem würde es nie einfallen, seine Freunde zu verraten.«

»Warum bittest du sie nicht, dich zu entlassen und dich in eine Moschee zu setzen? Du machst mich krank mit deinem Islam. Seit eintausenddreihundert Jahren habt ihr ein Monopol auf Heldentum, aber jetzt ist es vorbei damit.«

»He, du bist ja ein richtiger Mann geworden!«

»Und es gibt sogar Frauen, die heldenmütiger sind als du und ich. Diese Kröte mußt du auch noch schlucken.«

Alis Gesicht wurde weich. »Stell dir vor, das Tor würde sich quietschend öffnen, und ein schwarzes Bündel würde in den Hof geworfen. Wir beide springen auf und stellen fest, daß es Ramzi ist, den man fast zu Tode geprügelt hat. Ein leichter Hieb würde genügen, um ihn endgültig fertigzumachen.«

»Ich würde ihn beschützen.«

»Vor wem?«

»Vor dir, Ali. Dir wäre es zuzutrauen, daß du ihn umbringst, nur damit er nicht herausfindet, daß du es warst, der ihn verraten hat.«

Trockener Wind blies über den toten Hof. Im Schatten der gegenüberliegenden Mauer setzte sich das Trio zu seinem täglichen Rundgang in Bewegung, gefolgt von seinen Leibwächtern. Einer von ihnen sagte etwas, die beiden anderen nickten feierlich. Keiner der Gefangenen wußte, wann sich die drei zu ihrer täglichen Prozession in Bewegung setzen würden. Die drei Führer flanierten um den Hof herum, lustwandelnd wie eine königliche Familie in ihrem Rosengarten. Die anderen Gefangenen senkten respektvoll die Stimmen und gingen ihnen aus dem Weg. George kannte keinen von ihnen. Sie behandelten ihn, als sei er Luft. Selbst die Kriminellen wurden gelegentlich mit einem Kopfnicken bedacht, nicht so George. Nur für die Leibwächter existierte er. Sie sprachen nicht mit ihm, beobachteten ihn aber mit Argusaugen, wenn sie in seine Nähe kamen. Mit mürrischem Gesicht befahlen sie ihm stumm, die Augen zu senken, wenn das Trio vorbeiging – und er gehorchte.

George wollte aufstehen und in die Halle gehen, aber Alis Hand nagelte ihn auf seinem Platz fest: »Bleib sitzen!«

»Für sie bin ich nichts als ein verkommener Verräter.«

»Bleib sitzen!«

»Deine Freunde halten Verrat für eine ansteckende Krankheit. Sie werden denken, du hast dich infiziert, Ali.«

»Bleib sitzen!«

Das Trio kam näher. Sobald sie nah genug waren, würden er und Ali aufstehen müssen, um ihnen Platz zu machen, damit sie nicht gezwungen waren, von ihrer Route abzuweichen und sich der Sonne auszusetzen. Einer der Leibwächter löste sich von seinen Kumpanen, ging um das Trio herum und marschierte vor den anderen her. Um den Kopf trug er einen blutigen Verband. Die Adleraugen zum Schutz gegen die Sonne zusammengekniffen, näherte er sich mit dem Selbstbewußtsein eines Bulldozers.

»Weißt du, George«, sagte Ali, ohne sich von der Stelle zu bewegen, »seit deiner Verhaftung bist du ein Mann geworden.«

Dieser Ansicht war George absolut nicht. Am ganzen Körper zitternd sah er dem heranwalzenden Bulldozer entgegen.

Ali streckte die Beine aus. »Du warst ein bißchen durcheinander, verrückt vor Angst. Ich habe mir sagen lassen, daß du überall nach Geheimpolizisten gesucht hast, sogar auf den Bäumen und unterm Bett.«

Die breiten Schultern des an der Spitze der Prozession marschierenden Bulldozers schienen ihm das Hemd zu sprengen. Georges Herz raste. Er hatte das Gefühl, daß der Leibwächter mit jedem Schritt größer wurde.

»Jetzt endlich schläfst du ruhig, und das ausgerechnet im Gefängnis«, fuhr Ali gelassen fort.

George fiel auf, daß Ali aufgehört hatte zu lächeln und statt dessen den auf ihn zuwalzenden Bulldozer fixierte. Als der Leibwächter nur noch ein paar Schritte von ihnen entfernt war, geschah etwas Erstaunliches: Mit einem pfeifenden Geräusch entwich die Luft aus seinem aufgeplusterten Brustkorb, und er schrumpfte wieder auf normale menschliche Dimensionen zusammen. Das ehrwürdige Trio und seine Schutztruppe wichen von ihrem gewohnten Weg ab, traten in die Sonne und gingen um sie herum. Da erst bemerkte George, daß einer der beiden Leibwächter, die die Nachhut anführten, Namir war.

»Ich dachte, er sei für mindestens einen Monat kaltgestellt«, sagte er verwundert, aber ohne Groll.

»Wo er herkommt, überleben nur die Starken, George.«

Ali zündete sich eine Zigarette an, legte die Hände in den Nacken, senkte den Kopf und schlurfte wie ein krummbeiniger alter Mann den schmalen Streifen Schatten entlang. Als George laut lachend hinter ihm hersah, drehte sich Ali um und sah ihn mit melancholischen Augen an.

SECHSUNDZWANZIG

Seit dem Tag, an dem Ramzi in ihrem Hause Zuflucht gesucht hatte, führte Simcha in Gedanken einen freimütigen Dialog mit Sucham. Die Worte waren fix und fertig vorbereitet, sie brauchten nur noch ausgesprochen zu werden. Selbst das Lächeln, das ihre überwältigende, nicht zu leugnende Überlegenheit demonstrieren sollte, hatte sie geübt. Schließlich war sie älter als Sucham, reicher an Erfahrung, und was am meisten zählte – sie war eine angesehene Frau. Ihre höchste Tugend, davon war sie überzeugt, war Bescheidenheit. Noch wenn sie nachts unter dem Moskitonetz auf ihrem Doppelbett lag, machte sie Sucham Vorwürfe. Aber als sie eines Tages die Tür öffnete und Sucham Auge in Auge gegenüberstand, war sie so verlegen, als sei sie nackt überrascht worden. Alles fiel von ihr ab: ihre Worte, ihre selbstgerechte Empörung, ihr ausdrucksstarkes Gesicht, ja sogar ihr Aussehen. Sie trug ein altes Sommerkleid und ein paar abgetretene Hausschuhe. Ihr stand eine Person gegenüber, die Reichtum und Jugend ausstrahlte. Simcha wartete nicht einmal ab, daß ihr Gast sie begrüßte. Die Zunge sprang in ihrem Mund hin und her, als habe sie sich aus ihrer Verankerung gelöst.

»Komm bitte herein, dein Anblick tut meinen Augen gut, du erweist uns große Ehre... Bitte, komm herein...«

Selbst die Schüchternheit des Mädchens stellte Simchas Selbstvertrauen nicht wieder her. Sie führte Sucham auf die

Veranda. Der Anblick der Wassermelonenschalen, die seit dem Frühstück auf dem Tisch lagen, war ihr peinlich.

»Laß uns hineingehen«, sagte sie verwirrt. »Wir können uns in den Salon setzen.«

»Es ist schön hier«, sagte Sucham mit kaum hörbarer Stimme. »Schön und kühl.«

Simcha bot ihr geschälte Gurken und ein Glas Wasser an.

»Du hast einen langen Weg hinter dir, sicher ist dir heiß.«

»Eigentlich nicht, der Fahrer hat mich fast bis zu eurer Gasse gebracht.«

»Du hast dich herfahren lassen?«

Sucham war zu verlegen, um zu antworten, daher nickte sie nur. Sie sah sich im Hof um und errötete: »Ramzi hat mir erzählt, daß er hier geboren ist.«

Simcha spürte, wie der Boden unter ihr fester wurde. »Ich bin ebenfalls hier geboren, und Ramzis Vater und meine Mutter auch.«

»Ich weiß. Kann ich mich ein wenig umschauen?«

Simcha vergaß ihr altes Kleid und ihre abgetretenen Hausschuhe, denn all der Glanz des Reichtums und der Jugend waren schließlich nichts gegen die erhabene Würde einer Hausherrin.

Sie hob einen nackten Arm und erläuterte selbstsicher: »In dem Zimmer dort drüben hat Ramzis Vater mit seiner Familie gewohnt, daneben hatte Großvater sein Zimmer, die rechte Tür im Erdgeschoß führt ...«

»Verzeih, aber ich würde mir gerne alles mit eigenen Augen anschauen.«

Die Tour endete im Keller, weil Sucham das so wollte. Im angenehmen Dämmerlicht setzte sie sich auf eine der dick gepolsterten Holzbänke. Ein Lächeln huschte über ihr Gesicht.

»Ramzis Mutter bewahrt immer noch die alte Holzwiege auf, obwohl sie schon lange keine kleinen Kinder mehr hat. Ich habe Ramzi mehr als einmal in ihr überrascht. Es sah komisch aus, wie seine langen Beine durch die Gitterstäbe ragten.«

Simcha ging nach oben und kam mit einer Teeschale in der Hand wieder herunter. Sie hatte sich umgezogen. »Es stimmt also nicht, was sie behauptet haben«, sagte sie.

Sucham sah sie über die Teeschale hinweg mit großen Augen an. Sie spürte den mitfühlenden Klang in der Stimme ihrer Gastgeberin und war dankbar dafür. »Was haben sie behauptet?«

»Daß du schwanger warst.«

»Ich hatte eine Fehlgeburt.«

»Das tut mir leid.«

»Mir nicht.«

»Das ist nicht dein Ernst!«

»Vielleicht nicht. Ich war verwirrt, ich bin es noch. Ich kenne ihn schon seit Jahren. Wenn jemand ein Fenster eingeworfen hatte, rannten alle weg. Er nicht, er blieb...«

»Bitte, trink deinen Tee.«

»Danke. Er hat immer von dir gesprochen. Das hat mich eifersüchtig gemacht. Selbst jetzt, als ich hörte, daß er sich bei dir verbirgt und du dein Leben für ihn aufs Spiel setzt, war ich eifersüchtig.«

Die Ehrlichkeit der jungen Frau rührte Simcha. »Kannst du mir sagen, warum alles so kommen mußte?«

»Ich wußte, daß Ramzi mich niemals heiraten würde, genausowenig wie irgendeine andere Frau. Vielleicht wollte ich einfach nur wie die zerbrochene Fensterscheibe sein.«

»Aber er ist nicht bei dir geblieben.«

»Nein. Seine Freunde sind mittlerweile alle tot oder sitzen im Gefängnis. Ihre Kinder sind wie Waisen, ihre Frauen wie Witwen. Er hat mir gesagt, daß sie ihre Männer verfluchen, die hinter Gefängnismauern leiden.«

»Er hat recht.«

»Ich weiß es nicht«, sagte Sucham. »Er kann einem Esel den

Hinterlauf abschwatzen. Es war idiotisch, daß ich mich in ihn verliebt habe.«

»Macht es dir nichts aus, das zuzugeben?« fragte Simcha neugierig.

»Warum sollte es?«

»Was für eine Generation!« Simcha seufzte laut, sie kam sich vor wie eine Heuchlerin.

»Und ich liebe ihn immer noch. Ich bin gekommen, weil ich dir danken wollte.«

»Er ist mein Cousin.«

»Ich weiß, deswegen bin ich zu dir gekommen. Wenn du willst, daß er am Leben bleibt, müssen wir uns Gedanken darüber machen, wie wir ihn retten können. Er hält es nicht aus, sich die ganze Zeit hier verborgen zu halten. Aber sobald er das Haus verläßt, schnappt ihn die Geheimpolizei.«

»Sie haben den Ausnahmezustand ausgerufen und die Grenzen dichtgemacht.«

»Mit Geld kann man alles regeln.«

»Ich weiß nicht«, sagte Simcha und rieb sich nachdenklich die Stirn. »Man braucht ein Vermögen und dazu noch jemanden, der keine Angst hat, für Geld sein Leben aufs Spiel zu setzen.«

»Es ist bereits alles geregelt.«

»Du?« Simcha schnappte überrascht nach Luft.

»Nein. Scha'aschoua.«

Simchas Kinn fiel herunter. »Dein Mann?« Dann überlegte sie kurz und sagte: »Er ist ein vernünftiger Mensch.«

»Scha'aschoua kann den Gedanken nicht ertragen, daß seine Frau jeden Morgen einen Gefangenen besuchen könnte, den er haßt. Je weiter weg Ramzi ist, desto lieber ist es ihm.«

»Ich brauche noch einen Tee«, sagte Simcha.

»Traust du ihm nicht?«

»Zuerst brauche ich einen Tee. Für dich auch?«

»Nein, nur etwas Wasser.«

Simcha stieg mit schweren Schritten die Treppe hinauf Sucham sah sich noch einmal im Keller um. Sie fragte sich, auf welcher der drei Bänke, die hier standen, Ramzi immer lag. Sie stand auf und strich mit den Fingern über die Matratze. Nachdem sie einen Moment lang gelauscht hatte, beugte sie sich herunter und roch an dem Bezug. Bekümmert stellte sie fest, daß sie Ramzis Geruch nicht mehr kannte. Auf der Bank gegenüber dem niedrigen Fenster fand sie Zigarettenasche. Sie berührte die Asche mit der Fingerspitze und strich sich dann mit dem Finger über die Lippen. Als sie Simchas Schritte auf der Treppe hörte, wischte sie sich schnell mit dem Handrücken den Mund ab.

»Ich glaube, du hast recht«, verkündete Simcha.

»Ich habe heute morgen mit seinem Vater und seiner Mutter gesprochen, sie haben den Plan begrüßt.«

»Ich frage mich nur, ob sie alles verstanden haben. Hör mal, Sucham, wenn nur du ihn unter deine Fittiche genommen hättest, könnte ich ruhig schlafen. Aber dein Mann ist nicht nur reich, er ist auch schlau. Er zahlt das Geld und sucht den Schmuggler aus. Was, wenn er einen Ganoven wählt?«

»Daran habe ich auch schon gedacht. Ich habe Scha'aschoua erklärt, daß ich an dem Tag, an dem Ramzi Bagdad verläßt, zu meinen Eltern gehe und erst dann wieder als sein Weib zu ihm zurückkehre, wenn ich sicher weiß, daß Ramzi gesund in Teheran angekommen ist.«

»Du kleine Teufelin!« rief Simcha bewundernd aus.

»Ich habe dir gesagt, daß ich ihn liebe«, sagte Sucham schlicht.

Simchas Tonfall änderte sich, dumpf sagte sie: »Ramzi ist ein Esel.« Beim Anblick der Tränen, die über Suchams Wangen rannen, fühlte sie sich so erleichtert, als seien es ihre eigenen.

»Ich muß gehen«, flüsterte Sucham.

»Warum hast du es so eilig? Bleib doch noch. Vielleicht

kommt er ja bald. Er wollte vor Mittag wieder hier sein. Er verläßt ein- oder zweimal in der Woche das Haus, und ich bin jedes Mal außer mir vor Sorgen, bis er wieder hier ist. Bleib doch noch. Ich möchte nicht allein warten.«

»Ich habe Angst.«

»Vor diesem Esel?«

Sucham nickte, blieb aber sitzen. Sie bat um eine Tasse Tee und schlürfte ihn mit zitternden Lippen. »Als ich das erste Mal mit Scha'aschoua darüber sprach, drehte er fast durch. Er schrie, er werde der Geheimpolizei helfen, diesen Kriminellen aus seinem Versteck zu zerren, und er werde persönlich an seiner Hinrichtung teilnehmen. Falsche Zeugen wollte er kaufen, die vor dem Rabbinat aussagen sollten, daß er Ehebruch begangen habe. Er wollte sich von mir scheiden lassen, wollte mich der Schande preisgeben und ohne einen Pfennig auf die Straße setzen. Auch Chatoun wollte er hinauswerfen. Er betrank sich. Es war das erste Mal, daß ich ihn betrunken gesehen habe. Er ging aufs Dach hinauf und sprach wie ein liebeskranker Kater mit den Sternen. Er wollte mir Angst machen, und das hat er auch geschafft. Ich habe die ganze Nacht im Erdgeschoß in einem Sessel gesessen und überlegt, wie ich mich umbringen kann. Als er den Sternen endlich sein Herz ausgeschüttet hatte, brüllte er, Chatoun solle alle Messer verstecken. Drei Tage lang schrie und flüsterte er abwechselnd. Ich blieb stumm. Als er sah, daß ich fastete, schwor er, ebenfalls nichts mehr zu essen. Aber schließlich konnte er nicht mehr. Er brach zusammen und stimmte allem zu.«

Simchas Zähne blitzten im Dämmerlicht des Kellers.

»Avraham hätte mich umgebracht.« In ihrer Stimme lag so etwas wie Stolz.

»Seit ich zurückdenken kann, reden die Leute von Mord und Totschlag, trotzdem habe ich noch nie gehört, daß ein Jude einen anderen umgebracht hätte.«

Die beiden verstummten. Nach einer Stunde stieß Simcha

hervor: »Er ist immer noch nicht zurück! Siehst du, wie er mich um meinen Verstand bringt?«

»Wen sehe ich denn da?« Vom Treppenabsatz kam Ramzis Stimme. Die beiden Frauen erstarrten.

Simcha fand als erste ihre Sprache wieder. »Noch ein solcher Trick, Ramzi, und du kannst mich in die Irrenanstalt bringen. Wie bist du hereingekommen? Ich habe dich nicht klopfen hören.«

Er ließ Suchams Gesicht nicht aus den Augen. »Ich habe nicht geklopft, weil ich nicht durch die Tür gekommen bin, sondern über Najis Dach. Hallo, Sucham.«

Sie erwiderte seinen Gruß nicht. Nach langem Schweigen flüsterte sie: »Du hast abgenommen.«

Er lächelte. »Beleidige Simcha nicht. Sie kocht für mich.«

Simcha war außer sich. Ramzis und Suchams Augen hingen aneinander. Die beiden hatten sich hinter eine unsichtbare Wand zurückgezogen, die sie nicht durchdringen konnte.

»Scha'aschoua will dich loswerden, um dich ein für allemal von seiner Frau zu trennen«, sagte sie grob.

»Soll das eine Drohung sein?« wollte Ramzi von Sucham wissen.

»Nein«, erwiderte Sucham, »das ist keine Drohung. Er bietet dir einen Handel an. Er will dich mit allen erforderlichen Sicherheitsmaßnahmen nach Persien schicken.«

»Sag ihm, daß ich sein Angebot dankend annehme.«

Sucham erhob sich und starrte auf den Boden. »Ich gehe.« Sie blieb aber, wo sie war, als warte sie darauf, daß ihr jemand einen Stoß gab.

Keiner machte Anstalten, sich von ihr zu verabschieden. Ramzi versperrte ihr die Treppe.

Plötzlich setzte er sich auf die unterste Stufe und sagte: »Du brauchst nicht mehr wegzulaufen.«

»Ich laufe nicht weg, das habe ich noch nie getan.«

»Stimmt. Der Fachmann im Weglaufen bin eigentlich ich.«

»Ich gehe«, sagte Sucham noch einmal, blieb aber wiederum stehen.

»Sag mal«, sagte Ramzi zu Sucham, »meinst du, der Himmel stürzt ein, wenn ich dich begleite und mit deinem Mann rede?«

Sie weinte lautlos.

»Tut mir leid. Ich entschuldige mich. Ich spreche über ihn, als wäre er eine Art höheres Wesen, ein Monster, dabei ist er ein gewöhnlicher Mensch.«

Tränen rannen noch über ihre Wangen, aber sie hatte aufgehört zu weinen. Einen Moment lang war sie wieder die alte Sucham. »Weißt du was, Ramzi? Ich glaube, derjenige, der die Entschuldigungen erfunden hat, war ein Heuchler.«

»Gehen wir?« fragte Ramzi.

»Ja«, sagte sie knapp.

Er stand auf und wollte gerade vor ihr die Treppe hinaufgehen, als sie sagte: »Du brauchst nicht mitzukommen.«

Ramzi ließ sich nicht aufhalten. Sucham hob einen Arm, zeigte in seine Richtung und sagte: »Simcha.« Dann ließ sie den Arm sinken.

»Du brauchst keine Angst vor ihm zu haben«, sagte Simcha besänftigend.

Sucham eilte wortlos die Treppe hinauf, als liefe sie um ihr Leben. Als sie in den Hof trat, sah sie, wie Ramzi mit festen Schritten auf die Tür zuging. Aufrecht und leichtfüßig ging er, wie sie es von ihm kannte, und er wirkte so jung. Plötzlich spürte sie, daß sie eine Frau war und er immer noch ein Junge. Die Erkenntnis traf sie wie ein Fausthieb. Er streckte eine Hand aus, um den Holzriegel zu öffnen. Sie legte ihm eine Hand auf den Arm. »Du...« flüsterte sie unglücklich, mehr brachte sie nicht heraus.

Er sah sie an, seine Augen weiteten sich, so daß sie das Gefühl hatte, in ihnen zu ertrinken. Sie lachte verlegen und hörte erts auf, als sie merkte, daß ihr Lachen ihn irritierte. »Weißt du was?« sagte sie. »In Teheran gibt es keine Kutschen.« Ihre Gedanken rasten wie im Fieber.

»Du riechst gut.«

»Außerdem regnet es dort nie, es schneit nur hin und wieder.« Sie nahm seine Hand und legte sie an ihre Wange. »Geh nicht, Ramzi.«

»Schnee ist immer noch besser als ein Gefängnis in der Wüste.«

»Sag mir Bescheid, bevor du Bagdad verläßt.«

»Natürlich.« Er zog seine Hand zurück. Beide wußten, daß er sein Versprechen nicht halten würde. Der Holzriegel öffnete sich mit müdem Quietschen. Ein trockener, glutheißer Wind fegte durch die Gasse. Sucham wollte etwas sagen, doch Ramzis Blick war abweisend geworden. Der heiße Wind blies ihr in die Augen. Sie wagte nicht, ihn noch einmal anzusehen. Mit festen Schritten ging sie los. Sie hatte Angst, die Tür hinter sich zuschlagen zu hören. Am liebsten hätte sie sich umgeschaut, um zu sehen, ob er die Tür bereits geschlossen hatte, so lautlos, daß sie es nicht hören konnte. Sie wollte glauben, daß die Tür immer noch offenstand, wollte seinen dunklen Kopf noch einmal sehen. Dann ertrug sie die Ungewißheit nicht mehr. Sie hatte das Gefühl, daß sich ihr Schritt beschleunigte.

»Auf Wiedersehen, Sucham«, sagte Ramzi.

Ein überraschtes Lächeln glitt über ihr Gesicht, als sie merkte, daß sie sich keinen einzigen Schritt vom Haus entfernt hatte. Eigenhändig schloß sie die Tür hinter sich.

Glossar

Abaya – Frauengewand mit langen Ärmeln, das den Körper vom Hals bis zu den Füßen einhüllt

Abu – arabisch: Vater (Abu-Baruch: Vater des Baruch)

al-Dachlah – die Zusammenführung des Hochzeitspaars in der Brautnacht

al-Hinnah – Henna-Zeremonie, Abschiedsfest, das die Eltern der Braut vor deren Hochzeit geben

al-Sabahiyah – Empfang für die Hochzeitsgäste nach der Brautnacht

Baklava – aus mehreren Schichten bestehendes Feingebäck aus Weizenmehl, Butter, Zucker, Walnüssen

Bamya – Gemüsesorte, in Deutschland auch als Okra bekannt

Chamsin – arabisch: fünfzig. Trockener, heißer Wüstenwind, der an fünfzig Tagen im Jahr wehen soll

Daschdaschah – langes, weites Obergewand für Männer

Erez Israel – hebräisch: Palästina. Das biblische Kanaan, das Gelobte Land

Franji – arabisch: Franzose. In arabischen Ländern Oberbegriff für jeden Fremden aus dem Abendland; kann auch gebraucht werden im Sinne von »gefallsüchtiger, koketter Mensch«.

Goi – Bezeichnung für einen Nichtjuden (Plural: Gojim)

Haffafah – Frau, die die Braut auf die Hochzeitsnacht vorbereitet, ihr alle Körperhaare, vor allem das Schamhaar, entfernt

Jallah – arabisch: Los! Vorwärts!

Jeschive – höhere Knabenschule zum Studium des Talmud

Jihad – arabisch: Anstrengung. Im Islam der Heilige Krieg gegen Nicht-Muslime

Jujube-Baum – Ziziphus jujuba, Kreuzdorngewächs. Aus dem Christusdorn (Ziziphus spina-christi) soll die Dornenkrone Christi bestanden haben.

Keffiya – arabisches Kopftuch

Khadi – arabisch: Richter (der religiösen Gerichtsbarkeit)

Nargileh – orientalische Wasserpfeife

Pessach – siebentägiges jüdisches Fest im März/April zur Erinnerung an den Auszug aus Ägypten

Pitta – helles, rundes Fladenbrot

Raschid Ali – irakischer Führer, der 1941 einen faschistischen Putsch anzettelte

Schma Israel – Glaubensbekenntnis der Juden. »Höre Israel: ER unser Gott, ER Einer! Liebe denn IHN, deinen Gott, mit all deinem Herzen, mit all deiner Seele, mit all deiner Macht.« (Deut. 6,4f/5. Buch Mose)

Tafaddal, Ahalan wa-Sahalan – arabisch: Bitte, seid willkommen!

Umm – Mutter (Umm-Baruch: Mutter des Baruch)

ya baba – arabisch, etwa: »Also, Vater!«, spöttischer Ausruf

Treasures Untaten, die Gefahren der Großstadt und die Leiden einer Mutter, die liebt (nicht weise, aber sehr):

Gina Davidson **<u>Du bist unmöglich</u>**

Treasure ist fast fünfzehn, liebt den Luxus und das Telefon. Sie fährt in die Ferien, färbt sich die Haare, geht einkaufen, telefoniert, verliebt sich, geht auf Partys, telefoniert, verschwindet stundenlang, bringt Horden hungriger Halbwüchsiger mit nach Hause, telefoniert, kommt ins Fernsehen, läßt sich durch die Gegend kutschieren (sogar von ihrer Mutter), telefoniert.

Was man von Treasure nicht erwarten kann: Aufräumen, ihre Mutter verstehen, sich auf Hausaufgaben konzentrieren, ihren Anteil der Telefonkosten bezahlen, ihrer Mutter ein Geburtstagsgeschenk kaufen (wenn sie kein Taschengeld bekommt), ihre Mutter verstehen, Bücher lesen, die ihre Mutter empfiehlt.

294 Seiten, ISBN 3860 42-237-5

»Gina Davidson, selbst Mutter einer Tochter, hat den anstrengenden Mutter-Alltag mit beachtlicher Selbstironie aufgeschrieben.« (ELLE)